우리는 혈육이 아니냐

우리는 혈육이 아니냐

정용준 소설

문학동네

차례

474번

1

예상과 달리 그의 외형은 평범했다. 170센티미터 정도의 중키에 왜소하고 단단한 몸피를 갖고 있었다. 몸 곳곳에 오래된 상처와 흉터는 많았지만 문신은 없었다. 일반적인 수형자들이 교도소에 수감될 때 갖는 불안함이나 초조함도 찾을 수 없었고 도도하고 강하게 보이려는 의도적인 위장도 없었다. 그는 한눈에 봐도 다른 종류의 수형자였다. 억울함을 토로하지도 않았고 사건에 대한 후회도 없었으며 교도소 내에서 뭔가를 얻거나 이득을 보려는 의지 같은 것도 없어 보였다. 그는 복도를 걸어가는 내내 익숙한 동네를 걷는 것처럼 고요한 표정으로 한 발 한 발 차분하게 걸어 배정된 방으로 들어갔다. 수감된 후에 방안을 천천히 둘러봤고 아주 느리고 긴 숨을 내쉬었으며 곧 편안한 눈으로 벽을 응시했다.

나는 그의 담당교도관으로 배치됐고 그를 밀착 감시했다. 얼마 지나지 않아 그의 명찰은 흰색에서 붉은색으로 바뀌었다. 그는 474번이라는 번호를 부여받았고 독방에 수감됐다.

2

474번은 열다섯 명을 죽였다. 당 총재를 비롯한 현직 국회의원 다섯, 청와대 관련 인사 셋, 경호원 둘, 일반인 다섯. 그중엔 일곱 살 이하 아동이 셋이나 포함되어 있었다. 그날은 전당대회가 있었던 날이었고 식사를 마친 의원들이 온천에서 회포를 풀고 있었다. 그는 스스로 이렇게 증언했다.

수건과 목욕용 파우치를 들고 온천에 들어갔습니다. 느린 걸음으로 온천 내부를 한 바퀴 돌며 내부에 몇 명이 있는지 셈했습니다. 모두 열다섯이었죠. 생각보다 많았지만 무장한 사람들이 없었기 때문에 무리가 없겠다고 판단했습니다. 수건에 숨겨놓은 자전거용 자물쇠를 꺼내 안에서 문을 걸어 잠갔습니다. 그리고 파우치 안에서 권총과 나이프를 꺼냈습니다. 특별한 순서 없이 입구에서 가까운 순서대로 총을 쐈습니다. 대부분 방심하고 있었기 때문에 특별한 저항도 별다른 어려움도 없었습니다. 샤워기 앞에 네 명이 있었고, 의자에 앉아 비누칠을 하고 있는 사람이 세 명이었습니다. 탕 안에는 다섯 명이 있었습니다. 나머지 세 명은 사우나실에 있었는데 탄알이 부족했기 때문에 그들에게는 나이프를 사용했습니다. 일을 끝내고 탕 속에 들어가 몸에 묻은 피를 씻어내고 사람들을 기다렸습니다.

그는 기억을 하나씩 자세히 떠올리려는 듯 느리고 부드럽게 말했다. 증언하는 내내 음성의 떨림이나 감정의 기복도 없었고 표정의 변화도 없었다. 전문가의 소견은 다음과 같다.

그는 고도로 훈련된 자입니다. 그가 사용한 권총은 러시아에서 널리 사용하고 있는 마카로프의 신형 모델입니다. 마음만 먹으면 러시아 선원들을 통해 국내에서도 어렵지 않게 구할 수 있는 모델이지요. 9mm 탄알이 열두 발 들어가는 권총인데 그는 이 탄알을 모두 사용했고 총상으로 죽은 사람은 열두 명이었습니다. 다시 말해 그는 한 발에 한 명씩 죽였다는 것인데 이것은 결코 쉬운 일이 아닙니다. 샤워기 앞에 서 있던 사람들은 뒤통수를, 의자에 앉아 있던 사람들은 관자놀이를, 탕 안에 앉아 있던 사람들은 이마에 총을 맞았습니다. 그 말은 희생자들이 미처 예상할 수 없었고 혹 반응을 한다고 해도 몸을 움직일 틈도 없이 당했다는 것이지요. 피의자는 빠르게 방아쇠를 당겼고 그 과정중에 일말의 망설임도 없었다는 것입니다. 그가 사용한 나이프는 파키스탄에서 제작된 제품인데 특별한 살상 무기는 아닙니다. 국내에서 도검소지허가증이 없어도 누구나 쉽게 구입할 수 있죠. 그런데 이것으로 세 명을 죽였습니다. 이 역시 보통의 솜씨가 아닙니다. 희생자들은 모두 턱밑에 좁고 깊은 자상이 있었습니다. 이 상처로 인해 경동맥이 절단됐죠. 두 명은 저항의 흔적이 있습니다. 한 명은 오른쪽 발목과 목뒤에 타박상이 있고 다른 한 명은 왼쪽 손목에 멍이 들어 있고 왼쪽 어깨뼈가 탈골되어 있습니다. 아마도 저항하는 희생자들을 피의자가 제압한 것 같은데 타격을 입은 부위 모두 급소와 관절입니다. 피의자는 격투에 능합니다. 또한 빠르고 경제적인 방식으로 살인을 합니다. 그런데 이상한 점이 있습니다. 피의자는 희생자들을 빠르게 또한 단번에 죽였습니다. 나이프를 이용할 때조차 사인이 되는 치명상 외에는 다른 상처가 없습니다. 하지만 한 명의 희생자만 예외입니다. 이 역시 사인은 경동맥 파열입니다. 그런데 이 사람은 복부에 다섯 개의 자상이 더 있습니다. 그러니까 희생자가 죽은 다음에 무슨 이유에서인지 신체를 훼손한 것이지요. 자상 중에 하나가 많이 손상되어 있어요. 마치 열쇠를 돌리듯 좌우로 칼을 움직인 흔적이 있습니다. 아마도 전시효과를 노린 것 같아요. 일부러 그런 것이지요. 보란듯이 말입니다.

온천 관계자의 증언에 따르면 사람들이 문을 부수고 내부로 진입하기 전까지 그가 이 모두를 죽인 시간은 십 분도 채 걸리지 않았다고 한다.

정말 끔찍한 장면이었습니다. 총성이 들렸어요. 뭔가에 걸려 문은 열리지 않았지요. 안에서 무슨 일이 벌어지고 있는지 알 수 없었기 때문에 신고를 한다거나 온천의 시설을 함부로 파괴할 수 없었습니다. 결국엔 경호원들이 정수기와 체중계를 이용해 문을 부수고 들어갔죠. 하지만 모든 것이 끝난 후였어요. 샤워기에서 쏟아지는 물소리 외에는 아무 소리도 들리지 않았습니다. 타일 바닥에는 붉은 피가 곳곳에 실개천처럼 흐르고 있었어요. 살인자는 아무렇지도 않게 물속에 몸을 담그고 눈을 감고 앉아 있었는데 탕 안의 물이 온통 붉게 변해 있었어요.

3

수사는 난항이었다. 정부의 고위급 인사들과 현직 국회의원들이 죽었으며 아이들이 죽었다. 수사관들은 의도와 배후 세력을 물었고 의사들은 그의 정신 상태를 감정하기 위해 여러 질문을 던졌다. 그들은 피의자가 말하는 것 외에는 그들이 원하는 그 어떤 것도 들을 수 없었다. 그의 답은 간단했다.

모든 혐의를 인정합니다. 공범은 없습니다. 개인적인 원한도 없고 그 어떤 정치적 의도도 없습니다. 이렇게 하면 사형을 선고받을 수 있을 것 같았습니다. 저는 사형을 원합니다. 집행해주세요.

그는 현실에서 존재하지 않는 자였다. 그의 지문은 등록되어 있지 않았고 실제로 그에게는 주민등록번호 자체가 없었다. 때문에 그를 증명하거나 추측할 만한 자료는 존재하지 않았다. 전문가들은 그의 신원에 대해 간첩 혹은 제삼국에서 망명한 외국인이라는 가능성을 제시했지만 확실한 것은 아무것도 없었다. 그는 정신도 온전했다. 같은 상황이나 동일한 자극에 노출되었을 때 일반인과 같은 반응을 보였고 보편적이고 분명한 인지능력을 갖고 있었다. 또한 타인을 해칠 때 특별한 쾌감이나 잔인한 성향을 갖고 있는 것도 아니었다. 의사들의 질문과 상담가들의 모든 질문에 이성적이고 합리적으로 대답했고 스스로도 정신이상에 대해 부정했다. 종교인들과의 만남을 피하지는 않았지만 정서적 접근과 신비적인 세계에 대한 대화는 거부했다. 수사에 필요한 모든 과정에는 성실히 응했지만 반복되는 질문 앞에서는 철저히 침묵으로 일관했다. 심층 면접도 허사였다. 그는 뭔가를 애써 지키려는 의지가 없어 보였고, 뭔가를 더 깊이 알아내려는 조사에 대해서는 귀찮아했고 피곤한 기색을 보였다. 전문가들은 당혹스러워하며 조심스럽게 그의 말에는 거짓이 없다는 잠정적인 결론을 내렸다.

모든 매체가 정체불명의 사내가 저지른 엽기적인 살인에 대한 추측과 의혹 들을 쏟아냈고 연일 특집 프로그램이 제작되어 사건에 대한 재조명이 이루어졌다. 그는 체포될 당시 메모가 적혀 있는 종이를 주머니에 넣고 있었는데 그 내용이 사회적 이슈를 불러왔다.

사람을 죽였습니다. 사형을 원하고 집행을 원합니다. 제가 만약 출소된다면 똑같은 일을 반복할 겁니다. 집행되지 않고 종신형을 산다면 교도관들과 수형자들을 죽일 것입니다.

이 사건은 오랫동안 정지되어 있던 사형집행에 불을 지폈다. 사형옹호론자들이 일제히 일어났다. 그들은 사형집행 당위성에 대한 성명을 발표하고 시민들에게 서명을 받았으며 법원 앞에 모여 법무장관의 결단을 촉구하는 시위를 벌였다. 사형 반대론자들도 시위를 벌였지만 피의자 스스로가 본인의 인권과 생명에 대한 의지를 갖고 있지 않았고 죄질이 그 어떤 사건보다 심각했기 때문에 위축되고 소극적일 수밖에 없었다. 종교인들과 인권위원회는 별다른 입장을 내놓지 않았다.

4

474번의 사형집행 건은 교도소 내에서도 화제였다. 언론에서 집행에 대해 관심을 갖기 시작하면서 사형수들은 자신이 곧 죽을 수도 있다는 공포와 불안으로 극도의 긴장 상태를 보였다. 그 긴장감은 교도소의 공기를 날카롭고 팽팽하게 만들었고 그 압박감은 고스란히 교도관들에게 전달됐다. 몇몇 수형자들은 규율에 노골적인 불만을 표하거나 틈날 때마다 자신의 억울함을 토로하며 상담을 신청했다. 수형자간의 갈등도 심해졌고 자해를 시도하는 수형자도 있었다. 통제는 어려워졌고 교화 의지는 땅에 떨어졌다. 교도관들은 전에 없던 위기를 몸으로 느끼고 있었지만 뚜렷한 통제 대책을 마련하지 못해 혼란스러워하고 있었다. 몇몇 선배를 제외하고 동료들 대부분 실제로 사형집행을 경험해본 적이 없었다. 아무리 정당한 방식이라고는 하나 실제로 집행이 된다면 교도관의 손으로 수형자를 죽여야 한다. 교도관들은 드러내놓고 내색하지는 못했지만 죽음이라는 실제적인 문제를 놓고 저마다의 방식으로 고민에 빠졌다. 그는 전에 없던 특별하고 삼엄한 감시를 받았다. 독방에 수감되어 다른 수형자들과 만날 수 없었으며 담당교도관인 나 외에는 교도관들조차 마주치기 힘들었다. 표면적인 이유는 교도관들과 수형자를 살해할 거라는 협박 탓이었지만 실제적인 이유는 그가 어떤 사람인지 밝혀지지 않았기 때문이다.

나는 담당교도관으로 그를 매일 만났다. 동료들은 어떤 방식이든지 그에 대한 처리가 신속하게 이루어지길 원했고 나를 걱정했다. 하지만 정작 나는 그들의 염려와 달리 마음이 편안했다. 한 달 넘게 그를 지켜봤다. 돌발 상황과 기습적인 공격에 대비하며 단 한순간도 긴장을 늦추지 않았다. 식사 시간과 취침과 기상은 물론 자유 시간까지 일과의 모든 것을 감시했다. 하지만 내가 직접 경험하고 느낀 것은 공포와 두려움이 아니었다. 그는 온유하고 조용했다. 또한 성실하고 착실한 수형자였다. 주어진 조건 외에 어떤 것도 요구하지 않았고 교도소의 통제에 불만을 갖지 않았다. 대부분의 수형자들은 교도관에게 억울함을 호소한다. 약한 모습을 보임으로 연민을 이끌어내려고 노력한다. 조금이라도 많은 것을 얻고 싶어하며 무슨 수를 써서라도 사적이고 은밀한 사이가 되기 위해 애쓴다. 그런 면에서 그는 내게 흥미로웠다. 나는 수형자의 죄를 생각하지 않는다. 내가 집중하는 것은 교화와 통제다. 교도관에게 있어 수형자는 모두 평등하다. 좀도둑이라도 습성을 버리지 못하고 계속 사고를 치거나 룰을 어기면 특별관리수형자가 되고 그 아무리 극악무도한 살인을 저질렀다 할지라도 교화 프로그램을 긍정적으로 받아들이고 룰에 순종한다면 모범수가 되는 것이다. 474번은 적어도 내게는 착실한 모범수였다. 생활하는 것과 표정과 말투만 보면 완벽하게 교화된 것 같았다. 나는 그전의 수형자들에게 받지 못한 독특한 매력과 호기심을 그에게서 느꼈다. 특별히 잘해준다거나 특혜를 준 것은 아니었지만 나는 그와의 의무적인 면담 시간을 은밀히 기다렸다. 나는 그에게 아무것도 묻지 않았지만 날이 갈수록 강렬한 호기심을 이길 수 없었다. 의도가 없다고 했던 그의 진짜 의도가 궁금했던 것이다. 그러던 어느 날 그가 물끄러미 내 눈을 들여다보며 말했다.

교도관님. 어떻게 될 것 같습니까? 형이 집행될 것 같습니까?

글쎄. 잘 모르겠네.

어떻게 되어야 한다고 생각합니까?

그것도 모르겠네. 자네는 처음부터 사형을 원했고 항소도 하지 않았네. 선고는 내려졌고 어쩌면 집행이 될 수도 있겠지. 하지만 그것은 자네가 원하는 것이니 엄밀히 말하면 자네에겐 처벌이 아닐 수도 있겠군.

그는 잠시 입을 다물고 생각에 잠겼다. 그리고 한결 밝아진 표정으로 입을 뗐다.

처벌이라…… 교도관님께서는 제가 어떻게 보입니까? 왜 제가 이곳에 있는 것 같습니까?

살인을 했다고 들었네.

궁금하지 않습니까? 저는 교도관님의 그 눈이 마음에 듭니다. 이제껏 제게 의문을 가졌던 다른 사람들하고는 달라요. 두려움과 공포가 없습니다.

나는 수사관이 아닐세. 자네의 담당교도관일 뿐이지. 자네는 묶여 있고 이곳에 갇혀 있네. 내가 자네를 두려워할 이유가 없지. 단지 나는 자네에 대한 호기심이 생기네.

호기심…… 맞습니다. 저 역시 호기심이 강합니다. 어떻게 보면 그게 제가 여기에 있는 근본적인 이유지요.

그는 처음으로 평소의 모습과 다른 얼굴로 나를 바라봤다. 상기되어 있었고 조금은 들떠 보였으며 기이하게 즐거워 보였으나 어떻게 보면 애완견을 잃은 노인처럼 쓸쓸해 보이기도 했다. 나는 더이상의 대화를 진행하지 않고 방문을 닫고 나왔다. 그가 두렵게 느껴졌다. 기이한 떨림이었다.

5

찬성 여론이 압도적으로 우세했다. 인간이길 포기한 인간에게 존엄성을 지켜주고 바르게 살 기회를 준다는 것은 있을 수 없는 일이라는 의견이 지배적이었다. 간혹 사형 폐지론자들의 의견이 몇몇 매체를 통해 기고됐지만 특정 사건을 모든 사형수에게 일반적으로 적용해서는 안 된다는 정도의 수준이었고 그마저 언론의 집중적인 비난을 받았다. 잠정적 사형폐지국가인 정부 역시 판단은 법무장관의 몫이라는 입장을 표명하면서도 법치국가의 정의와 위상을 바로하겠다는 성명을 발표했다. 분위기만 보면 사형집행의 부활이 임박해 보였다. 그러던 어느 날 그와의 면회를 희망하는 한 여인이 찾아왔다. 교도소는 공식적으로 그에 대한 면회를 금지하고 있는 상태였다. 그를 취재하기 위해 수많은 매체들이 집요하게 접근했고 기자들은 베일에 싸여진 그에 대한 정보를 조금이라도 얻기 위해 혈안이 돼 있었다. 때문에 현재로서는 그를 만난다는 것은 사실상 불가능했다. 접견이 어렵다는 것을 충분히 설명했음에도 불구하고 그녀는 날마다 찾아와 면회신청서를 작성했다. 나는 민원실에 들러 그녀가 작성한 면회신청서를 확인했다. 나이는 마흔둘이었고 수형자와의 관계를 적는 난에는 아무것도 적혀 있지 않았다. 그는 주민등록번호가 없기 때문에 그 누구와의 관계도 증명할 수 없었다. 이름과 나이를 제외한 모든 것을 비워둠으로 증명을 포기한 그녀의 계속되는 방문은 분명 이상한 일이었다. 나는 그에게 이 사실을 알리지 않았다. 그는 자신 외에 누구도 언급한 적이 없었고 나 역시 그에게 그것을 알리고 싶지 않았다. 이유를 설명할 수는 없지만 그녀의 존재는 어떻게든 그를 자극할 거라는 예감이 들었기 때문이었다.

만남은 독방에 갇혀 있는 그를 내가 찾아가는 방식으로 이루어졌다. 그를 면담하고 상태를 파악하는 것은 내 의무다. 하지만 은밀한 즐거움이기도 했다. 동료들의 걱정과 언론에서 추측하는 것과 달리 그는 위험한 사람이 아니었다. 그의 존재가 내게 주는 심적 부담감은 전혀 없었다. 적어도 내게는 그러했다. 그의 좁은 이마와 창백하고 피로한 얼굴은 이상한 연민을 불러일으켰고 느리고 침착하게 말하는 낮은 음성은 단호하고 강인했으며 묘한 설득력이 있었다. 무엇보다 그는 다른 사람을 침묵시키는 기묘한 힘을 갖고 있었는데 수사관들이 그를 취조하면서 대부분 원하는 것을 얻지 못한 것은 그 때문일 것이다.

교도관님. 제가 죄인입니까?

그는 뜬금없는 질문으로 대화를 시작하곤 했다. 언제부턴가 그는 나와 일종의 논쟁을 하고 싶어했다. 나는 그의 의도를 예측할 수 없었으나 나 역시 그가 던지는 화제에 대해 이야기하는 것이 흥미로웠다. 나는 애써 무심하고 평이한 목소리로 대답했다.

죄인이지. 그러니 이곳에 있겠지. 하지만 재미있는 것은 이곳엔 사실 죄인이 한 명도 없네. 모두 결백하다고 주장하지. 나는 아무것도 판단하지 않네.

그는 한동안 말없이 벽을 응시했다. 벽을 뚫고 어떤 풍경을 보듯 그의 갈색 눈동자는 좀더 먼 곳을 향해 있었다.

저는 많은 사람을 죽였습니다. 이번 일뿐만 아니라 살아오면서 셀 수도 없이 많은 사람을 죽였지요. 저는 그것으로 먹고살았습니다. 그것이 제 일이었습니다. 저는 그 일을 누구보다 잘했습니다. 저는 아무 흔적도 남기지 않고 맡은 일을 실패한 적도 없지요. 제가 죽인 사람은 어떤 기록에도 존재하지 않습니다. 그저 미결이거나 사고로 존재할 뿐입니다. 그런데 말입니다. 어느 날부터 그만하고 싶어졌습니다. 그냥 멈추고 싶었어요. 방법은 죽음뿐이라는 것을 알았지만 아무도 저를 죽이려는 이가 없었고 아무도 저를 죽일 수가 없었지요. 저는 오직 저 자신만이 죽일 수 있습니다. 하지만 그러고 싶지 않았어요. 전 한 번도 자살에 대한 충동이나 삶에 대한 허무를 느낀 적이 없습니다. 그것은 제가 원하는 방식이 아닙니다. 뭐랄까, 정당한 방식으로 끝내고 싶었습니다.

정당한 방식이라…… 무엇에 대한 정당인가. 자네가 죽인 사람들에 대한 죄책감을 씻고 싶었나?

죄라…… 아닙니다. 저는 단지 일종의 형식이 필요했을 뿐입니다. 저는 이것이 죄라고 생각하지 않습니다. 저는 죄의식이 없어요. 때문에 죄책감도 느끼지 않습니다.

사람들을 죽였는데 그것이 죄가 아니란 말인가?

그는 잠시 입을 다물고 몸을 뒤로 기댄 후 생각에 잠겼다. 어떤 말을 천천히 고르듯 소리 없이 입술을 움직였다. 그리고 다시 말을 이어갔다.

인간은 결국 죽습니다. 주어진 몸의 한계를 모두 사용하고 죽는 경우도 있지만 대부분 그렇게 죽지 못합니다. 갑자기 벼락을 맞을 수도 있습니다. 불어난 강물에 휩쓸릴 수도 있고 폭설에 고립될 수도 있지요. 성난 곰의 습격을 받을 수도 있고 미생물들로 인해 병을 얻을 수도 있습니다. 자연스럽게 죽는다는 것은 우리가 믿고 있는 것처럼 평화로운 죽음이 아닙니다. 자연처럼 변덕이 심한 것도 없죠. 자연은 불완전함 그 자체입니다. 하지만 아무도 자연을 악하다고 하지 않습니다. 자연에겐 인간을 살해하려는 의도가 없기 때문이죠. 그냥 그렇게 된 것이지요. 또한 인간은 어떤 사고로, 누군가의 복수로 혹은 우연으로 각기 다른 방식의 죽음을 맞습니다. 이것을 운명이라고 하지요. 우리들은 흔히 운명이 온다, 운명을 피한다, 같은 표현을 하는데요. 틀린 말입니다. 아니, 불가능한 말입니다. 삶과 운명은 분리할 수 없기 때문입니다. 적어도 인간에게 운명은 육체를 통해서만 실현되고 표현됩니다. 누군가에게 저는 자연이고 운명입니다. 믿으실지 모르겠지만 저의 행위에는 의도가 없습니다. 죽이고 싶어하는 욕망이 없고 그것으로 인한 쾌감도 없습니다. 저는 그들을 그냥 죽입니다. 저는 미운 사람이 없고 사랑하는 사람이 없습니다. 따라서 제게는 복수도 없고 오해도 없지요. 제 살인은 어떤 의미로 자연스러운 것입니다. 폭우가, 눈덩이가, 번개가, 성난 곰이 인간에게 죄책감을 가질 필요는 없습니다. 저 역시 그러합니다. 심지어 저는 가끔 누군가를 죽이는 것은 내게 주어진 과업이 아닐까 생각한 적도 있습니다. 사실 다른 인간들도 무심코 많은 것들을 아무 거리낌없이 죽입니다. 꽃을 꺾고 풀을 밟고 손가락으로 벌레를 눌러 죽입니다. 하지만 죄책감을 갖지 않지요. 저 역시 그렇습니다.

나는 한동안 아무 말도 할 수 없었다. 그 역시 별다른 말을 하지 않았다. 침묵이 그와 나 사이를 무겁게 맴돌았다.

그런데 왜…… 이곳에…… 있는 건가.

당황했다. 그는 너무도 차분했고 냉정했다. 나는 무슨 말을 어떻게 해야 할지 몰라 말을 더듬었다. 그는 내 눈을 보면서 부드럽게 말했다.

말씀드렸듯이 그만두고 싶었습니다. 지친다는 생각도 들더군요. 하지만 처벌을 받고 싶은 것은 아니에요. 누군가를 죽이는 것이 죄가 아니라고 생각하는 저에게 있어 반대로 누군가가 저를 죽이는 것 역시 죄가 아닙니다. 제게 있어 사형은 처벌이 아닙니다. 다만 반복되는 이 궤도 밖으로 나오고 싶었습니다. 어떤 운명이 있다면 그것을 분쇄하고 싶었어요. 결국엔 제가 원하는 방식으로 운명을 바꾼 것입니다. 만약 이것이 타고난 악이라고 한다면 더더욱 이것이 죄라는 것에 동의할 수 없습니다. 원죄는 용서받을 문제가 아니니까요. 사자가 사슴의 숨통을 끊고서 자신을 만든 창조자에게 용서를 빌지 않습니다. 반대로 자신의 용맹함을 자랑하며 포효하지요. 본성이란 그런 것입니다.

나는 자리에서 일어났다. 말문이 막혔고 커다란 벽에 가로막힌 듯 가슴이 답답해졌다. 그는 나를 향해 말없이 고개를 숙이며 인사했고 나 역시 그의 인사에 고개를 숙임으로 답했다. 처음으로 어떤 확신이 들었다. 그는 곧 죽게 될 것이라는 것을. 아니, 죽어야 한다는 것을. 등뒤로 문이 닫혔고 나는 한참 동안 문밖에 서 있었다. 그의 무연한 눈빛이 이 문을 뚫고 내 등을 붙잡고 있는 듯 움직일 수가 없었다.

6

교도관들은 모일 때마다 474번에 대해 이야기했다. 교도소 입장에서 보면 이 문제는 단순히 그의 생사와 관련된 문제가 아니었다. 이 나라에는 사형집행이 확정된 사형수가 오십 명도 넘게 대기하고 있다. 그들의 죄는 법적으로 이미 사형받아 마땅한 것이라고 판결되었고 객관적인 관점에서 보면 그들 사이에서 죄질의 차이는 사실상 무의미하다. 다시 말해 474번의 사형 집행은 사형폐지국가라는 잠재적 위상을 무너뜨리는 상징적인 사건이 될 것이다. 영치품을 담당하고 있는 박이 말했다.

474번이 사형당하면 다른 사형수들의 형도 다 집행되겠지? 확정된 순서대로 할까? 아니면 474번만 단독적으로 집행하게 될까?

오 년 동안 형이 집행되지 않고 있는 사형수를 담당하고 있는 정이 대답했다.

글쎄. 법무장관이 어떻게 결정하느냐에 달린 거지. 하지만 지금 언론에서 문제삼고 있는 것은 474번이니까 다른 사람들의 형은 일단 유보할 것 같은데. 만약에 그렇지 않다면 그것 역시 불합리한 경우가 될 거야. 지금 내가 담당하고 있는 584번은 반쯤 미쳐 있는 상태야. 밤마다 문을 두드리고 극심한 불안 증세를 보이고 있어. 뭐가 됐든 빨리 결론이 나지 않으면 내가 먼저 미칠지도 몰라. 선배님은 어떻게 생각하세요?

정의 질문을 받은 이는 호주머니에 손을 찌르고 아무 말도 하지 않은 채 바닥만 내려다보고 있었다. 그는 우리들 중에서 교도소에서 가장 오래 근무한 사람이었고 실제로 사형집행을 경험한 교도관이었다.

금방 공문이 내려올 거야. 474번은 일반적인 사형수들하고 달라. 항소도 하지 않고 그를 돕는 단체도 없어. 심지어 가족도 없어. 여론도 그의 죽음을 원하고 있고. 그놈은 뭐랄까…… 마치 자살하러 들어온 것 같아. 실제로 본인도 사형을 원하고 있고…… 말 그대로 죽고 싶어 환장한 녀석이지. 뭐? 집행을 하지 않으면 교도관을 죽이겠다고? 미친 새끼…… 망설일 이유가 없지 않겠어? 너는 어떻게 생각해?

이의 질문에 교도관들은 모두 나를 쳐다봤다. 나는 잠시 그의 얼굴을 떠올렸다. 그리고 대답했다.

죽게 되겠지요. 결국은 그렇게 되겠지요. 그런데 이상하네요. 사형당하러 들어온 사람을 사형시키는 것이…… 뭐, 그 방법밖에 없겠지만 무력하군요. 아이러니하게도 우리 모두가 합심하여 그를 돕는 것 같아요.

우리들은 잠시 침묵 속에 나무처럼 서 있었다. 아무도 침묵을 깨는 이가 없었다. 박이 먼저 자리를 떴고 잠시 뒤 정과 이가 내 어깨를 두드리고 자리를 떴다. 나는 한참 동안 그 자리에 서서 지금 느껴지는 이 기분이 무엇인지 파악하기 위해 애썼다. 뭐라고 정확히 짚어낼 수 없는 이상한 수치심이 이마를 데우는 미열처럼 서서히 오르고 있었다.

7

자네는 특별히 먹고 싶은 음식이 없나?

무슨 뜻입니까? 곧 형이 집행되는 겁니까?

아니네. 아직 결정된 것은 없어.

마지막 식사…… 그런 건가요?

특별히 의미부여할 필요는 없어. 형이 집행된다고 하더라도 외국의 경우처럼 마지막 식사 같은 제도는 없네. 나는 단지 그동안 자네와의 정을 생각해서 묻는 거네. 교도소 안에서는 그렇게 특별한 일도 아니야. 교도관도 인간이고 수형자들도 인간 아닌가. 우리들도 자꾸 보면 정이 들지. 그것은 죄와 상관없는 아주 개인적인 감정이네. 얼마 전에 내가 담당했던 수형자가 가석방됐네. 그때는 내가 수형자들의 영치품을 담당하고 있던 때였는데 모범수였던 그는 내 일을 도왔었지. 난 진심으로 그와 헤어지는 것이 서운했었네. 그래서 나는 그가 교도소를 떠나기 전 직접 음식을 만들어 대접한 적이 있었지. 자네의 형이 집행될지는 모르겠으나 교도관들은 반년에 한 번씩 담당 근무가 바뀌기 때문에 어쨌든 난 자네와 곧 헤어지게 되네. 그것이 아쉬울 뿐이야. 자네는 내게 해줄 수 있는 게 아무것도 없지만 내 입장은 다르지. 먹고 싶은 음식 한끼 제공해주는 것은 일도 아니네. 물론 규정에는 없는 일이지만…… 우리처럼 은밀하게 만나는 사이도 없지 않은가.

그는 미소를 지으며 내 눈을 바라봤다.

말만 들어도 배가 부르네요. 성의는 고맙지만 사양하겠습니다.

알겠네. 혹시 생각이 바뀌거든 말을 해주게. 그런데 자네에게 알려

줄 것이 있네. 몇 주 전부터 한 여인이 자네를 만나고 싶다며 매일매일 면회신청서를 작성하고 있어. 접견이 불가하다는 것을 알려줬는데도 불구하고 하루에 한 번씩 같은 일을 반복한다고 하네. 혹시 자네와 어떤 관련이 있나?

그의 눈이 순간 흔들렸다. 시종일관 총명하게 빛나던 눈빛이 갑자기 흐려졌다. 순간적이지만 설렘의 빛으로 일렁이다 곧바로 경멸의 빛을 띠었다. 이윽고 그는 평소처럼 부드럽고 텅 빈 눈으로 돌아왔다. 다른 사람이었으면 포착하지 못할 정도의 흔들림이었으나 나는 그가 당황했다는 것을 알았다. 그는 오랫동안 연습되고 학습된 노력의 방식으로 평상심을 유지했지만 나는 느꼈다. 그에게 느껴지는 기운이 불규칙적으로 흐트러지고 있었다. 예상했던 대로 그는 동요했다. 그는 소리나지 않게 숨을 몇 번 내쉬고 천천히 입을 뗐다.

찾아올 사람이 없습니다. 저와 관계된 사람이 아닐 겁니다. 제가 마지막으로 보는 사람은 교도관님이 될 겁니다.

그런가? 영광스러운 일이군. 알겠네.

나는 세탁된 수형복을 바닥에 내려놓고 자리에서 일어났다. 그는 고개를 숙이고 눈을 가늘게 뜨고 생각에 잠겨 있었다. 감지하기 어려웠지만 미세하게 떨고 있었다.

교도관님.

그의 시선은 바닥을 향하고 있었다. 느리게 눈을 깜박거리며 좀처럼 입을 열지 않았다. 그는 손으로 천천히 눈을 비비고 눈을 가렸다. 그가 어깨를 축 늘어뜨리며 말했다. 마치 이곳이 아닌 어떤 공간이나 혹은 은밀한 기억을 향해 말하는 것처럼 그의 음성은 먼 곳을 향해 있었다.

제 행동은 광기가 아닙니다. 하지만 광기 말고는 달리 설명할 방법이 없다는 것을, 남들을 이해시킬 수 없다는 것을 알고 있습니다. 저는 오래전부터 해결하지 못한 어떤 의문을 안고 살았습니다. 왜 나는 뭔가를 죽여야 하는가. 왜 그 행동을 멈출 수 없는가. 뭐 이런 것들입니다만 그것은 제가 풀어낼 수 없는 참으로 어려운 문제였습니다. 지금은 더이상 그것에 대해 궁금해하지 않지만 답은 여전히 모릅니다. 남들은 충동으로 혹은 쾌락으로 혹은 분노로 누군가를 죽입니다. 하지만 제 감정은 오래전부터 평온했습니다. 제겐 감정의 밤과 낮이 없어요. 완전한 그림자이거나 영원한 한낮입니다. 단 한 번도 우발적으로, 실수로, 혹은 저 자신이 아닌 상태로 살인한 적은 없습니다. 저는 항상 모든 것을 정확하게 인지하고 판단했습니다. 때문에 제겐 후회도 괴로움도 죄책감도 없습니다. 이것이 악이라면 전 망설임 없이 악인이겠지요. 명암이 없고 농도도 없이 완벽하게 새까맣겠죠. 저로서는 제 자신의 본질을 어쩔 수 없었습니다.

어쩔 수 없었다…… 자네의 말은 앞뒤가 안 맞네. 나는 자네의 말에 동의하지 않을뿐더러 이해할 수도 없어. 자네 입으로 말했듯 자네는 악하네. 그것도 그 누구보다 악하지. 원래 악하기 때문에 원래 그렇게 태어났기 때문에 자네는 스스로 죄가 아니라고 했네. 하지만 나는 자네가 죄인이라고 생각하네. 어쩔 수 없었다. 말도 안 되는 소릴세. 자네는 작정하고 죄를 지었네. 사람은 마음먹지 않으면 그 어떤 것도 행할 수 없지. 하지만 자네는 마음을 먹었고 행동했네. 의도가 없다고 했나? 나는 그것이 자네의 의도라고 생각해. 생각이 존재하는 한 의도도 항상 존재하네. 자네는 예전에 내게 호기심이란 말을 한 적이 있지. 나는 이곳에서 많은 수형자들을 지켜봤네. 그들의 공통점이 무엇인 줄 아는가. 그들은 호기심에 충실하네. 본질대로, 욕망대로 사는 자들일세. 이기적이라는 거지. 그것은 필연적으로 남을 해치게 되지. 순수하다고 했는가. 나쁜 것은 원래 순수하네. 선은 순수할 수 없어. 위선 없는 사랑도 없고 자만 없는 동정도 없지. 하지만 악은 다르네. 얼마든지 순수할 수 있지. 자네는 이제껏 봤던 그 어떤 사람보다 순수한 죄인이네. 아주 악하지.

흥분했다. 냉정을 찾으려고 애썼으나 허사였다. 나는 작정하고 분노와 열기를 담아 말했다. 그의 죄에 대한 분노는 아니었다. 태연하고 차분한 그를 어떻게든 자극하고 싶은 어두운 호기심 탓이었다. 하지만 곧 실수했다는 것을 깨달았다. 그는 아무렇지도 않게 사람들을 죽인 위험한 사내였다. 더구나 나는 그를 안전하게 통제해야 하는 의무가 있는 사람이 아닌가. 말이 심했던 것 같다고 사과를 하려는데 그가 좀 이상했다. 아무 소리도 들리지 않는 것처럼 멍한 표정으로 벽만 응시하고 있었다. 그리고 아주 작은 소리로 중얼거렸다.

누나.

그러고는 천천히 고개를 끄덕이며 다시 말했다.

그 사람은 아마도 누나일 겁니다.

8

일주일이 지났다. 우려했던 것과는 달리 474번은 평소와 다르지 않았다. 다만 더이상 나와 어떤 대화도 하고 싶지 않아 했다. 갑자기 노인이 된 것처럼 모든 것에 흥미를 잃은 듯 보였다. 호기심 가득한 눈으로 내 표정과 행동을 살피며 뭔가를 이야기하고 싶어했던 때와는 전혀 다른 사람 같았다. 그가 걱정됐다. 사건과 무관하게 나와 그 사이에는 이미 사적이고 은밀한 감정이 연결되어 있었다. 먼저 말을 걸어보기도 했고 원한다면 잠깐이라도 운동장에 나갈 수 있도록 건의해주겠다고 했으나 별다른 흥미를 보이지 않았다. 그렇게 며칠이 지났다. 그는 조용히 식사를 하고 있었다. 나는 그 앞에 앉아 그를 지켜봤다. 갑자기 그가 수저를 내려놓고 말했다.

지금도 그 여자가 찾아옵니까?

계속 오는 것으로 알고 있네. 궁금하면 신상 정도는 알아봐줄 수 있네.

아닙니다…… 먹고 싶은 것이 생겼습니다.

그는 길게 숨을 내뱉고는 손으로 얼굴을 감싸며 말했다.

푹 쪄낸 꽃게를 먹고 싶습니다.

아주 오래된 이야기입니다, 그러니까 제가 작은 소년이었을 때의 일이지요. 저는 산골의 어느 외딴집에서 누나와 단둘이 살았습니다.

그는 잠시 눈을 감았다. 안구가 천천히 움직이면서 눈꺼풀이 부드러운 곡선으로 일렁였다. 그는 눈을 감은 채 한 마디씩 말을 이었다. 마치 기억을 하나씩 묘사하는 것처럼 느리고 신중했다.

이름이 기억나지 않는 작은 개천이 흘렀고 근처에는 폐광이 있었지요. 작은 마을도 하나 있었는데 사람들이 어디론가 한꺼번에 이주한 듯 마을은 텅 비어 있었어요. 한 시간 정도 걸어내려가면 소읍이 있었고 그곳에 작은 염색공장이 있었는데 누나의 일터였지요. 저는 누나가 집에 돌아올 때까지 온종일 집을 지키며 누나를 기다렸습니다. 외로웠던 것 같습니다. 마을을 향하는 언덕에 서서, 집 앞에 서 있는 느티나무 아래 앉아, 마당 한가운데 놓여 있는 커다란 바위 위에 앉아 저는 하염없이 누나를 기다렸습니다. 기다림과 외로움은 그 시절 제 삶의 전부였습니다. 사위가 어둑해질 무렵 누나는 집으로 돌아왔습니다. 빈손으로 돌아온 적은 없었어요. 검정 비닐봉지에 항상 뭔가를 담아 왔지요. 전 봉지 안을 확인하는 것이 기뻤어요. 특히 제가 좋아했던 것은 게맛살이었지요. 부드럽고 하얀 맛살을 씹을 때의 부드럽고 비릿한…… 그 맛을 참 좋아했어요. 그래서 누나는 자주 게맛살을 사다줬습니다. 그런데 저는 좀 별난 취미를 갖고 있었습니다. 누나에게도 말하지 않았던 제 은밀한 비밀이었지요. 혼자 우두커니 있다보면 제 앞으로 참 많은 것들이 지나갑니다. 전 그 움직임을 멈추게 하고 싶어했던 것 같습니다. 처음에는 개미나 여치, 메뚜기 같은 것들을 죽였는데 나중에는 개구리나 병아리, 박새 같은 것들도 잡아서 죽였습니다. 지금도 왜 그랬는지는 모르겠지만 뭐랄까…… 무료했기 때문이라고 해야 할까요. 딱히 재미있거나 유쾌한 것도 아니었는데 그랬어요. 저는 집 주위를 돌아다니며 보이는 동물들을 죽였습니다. 어느 날엔 누나에게 알려야겠다는 생각을 했어요. 궁금한 것이 생겼거든요. 저는 누나의 손을 잡고 마당으로 내려갔습니다. 그리고 누나 앞에서 돌을 집어들었습니다. 그 밑에는 낮에 죽인 병아리가 짓뭉개져 있었습니다. 누나는 놀란 눈치였지만 애써 담담한 표정으로 제게 물었어요. 네가 그런 거니? 저는 그렇다고 했습니다. 왜 그랬니? 라는 질문에 제가 그냥, 이라고 대답했는지 죽이고 싶어서, 라고 했는지는 확실하지 않아요. 누나는 물었습니다. 다른 것들도 죽이니? 저는 사실대로 말했습니다. 곤충들도 죽이고 작은 동물들도 죽이고 얼마 전에는 고양이 목을 졸라 죽였다는 말도 했었지요. 누나는 평상에 앉아 한참 동안 말없이 마당만 쳐다봤습니다. 저는 그 순간 누나에게 물었지요. 누나, 아버지는 어디에 계셔? 누나는 평상에서 벌떡 일어나 눈을 동그랗게 뜨고 저를 바라보더군요. 누나는 그것이 왜 궁금하냐고 묻더군요. 전 고개를 숙이고 아무 말도 하지 않았습니다. 누나는 미세하게 손끝을 떨며 말없이 방으로 들어갔습니다. 우리의 침묵은 다음 날까지 이어졌지요. 누나는 마당에 서서 잠시 고개를 돌려 배웅하는 저를 쳐다보곤 말없이 출근했습니다. 모든 것이 어제와 똑같았지요. 하지만 저는 누나가 달라졌다는 것을 깨달았습니다. 그 당시 저는 누나가 어머니라는 사실을 알게 됐습니다. 그동안 이상하게 짝이 맞지 않던 몇 가지 기억과 의문들이 해결되는 순간이 있었죠. 그런 순간이 있어요. 모든 것들을 그냥 알게 되는…… 그래서 어머니에 대해선 묻지 않았던 겁니다. 어쩐지 그러면 안 될 것 같았거든요. 누나가 돌아왔어요. 손에는 여전히 검은 비닐봉지가 들려 있었는데 크고 무거워 보였지요. 꽃게였습니다. 게맛살은 사실 가짜란다. 이게 진짜 게살이야. 누나는 힘없이 웃으며 말했습니다. 말할 수 없이 쓸쓸한 미소였어요. 누나가 게를 찌는 동안 저는 마당 바위에 앉아 까만 밤보다 더 깜깜하게 서 있는 뾰족한 산을 바라봤습니다. 집안에는 게냄새가 진동을 했습니다. 불길한 냄새였죠. 빨갛게 익은 세 마리의 게가 더운 김을 내며 접시에 엎어져 있었습니다. 전 입술을 꾹 다물고 딱딱한 게 껍데기를 쳐다봤습니다. 그리고 누나의 눈을 바라봤습니다. 누나의 눈동자는 물속에 빠진 까만 돌멩이 같았습니다. 전 먹지 않고 방으로 들어갔습니다. 그것을 먹어서는 안 될 것 같았습니다. 그 밤을 기억합니다. 좀처럼 사라지지 않는 게 비린내, 열리지 않는 누나의 방문, 밤하늘을 소리 없이 날아다니던 검은 새들, 어둠 속에 숨어 울부짖는 이름 모를 야생동물들, 밝아오는 능선, 그리고 죽음처럼 적막한 집. 다음날 아침 누나가 사라졌다는 것을 알게 됐죠. 차갑게 식은 빨간 게만 접시에 그대로 있더군요. 전 기다렸습니다. 아직도…… 그때의 아침, 점심, 저녁, 새벽, 태양, 구름, 소리, 바람, 어둠, 적막 같은 것들이 명징하게 떠오릅니다. 기다림은 게냄새가 완전히 사라질 때까지 계속됐습니다. 그러던 어느 날 부패한 게 위로 파리가 날아다니는 것을 보고 끝났다, 라는 생각이 들었습니다. 그리고 저도 그 집을 떠났습니다. 그후로 지금까지 제 이름을 아는 사람을 만나본 적이 없습니다.

그는 가볍게 주먹을 쥐었다 풀며 고르게 숨을 내쉬었다. 심장이 빠르게 뛰기 시작했다. 관자놀이를 지나는 혈관이 툭툭 불거지는 게 느껴졌다. 나는 헛기침을 하며 진정하려 노력했다. 나는 동요하는 내면을 감추기 위해 일부로 목소리를 무겁게 누르며 물었다.

아버지는 찾았나?

그는 묘한 미소를 지으며 고개를 가로저었다.

아닙니다. 만난 적도 없고 찾아볼 생각도 하지 않았어요.

그런데 왜 누나에게 아버지의 행방을 물었나?

그에게 묻고 싶었어요.

무엇을 말인가?

그때의 저는 궁금했습니다. 내 피와 심장 속에 도대체 무엇이 숨어 있을까. 아무리 생각해봐도 그것은 누나에게 물려받은 것은 아니었습니다. 때문에 누나는 알 수 없었겠지요. 하지만 그는 알고 있을 것 같았습니다. 왜…… 뭔가를 계속 죽여야 하는지.

우리는 아주 오랫동안 말없이 앉아 있었다. 나는 그의 빨간 명찰을 쳐다봤다. 외부로 드러난 심장의 일부처럼 명찰은 위로 아래로 규칙적으로 움직였다.

그후로는 어떻게 살아왔나.

그는 후, 소리를 내며 숨을 길게 내뱉고는 가볍게 웃었다. 그의 얼굴이 처음 만났을 때처럼 단단하고 기이한 표정으로 서서히 바뀌었다.

여기저기 떠돌며 지냈습니다. 하고 싶은 것을 하고, 하기 싫은 것을 하지 않고 살았습니다. 저는 점점 단단해졌고 무심한 사람이 됐습니다. 자극에 무디어졌고 모든 것에 무관심해졌습니다. 실망하는 일도 없었고 더이상 호기심도 의문도 없었습니다. 저는 제 본질이 이끄는 대로 살기 시작했습니다. 제 능력이 필요한 자들에게 능력을 팔았습니다. 서로에게 좋았지요. 제 존재는 어디에서도 증명받을 수도 증명할 수도 없었습니다. 때문에 저는 어디에서나 어떤 방식으로든지 존재할 수 있었습니다. 열일곱이 되던 봄에 배를 타고 러시아로 건너갔습니다. 그곳에서도 저를 찾는 사람들은 많았습니다. 누군가를 죽이고 싶어하는 사람은 어디에나 너무도 많습니다. 저는 죽이고 싶은 사람이 없지만 사람을 죽입니다. 어떤 이는 죽이고 싶어하는 사람이 있지만 자신의 손으로 죽이지 못합니다. 저는 그런 그들을 대신해 손이 되고 칼이 되었습니다. 저는 지금도 저 자신이 죄인이라고 생각하지 않습니다. 법은 일어난 일의 결과로 죄를 판단합니다만 사실 인간은 결과로 죄를 짓는 게 아닙니다. 의도가 죄입니다. 저는 물리적인 도구에 불과합니다. 저를 움켜쥐고 분노하고 흥분하며 죄를 짓는 사람들은 따로 있지요. 겁쟁이들은 저로 인해 강해졌고 원한이 많았던 자들은 저로 인해 원한을 풀었습니다. 저는 그 대가로 삶을 유지할 수 있었습니다. 조사관들이 저를 유령이라고 하는 소리를 들었습니다. 맞는 말입니다. 쁘리즈락. 그곳에서 저를 부르는 명칭입니다. 우리말로 '유령'이지요. 가끔 게냄새가 진동했던 그날의 밤을 떠올려봅니다. 그러면 마음이 이상해집니다. 원치 않아도 노력하지 않아도 불쑥 누나 생각이 나곤 합니다. 그때는 몰랐지만 복잡하고 고단했을 누나의 일기를 상상해보곤 합니다. 제가 왜 출생신고조차 안 된 아이로 자라야 했는지, 집은 왜 그렇게 외진 곳에 있었는지, 뭐 그런 것들 말입니다. 당시에 누나는 저를 두려워했던 것 같습니다. 교도관님…… 죄라고 하셨습니까. 저는 지금 이 순간에도 제가 누군가를 죽이는 것보다 누나가 저를 무서워했다는 것이 더 무섭고 나쁜 범죄처럼 느껴집니다. 하지만 누나를 미워하진 않습니다. 세월이 많이 흘렀지요. 삶은 이해할 수 없는 것들로 가득하다는 것을 깨달았습니다. 누나의 일도 그런 것들 중의 하나일 뿐이지요. 단지 그 일을 생각하면 쓸쓸해집니다. 그뿐이에요. 저는 제 삶의 가장 큰 의문을 해결하지 못하고 살았습니다. 그러나 생각해보면 삶이 나름의 방식으로 답했다고 생각합니다. 이것은 제 운명이고 어쩔 수 없는 것입니다. 누군가에게는 제가 피하고 싶은 운명이겠지요. 제가 피할 수 없었듯 그들도 피할 수 없는 것뿐입니다.

9

474번에 대한 공문이 내려왔다. 교도관들은 탁자 위에 놓인 하얀 종이를 내려다보며 말없이 서 있었다. 나는 모자를 꾹 눌러쓰고 사무실에서 나와 운동장으로 나갔다. 맑은 날이었다. 수형자들은 운동장에서 각자의 취미에 따라 시간을 보내고 있었다. 나는 벤치에 앉아 그들의 움직임을 지켜봤다. 한 수형자는 담을 따라 기계적이고 규칙적으로 걸었다. 고인 물을 목적 없이 선회하는 곤충처럼 집요했고 고요했다. 공을 차고 근력을 기르고 대화를 나누고 웃고 떠드는 사이에도 하늘에 떠 있는 해는 정해진 궤도를 따라 서서히 기울고 있었다. 나는 그길로 교도소를 나가 가까운 시장으로 향했다.

푹 쪄낸 세 마리의 꽃게를 그 앞에 내놓았다. 아직 따뜻했고 희미하게 김이 나고 있었다. 그는 묘한 눈으로 붉은 꽃게의 등을 내려봤다. 낯선 이가 던져준 고기를 두고 갈등하는 개처럼 그는 조심스럽게 게와 나를 번갈아 쳐다봤다. 나는 어깨를 살짝 올렸다 내리며 말했다.

마침 꽃게에 살이 붙는 계절이라고 하더군. 걱정 말고 부담 없이 먹어주게.

그는 한참 동안 꽃게를 앞에 두고 말없이 앉아 있었다. 좁은 방안에 비릿한 게냄새가 가득찼다. 마침내 그는 말했다.

어떻게 먹는 겁니까?

나는 그가 잘 먹을 수 있도록 다리를 뜯어내고 관절을 가위로 잘랐다. 등딱지를 손으로 뜯어냈고 불필요한 부분을 손질했다. 그는 손가락 크기만큼 잘린 게 다리를 집어들고 먹기 시작했다. 껍데기에 붙어 있는 살점을 남기지 않기 위해 집요하고 느리게 또한 공들여 먹었다. 등딱지는 숟가락으로 파먹었고 다리는 쪽쪽 소리를 내며 빨아먹었다. 먹는 내내 단 한마디도 하지 않았으나 틈틈이 묘한 신음 소리를 내뱉으며 맛있다는 내색을 숨기지 않았다. 분해된 세 마리의 게는 30분도 되지 않아 껍데기만 남았다.

아…… 맛있군요. 정말이지 최고로 맛있었습니다.

그는 눈을 감고 손가락을 하나씩 빨며 흡족한 듯 미소 지었다. 나 역시 기분이 좋았다. 우리는 게 껍데기를 사이에 두고 편하게 앉아 가볍게 이런저런 이야기를 나누었다. 시간은 빠르게 흘렀고 방안에서 더 이상 게냄새가 나지 않는 것 같았다.

그런데 말이네. 자네의 이름은 뭔가?

글쎄요. 너무 오랫동안 사용하지도 들어보지도 못해 잊어버렸습니다. 지금은 474번이라는 이름이 생겼지요.

그는 자랑스러운 듯 가슴을 앞으로 내밀며 명찰을 보여줬다. 나는 게 껍데기를 비닐봉지에 담고 접시를 들고 일어섰다. 그는 고개를 숙여 인사했고 나 역시 가볍게 고개를 숙였다. 나는 문을 열고 밖으로 나가려 했다. 그때 그가 나를 불렀다.

교도관님.

나는 열린 문을 손으로 잡고 고개를 돌려 그를 바라봤다.

지금도 그 여자가 찾아옵니까?

계속 오는 것으로 알고 있네.

그렇다면 모든 일이 다 끝나고 난 뒤에 전해주세요. 맛있게 먹었다고. 그렇게만 전해주십시오.

나는 말없이 고개를 끄덕였고 그는 이제까지 본 적 없는 가장 큰 웃음을 보여줬다. 그의 하얀 치아가 가지런했다. 나는 문을 닫고 꼼꼼하게 잠금장치를 살폈다. 왼손에는 게 껍데기가 담긴 봉지를 들고 오른손에는 셀 수도 없이 많은 열쇠가 달려 있는 꾸러미를 들고 겨드랑이에는 접시를 끼웠다. 그리고 한 발 한 발 복도를 걸었다.

우리는 혈육이 아니냐

그가 전화를 걸어왔을 때 나는 그가 누구인지 몰랐다. 모르는 번호였고 처음 듣는 목소리였다. 그는 내 이름을 알고 있었고 그 이름이 내가 맞는지 묻고 있었다. 음성은 작고 탁했고 말끝은 흐렸다. 나는 그 이름이 내가 맞다고 대답한 뒤에 그런데 누구시죠, 라고 물었다. 그는 아무 말도 하지 않았다. 다시 한번 누구시죠, 라고 물어보니 그는 더듬거리며 그러니까, 그러니까, 라고만 했다. 수상하고 이상했으나 끊지 않고 정적을 유지했다. 잠시 뒤 그는 작게 헛기침을 하고 낯선 여자의 이름을 말했다. 조금 긴 정적이 흘렀다. 회전하는 나무팽이처럼 어떤 기억이 같은 자리를 돌며 조금씩 깊어졌다. 여자의 이름이 기억났고 통화하고 있는 남자가 누구인지도 알게 됐다. 욕조에 담긴 물이 바닥의 구멍으로 빠져나가 안이 텅 비는 것처럼 머릿속이 그러했다. 핸드폰을 쥐고 있는 손에서 땀이 났고 귀가 뜨거워졌다.

집 근처 초등학교에서 그를 만났다. 나는 그와 스탠드 아래에 나란히 앉아 텅 빈 운동장을 바라봤다. 나른한 풍경이었다. 아이 셋이 공을 차고 있었고 만삭의 임신부가 느리게 운동장을 돌고 있었다. 철봉이나 구름사다리, 축구 골대 같은 것들이 바람을 맞으며 하릴없이 서 있었고 망가진 종이상자와 검은 비닐봉지가 바람에 날려 공중에서 뱅글뱅글 돌고 있었다. 태극기가 펄럭였고 깃봉이 흔들리며 윙윙, 소리를 내며 진동하고 있었다. 우린 일 미터 정도의 간극을 두고 앉았다. 그는 초조한 표정으로 말을 고르며 망설였고 나는 침묵했다.

생각보다 덤덤했다. 그를 만나면 어떤 식으로든지 격한 감정이 생길 거라고 생각했다. 분노, 환멸, 슬픔, 증오, 이런 공격적인 열기들이 내부를 휘저을 것이라고 예상했다. 그러면 나는 어떻게 해야 할까, 전화를 끊고 내내 그 생각만 했다. 그런데 막상 그와 대면하니 아무렇지 않았다. 오히려 그것이 놀라웠다. 그는 나와 비슷하게 생기지도 않았고 악인처럼 보이지도 않았다. 나를 어려워하며 쩔쩔매는 모습에 그저 좀 불쌍한 느낌을 받았을 뿐이다. 그는 무슨 말을 끝내기도 전에 말끝을 뭉개며 사그라드는 목소리로 미안하다고 했다. 나는 별다른 대꾸를 하지 않고 계속 운동장만 응시했다. 그는 내 성장과정을 물었다. 나는 별일 없이 잘 자랐다는 형식적인 대답을 했다. 그는 다행이구나, 라고 말하고 갑자기 울었다. 처음엔 손바닥으로 두 눈을 가리고 조용히 흐느끼더니 나중엔 입을 벌리고 소리를 내면서 아이처럼 엉엉 울었다. 그의 낡은 구두 위로 침이 뚝뚝 떨어졌다. 그는 움켜쥔 주먹으로 관자놀이를 누르며 괴로워했다. 물끄러미 그의 옆모습을 쳐다봤다. 형편없이 말랐고 나이보다 늙어 보였다. 흰색과 검은색이 뒤섞여 있는 머리는 손질되지 않아 지저분했고 빰과 벗어진 이마에는 검버섯이 피어 있었다. 피부는 건조하고 푸석푸석했고 크고 작은 흉터가 많았다. 눈동자는 흐릿했고 눈자위는 황달에 걸린 것처럼 노랬다. 깊게 파인 네 개의 눈주름 밑으로 좁쌀만한 물사마귀가 셀 수 없이 많았다. 목이 늘어진 밤색 티셔츠 왼쪽 어깨 부분에 오래된 치약이 말라붙어 있었고 곳곳에 오물이 묻은 면바지 밑단은 해지고 뜯겨 있었다. 나는 눈을 가늘게 뜨고 미간을 좁혔다. 그는 울다가 웃기를 반복하며 모노드라마 배우처럼 끊임없이 중얼거렸다. 말을 끊지 않고 계속하려는 노력에서 필사적인 느낌마저 들었다. 하지만 내가 좋아했다던 과자와 자주 갔다던 동물원, 마당의 느티나무 같은 것들은 하나도 기억나지 않았다. 나는 그의 말을 귓등으로 흘려들으면서 한 계단 밑에 줄지어 이동하는 개미 무리를 쳐다봤다. 개미들은 말벌을 옮기고 있었다. 신경이 살아 있는 말벌의 통통한 배가 한 번씩 꿈틀거렸고 가늘고 긴 다리가 규칙적으로 접혔다 펴졌다를 반복했다. 머리는 보이지 않았다. 입으로 바람을 훅— 불자 대열이 흐트러졌다. 개미들이 주위를 경계하며 혼란스럽게 움직였지만 먹이를 포기하지는 않았다. 나는 그 위로 침을 뱉고 싶은 충동을 느끼며 이 순간이 빨리 지나가길 기다렸다. 그가 왼쪽 소매를 걷었다. 앙상하게 마른 팔뚝이 드러났다. 그가 처음으로 내 눈을 정면으로 마주보며 말했다.

사실 내가 많이 아프다네. 그것 때문에 환자 가석방으로 나왔어.

나는 그의 눈을 피하며 그의 외형을 하나씩 눈여겨봤다. 죽은 나무처럼 앙상한 몸피와 어두운 낯빛, 불룩한 아랫배와 기형적으로 돌출된 팔뚝의 혈관. 나는 그가 무슨 병을 앓고 있는지 대번에 알 수 있었다.

이게 다 내 업이지. 벌받은 거야.

그는 쓸쓸하게 웃으며 걷었던 소매를 다시 내렸다. 우리는 한참을 더 앉아 있다 일어섰다. 그는 미안하다와 고맙다를 섞어 횡설수설 인사를 했고 머뭇거리며 악수를 하려고 했다. 나는 그의 손을 잡지 않고 고개를 숙이며 잘 지내세요, 라고 말한 뒤 돌아섰다. 한 번도 돌아보지 않았고 마음도 이상하지 않았다. 다만 한 가지가 궁금했다. 그가 왜 나를 찾아왔을까.

이십사 년 전 남편이 아내를 살해한 사건이 있었다. 이 일은 엽기적인 살인 방식 탓에 당시 언론에서 제법 큰 사건으로 화제가 됐다. 아내는 왼쪽 관자놀이에 칼이 박혀 사망했다. 법원은 그에게 종신형을 선고했다. 범행에 사용한 도구가 칼이라는 점과 살해 방식으로 미루어볼 때 우발적인 살인이 아니라는 판단이었다. 무엇보다 남자에게는 폭력과 관련된 몇 건의 전과가 있었다. 살해 현장에서 다섯 살 아이가 발견됐다. 부부의 아들이었다. 이 아이는 발견 당시 작은방에 잠들어 있었다. 부모를 잃고 고아가 된 아이는 누군가에 의해 곧바로 입양됐다.

언론에 공개된 공식적인 정보는 이 정도다. 하지만 나는 이 사건과 관련된 몇 가지 것들을 더 알고 있다. 잘못된 정보도 있고 누락된 것도 있다. 사건 당시 아이는 잠들어 있지 않았다. 작은방 문턱을 밟고 서서 과정을 모두 지켜봤다. 부부는 몸싸움을 하고 있었다. 여자는 남자의 머리카락을 움켜쥐었고 남자는 여자의 팔목을 잡고 있었다. 시끄러운 언성이 오갔고 물건이 부서졌다. 싱크대에 등을 기대고 있던 남자가 뭔가로 여자의 머리를 내리쳤다. 여자는 비명을 지르며 바닥에 쓰러졌다. 여자의 머리에는 칼이 박혀 있었다. 남자는 바닥에 쓰러져 피를 흘리고 있는 여자를 흔들며 소리쳤지만 여자는 더이상 움직이지 않았다. 남자는 자신을 바라보고 있는 아이를 발견했다. 남자는 무릎을 꿇고 앉아 한참 동안 아이를 바라봤다. 상황인지능력이 부족했던 아이는 울지 않았고 크게 놀라지도 않았다. 남자는 아이를 안고 작은방으로 들어가 침대에 눕혔다. 이불을 덮어줬고 한동안 손바닥으로 아이의 가슴을 도닥였다. 아이는 곧 눈을 감았다. 얼마 지나지 않아 작은방 문이 다시 열렸다. 문을 연 건 남자가 아닌 두 명의 경찰이었다. 이 아이는 죽은 여자의 언니에게 입양됐다.

아이는 이모를 엄마라고, 이모부를 아빠라고 부르며 자랐다. 그들은 살가운 부모는 아니었지만 좋은 부모였다. 항상 아이를 위해 애썼고 노력했다. 아이를 혼내지 않았고 함부로 대하거나 자존감을 상하게 하는 일도 없었다. 말을 하진 않았지만 부모도 아이도 서로가 실제로 어떤 관계인지 알고 있었기 때문에 어쩔 수 없는 한계나 넘을 수 없는 벽 같은 것들은 인정하며 살았다. 가족관계는 뜨겁지도 차갑지도 않은 적절한 온도를 유지했고 안전하고 단단하게 결속되어 있었다.

침대에 누워 천장을 바라보며 어머니를 생각했다. 어머니로부터 전화가 왔다. 최근에 어머니가 전화를 자주 걸어온다. 별일 없지? 라고 묻고 별일 없다고 대답하면 그래 별일이 없어야지, 라고 말하고 끊는 시시한 전화지만 나는 알고 있다. 어머니가 그의 출소를 알고 있는 것이다. 다정하게 통화를 하며 안부를 묻는다거나 이런저런 일상에 대해 말하는 일은 우리 가족에게는 없는 정서다. 집에서 독립한 이래로는 더욱 그렇다. 언제부터인지 딱히 짚어낼 순 없지만 부모님과 대화를 나눈다는 것이 어색하고 어려웠다. 부모님도 나도 공통감각으로 느끼고 있는 문제였지만 그것에 대해 터놓고 말할 기회가 없었고 누구도 그 순간을 이겨내기 위해 특별히 애쓰지 않았다. 아니, 어쩔 수 없는 일이라고 앞당겨 결론을 내렸을 수도 있다. 나는 그것이 자연스럽고 편했다. 부모님도 그랬을 거라고 생각한다. 내색하지 않고 무심한 목소리로 안부를 묻고 있지만 어머니가 불안해한다는 것을 느낄 수 있었다. 나는 어머니에게 괜한 근심과 걱정을 안겨주고 싶지 않았다. 그를 만난 것은 내게 아무 문제도 아니지만 어머니는 오해할 수도 있을 것 같아 사실대로 말하지 않았다.

오랫동안 그에 대해 생각했다. 거듭된 생각 끝에 마침내 확신했다. 그는 내게 아무것도 아니다. 다섯 살이었다. 너무 어릴 때의 일이다. 몇몇 장면이 트라우마로 남긴 했지만 그때의 기억은 지금의 내게 무의미하다. 오 년 동안 가족을 이루고 살았던 시절은 더이상 나와 상관없는 일이고 존재하지 않는 기억들이다. 좋은 기억도 특별한 기억도 없다. 당연히 추억이라고 할 만한 것들도 없다. 나를 낳아준 진짜 어머니의 얼굴도 기억나지 않는다. 생각나는 것은 까만 뒤통수가 전부다. 얼굴도 모르는 사람을 그리워할 순 없는 일이다. 아무리 대단한 일이라도 남들의 사건이 내게 무심하고 평범하게 감각되는 것처럼 그때의 일도 단순히 하나의 사건일 뿐이다. 나는 그에게 그 어떤 사적인 감정이 없다. 하지만 그와 나는 입장이 다를 것이다. 이해한다. 그는 내게 죄책감을 갖고 있을 것이고 어떻게 성장했는지 보고 싶었을 것이다. 때문에 그가 나를 만나고 싶어하는 것은 어찌 보면 당연하다. 하지만 내 경우는 다르다. 그는 법적으로도 사적으로도 내 아버지가 아니다. 그를 만나고 난 뒤 입장이 더욱 확실해졌다. 앞으로 그를 만날 일은 없을 것이다. 그에게는 내가 자신의 유일한 혈육일지 몰라도 그는 내게 완전한 타인이다.

나는 개인병원 신장투석실에서 간호조무사로 일하고 있다. 새벽 네시부터 오후 한시까지 환자들을 대한다. 주된 업무는 투석기와 인공신장 역할을 하는 필터를 관리하는 일이다. 환자들의 혈압을 재고 투석하는 동안 환자의 상태와 활동을 돕기도 하며 위급시에는 간단한 혈관수술을 보조한다. 이곳을 찾는 사람들은 신장이 망가진 자들이다. 신체의 필터 기능을 담당하고 있는 신장에 이상이 생기면 핏속에 함유된 유독 물질들이나 노폐물들이 여과되지 않는다. 오염된 피는 혈관을 타고 돌며 생체 기능을 무너뜨리고 생명을 위협한다. 때문에 그들은 투석기의 도움을 받아야 한다. 기계를 이용해 인공적으로 혈액을 투석하지 않으면 살 수 없다. 혈액을 투석하는 과정은 외관상 성분헌혈과 비슷하다. 동맥에서 뽑은 오염된 피를 인공신장에 통과시킨 뒤 정맥을 통해 정화된 피를 다시 몸속으로 집어넣는 방식이다. 그러나 이삼 일이 지나면 피는 다시 독으로 변한다. 그들은 다시 투석기 곁에 누워야 한다. 오래전부터 이 생활을 반복하고 있는 만성 환자들도 있고 일이 년 사이에 갑자기 나빠진 급성 환자들도 있지만 신장이 망가진 이상 그들의 운명은 같다.

나 역시 투석기를 중심으로 반복적인 삶을 산다. 초저녁에 잠들어 새벽에 일어나 몽롱한 정신으로 병원에 출근한다. 열여섯 개의 병상에 누워 있는 우울한 표정의 환자들에게 가볍게 인사를 하고 투석기를 만진다. 튜브를 교체하고 환자의 상태에 맞게 게이지를 조절한다. 환자들의 혈압을 재고 수치를 기록한다. 의사는 친절하게 미소 지으며 환자들의 부푼 혈관 속으로 망설임 없이 굵은 바늘을 집어넣는다. 간호사들은 쾌활한 모습으로 환자들을 대한다. 김간은 안녕하세요, 인사하고 박간은 잘 지내셨어요, 안부를 묻는다. 말없이 고개를 끄덕이는 환자도 있고 잔뜩 인상을 구기며 힘든 몸 상태에 대해 푸념을 늘어놓는 환자도 있다. 간호사들은 네, 네, 대답하며 반창고를 뜯어 피부에 붙이고 흐르는 피를 알코올 솜으로 닦아낸다. 적당히 무관심하고 다정한 기계적인 과정들과 지지부진하게 이어지는 끝없는 반복의 연속이다.

삼 년 넘게 이 일을 해왔다. 하지만 환자들을 보면 여전히 기운이 빠진다. 검고 푸석한 얼굴들이 흰색 페인트가 칠해진 단조로운 병실에 나란히 누워 튜브 속을 빠르게 오가는 자신의 붉은 피를 무심히 응시한다. 응달에 박혀 있는 축축한 돌멩이처럼 그들의 몸은 차고 어둡다. 투석기는 환자들 몸속의 노폐물과 독소만 여과하는 것이 아니다. 핏속에 녹아 있는 유머와 즐거움, 욕망과 에너지까지 모두 제거한다. 투석하는 동안 환자들의 표정은 오래된 마네킹처럼 딱딱하게 굳어 있다. 그 적막하고 무력한 기운이 싫다. 나는 병실에 들어설 때마다 습관적으로 발소리를 크게 하고 가볍게 박수를 치며 짐짓 명랑하게 인사한다. 활기차게 병실을 돌며 굿모닝, 오늘은 어때요, 라고 크게 물어놓고 환자들이 아무 대꾸를 하지 않아도 좋습니다, 라고 말한다. 오늘도 그렇게 시작했다. 굿모닝, 오늘은 어때요. 평소처럼 크게 인사했다. 그런데 그다음 말은 잇지 못하고 우뚝 멈춰 서고 말았다.

그가, 다시는 볼 일이 없을 거라고 생각했던 그가, 병상에 누워 나를 바라보고 있었다. 몸을 반쯤 일으키고 어정쩡하게 누워 나를 향해 살짝 고개를 숙였고 눈을 동그랗게 뜬 뒤 묘한 표정을 지었다. 반가움과 쑥스러움이 반씩 섞여 있으면서도 걱정하지 말라는 듯 은밀하게 고개를 끄덕이고 있었다. 이미 의사와 면담도 끝난 상태였고 오늘부터 투석을 시작할 거라고 했다. 그의 혈관확장수술이 바로 진행됐다. 만성 환자라면 필히 해야 하는 수술이다. 팔뚝의 혈관이 대부분 막혀 있는 탓에 어깨의 정맥을 사용하기로 했다. 어깨의 정맥은 투석기를 장기간 사용할 환자들이 받는 시술이다. 그 말은 그가 이곳 투석실을 최소한 삼사 개월은 이용하겠다는 뜻이기도 했다. 그때 다른 환자의 투석기에서 경보음이 울렸다. 투석기의 압력이 일정하지 않거나 환자의 혈압에 이상이 생겼을 때 울리는 경보다. 의사는 시술을 멈추고 그의 혈관을 고정해놓은 뒤 잠시 다른 환자를 보러 갔다. 그 순간 그의 혈관이 터졌다. 혈관수술중에는 종종 있는 일이었지만 피가 밖으로 터져나온다는 것은 환자 입장에서 언제나 무섭고 당혹스러운 일이다. 그는 어깨에서 솟는 피가 자신의 상의를 적시는 모습과 내 눈을 번갈아 쳐다보며 겁먹은 얼굴을 하고 있었다. 나는 아무 조치도 취하지 않고 우두커니 서 있기만 했다. 뭐하는 거야, 김간이 내 어깨를 밀치며 급하게 달려와 거즈로 그의 어깨를 눌렀다. 나는 당황했다. 혈관이 터져서가 아니라 그를 어떻게 대해야 할지 몰랐기 때문이었다. 의사는 금방 돌아와 수술을 마무리지었다. 시술한 어깨의 혈관은 한 달 뒤부터 사용할 수 있기 때문에 임시로 목 근처에 도관을 삽입했다. 그는 힘없이 눈을 감고 입술을 다물었다. 고통스럽고 절망스러운 표정을 적나라하게 드러내며 마치 치명상을 입고 쭉 뻗어버린 짐승처럼 떨었다. 나는 무표정한 얼굴로 병상 곁에 서서 혼란스러운 마음으로 그를 내려봤다. 그가 팔뚝을 걷으며 자신이 아프다고 했던 날이 떠올랐다. 나는 깨달았다. 그가 나를 왜 찾아왔는지. 그가 왜 내가 근무하고 있는 이 병원에서 투석을 받고 있는지. 분명한 것은 그가 이곳에 누워 있는 것은 결코 우연이 아니라는 사실이다. 의도를 정확하게 알 수는 없지만 그는 일부러 나를 찾아왔고 마음먹고 이 병원을 선택했다. 마음이 서늘해졌고 정체를 알 수 없는 이상한 기분이 들었다. 좋든 싫든 나는 앞으로 일주일에 세 번씩 다섯 시간 동안 그를 만나야 한다.

염치없는 일이라는 것을 알지만 아는 병원도 없고, 계속 치료는 받아야 하는데 소개해줄 사람도 없고 그렇다고 마땅히 아는 사람도 없고…… 그는 손가락으로 튀어나온 자신의 혈관을 꾹꾹 누르며 더듬더듬 말했고 마치 자신의 손에게 말하듯 아래만 바라봤다. 그는 교도소에서 신부전증을 앓았다고 했다. 신부전증은 투석기가 없으면 치료가 불가능할 뿐만 아니라 지속적이고 반복적인 시술이 필요한 만큼 교도소 내에서 그를 효과적으로 치료하는 데 어려움이 있었다. 그는 투석기가 구비되어 있는 교도소로 이송됐지만 체계적이고 효과적인 치료를 하는 데 물리적인 한계가 있었다. 병은 더 악화됐고 부작용으로 인해 합병증까지 생겼다. 결국 수형자의 치료권이 보장되지 않는다는 이유로 교정본부에서 형집행 정지를 내렸고 그는 환자 가석방으로 출소됐다. 인도적인 차원에서 수형자에게 형의 집행을 계속하는 것이 가혹하다는 것이 명분이었지만 사실상 그는 교도소에서 수용이 불가능한 종류의 환자였던 것이다. 사람을 죽여 종신형을 선고받은 죄수에게 이런 방식의 석방이 가능하다는 것이 놀라웠지만 형편없이 마르고 의기소침한 그의 모습을 보니 그가 아내를 단칼에 죽인 살인자였다는 과거가 거짓처럼 느껴졌다. 나는 그의 말에 그 어떤 대꾸도 안하고 등을 돌렸다. 절대로 아는 척 안 할게. 그가 작은 목소리로 말했다. 나는 잠시 걸음을 멈췄다가 뒤도 안 돌아보고 자리를 떠났다. 한참 뒤 그는 다급하고 커다란 목소리로 약속할게, 라고 소리쳤다.

그는 적극적이고 활달한 성격이었다. 간호사들보다 일찍 나왔고 들어오는 환자들 한 명 한 명에게 일일이 큰 소리로 인사했다. 힘없이 걸어 자신의 침대에 조용히 눕는 다른 환자들과 대비되는 모습이었다. 환자들은 공통적으로 만성적인 무력증에 빠져 있다. 그들은 의술이 자기를 구원할 수 없다는 사실을 안다. 신장이식이라는 방법이 있기는 하지만 대기자들도 너무 많고 자신의 몸에 맞는 신장을 찾기도 힘들다. 어렵게 이식에 성공했다 해도 부작용으로 다시 투석기에 의지해야 하는 경우가 다반사다. 그들은 세월을 통해 자연스럽게 포기를 배웠다. 의사와 간호사들이 자신들을 위해서 뭔가를 열심히 하지만 치료가 아닌 간단한 서비스에 불과하다는 것을 알고 있었으며, 때문에 이곳의 모든 것들을 무능하게 느꼈고 모든 자극에 무감하게 반응했다. 지속적인 통증과 지루함을 견디며 만들어진 눈썹 사이의 단단한 주름과 굳게 다문 입술, 이따금 분출되는 분노와 히스테리는 환자들이 공통적으로 나누어 갖는 인격과도 같았다. 가령 십 년 된 김씨는 사람들의 인사를 절대로 받지 않는다. 간호사가 혈관을 만지거나 의사가 주삿바늘을 집어넣을 때마다 인상을 구기며 비아냥거린다. 그보다 오래되어 십이 년 된 서씨는 투석실에 들어와 나갈 때까지 오직 눈만 깜박이다 돌아간다. 바늘이 피부를 뚫고 들어갈 때조차 눈썹 하나 까딱하지 않는다. 천장을 바라보는 그의 얼굴처럼 우울한 풍경을 나는 아직까지 그 어디에서도 보지 못했다. 투석을 시작한지 일 년밖에 안 된 급성 환자 정씨는 간호사들과 의사에게는 그러지 않으면서 유독 나한테만 시비를 걸었다. 기회만 생기면 기다린 양 폭발하듯 분노하거나 서비스가 안 좋다, 불친절하다, 불평을 늘어놓고 병원을 옮긴다고 시도 때도 없이 협박을 했다. 내가 직급이 낮은 간호조무사고 남자라서 만만하게 느껴져 그런 것 같지만 때로는 죽상을 하고 찡그리고 있는 그 얼굴을 주먹으로 내려치고 싶다는 충동을 힘겹게 이겨내야 할 때가 있기도 하다. 무엇보다 힘든 환자는 오 년 된 최씨다. 튜브에서 돌고 있는 피를 물끄러미 보다가 돌연 자기 자신을 '차라리 빨리 죽는 게 나은 병신'이라고 비하하며 소리침으로 애써 만들어놓은 화기애애한 분위기를 일순간 박살내는 못된 심보를 갖고 있었다.

하지만 그는 달랐다. 처음 며칠간은 눈치를 살피고 낯을 가리더니 일주일이 지나자 본색을 드러냈다. 그는 투석하는 동안 한잠도 안 잤다. 오랫동안 고정되어 있던 채널을 마음에 드는 프로그램이 나올 때까지 돌렸고 꼼꼼하게 신문을 읽었으며 옆 사람이 대꾸를 하든 말든 상관하지 않고 계속 말을 걸었다. 어느 날부턴가 재활용함에 모아놓은 이면지를 집어오더니 뒷면에 한자를 적으며 공부를 하기 시작했다. 자신의 앞을 지나가는 간호사들과 의사에게 무조건 말을 걸었고 다른 환자들과 눈만 마주쳐도 눈을 동그랗게 뜨고 대화를 시도했다. 이른 새벽은 환자나 의사나 간호사나 모두 잠이 덜 깨고 육체적으로 정신적으로 힘든 시간이었다. 짜증이 나고 기분이 처지는 것은 어쩔 수 없는 일이었다. 처음에는 별 이상한 사람이 다 들어왔다며 환자들은 그를 무시하거나 싫은 내색을 보였다. 하지만 시간이 갈수록 그가 내뿜는 에너지는 투석실 분위기 전체를 바꾸기 시작했다. 우선 간호사들이 그를 좋아했다. 그가 던지는 농담이나 하나 마나 한 이야기에도 웃거나 재미있어했다. 간호사들의 표정이 전과는 다르게 밝아졌고 생기가 돌았다. 환자들도 변했다. 말을 하기 시작했다. 그가 자꾸 말을 걸었기 때문이었지만 한 마디 한 마디 주고받다보니 제법 친한 사람들처럼 자연스럽게 대화하는 단계가 됐다. 다섯 시간을 죽은 시간이라 여기고 관 속에 누운 주검처럼 지냈던 그들의 내부에 어떤 변화가 생긴 듯했다. 투덜대고 비아냥거리기만 했던 김씨가 웃기 시작했고 눈만 깜박이던 서씨는 몸을 일으켜 흥미롭게 그를 쳐다봤다. 정씨는 더이상 내게 시비를 걸지 않고 이어폰을 끼고 영어 단어를 외우기 시작했고 염세주의자 최씨는 병상을 그의 옆으로 옮겨 엄청난 수다쟁이가 됐다. 투석실은 분명 그로 인해 밝고 명랑해졌다. 그토록 원했지만 내가 해내지 못한 것을 그는 단번에 해낸 것이다. 사람들은 그를 좋아했다.

나는 아니었다. 그의 적극성, 노력, 긍정적인 성향, 왕성함, 모든 것이 불편했다. 그가 투병 의지를 불태울수록 까닭 없이 불쾌해졌고 전에 없던 짜증이 생겼다. 투석실에서 들리는 환자들의 말소리와 활기찬 웃음소리를 들으면 기분이 저조해졌고 특히 그 속에 숨어 바늘처럼 고막을 찔러대는 그의 목소리는 견디기 힘들 정도였다.

벽에 테니스공을 던지고 받기를 반복했다. 텅, 텅, 텅, 소리가 방에 쌓여갈수록 더 답답해졌다. 너무 세게 던져 강하게 튀어나온 공을 받지 못했다. 침대 밑 어둠 속에 숨은 공은 보이지 않고 손에도 닿지 않았다. 그대로 침대에 드러누웠다. 마음이 복잡했다. 설명하기 어려운 짜증과 답답함이 생겼다. 도대체 왜 이렇게 날카롭고 예민해지는 걸까. 그가 원하는 것이 뭘까. 어쩌면 그는 자신이 망가뜨린 가족을 다시 재건하고 싶은 소망을 품고 있는지도 모른다. 하지만 그것은 아주 오래전에 와해된 일이다. 돌멩이 하나 남기지 않고 완전히 박살났다. 그렇다면 나는 그가 어떻게 하기를 바라고 있는 걸까. 자문해봤지만 그 역시 답하기가 힘들었다. 솔직한 심정으로 나는 그가 불행하게 살거나 죽기를 바라지 않았지만 또 그렇다고 그가 불행하지 않거나 잘 지내기를 바라지도 않았다. 그것은 나로서는 설명하기 힘든 감정이었다. 그는 법적으로 정당한 방식의 죗값을 치렀다. 심지어 평생 고통 속에 살아야 하는 고약한 병도 얻었다. 그는 내게 뭔가를 요구하지도 않았고 아버지 노릇을 하려고 하지도 않았다. 그럼에도 불구하고 나는 그가 거슬렸고 뻔뻔하다고 생각됐다. 그에게 가할 수 있는 가장 합리적인 태도는 그와 맺고 있는 혈연을 인정하지 않고 아버지로 생각하지 않는 거다. 무정하고 어떻게 보면 잔인한 처사일 수도 있지만 이런 태도는 미움도 복수도 아닌 자연스럽고 당연한 마음이다. 그와 나 사이를 이어주는 것은 아무것도 없다. 그런데 왜 나는 그를 이렇게 불편해하는 걸까. 이런 복잡한 감정과 고민이 마음을 지배하는 것 자체가 스스로 규정하고 있는 그에 대한 내 입장을 부정하는 격이 아닌가. 이성적이고 합리적인 방식으로 생각을 정리하려는 순간에도 그에 대한 반감은 왕성하게 자라나는 덩굴처럼 갈수록 나를 강하게 사로잡았다. 내게는 그를 만나고 난 후의 모든 일들이 충격의 연속이었다. 한꺼번에 흡수되는 정체불명의 감정들과 너무도 많은 힘들이 나를 다른 방향으로 끌어당기고 있었다. 기습적으로 찾아온 이 상황을 나는 어떻게 해야 할지 몰랐다. 편두통이 생겼고 하루에도 몇 번씩 어둡고 위험한 충동에 시달려야 했다. 그의 얼굴을 대하면 대할수록 점점 비참해지는 자신을 발견했고 마음이 상했으며 이상하게 억울했으며 기이한 수치심을 느꼈다.

가장 견딜 수 없는 건 그의 식탐이었다. 환자들은 투석중에 뭔가를 먹어야 한다. 투석기는 노폐물과 독소만 걸러내는 똑똑한 기계가 아니다. 몸에 필요한 영양소와 필수 성분까지 모두 없애버린다. 투석이 끝난 몸은 모래성처럼 헐겁고 위태로워진다. 때문에 병원에서는 환자들에게 투석 도중에 계란과 치즈를 섭취시킨다. 하지만 환자들은 먹는 것에 적극적이지 않다. 먹어야 살지만 동시에 먹으면 죽는다. 음식물이 섭취되면서부터 피는 다시 오염되기 때문이다. 환자들은 보통 두세 개의 계란과 두 장의 치즈를 먹는다. 그것도 마지못해 억지로 입에 집어넣는다. 하지만 그는 달랐다. 계란을 다섯 개 이상 원했고 치즈도 일곱 장씩 먹었다. 때에 따라 더 많이 달라고 요구했다. 그의 식욕은 왕성했고 눈에는 식탐이 가득했다. 계란을 한 번에 두 개씩 입에 집어넣고 터질 듯 부푼 볼을 움직이며 우물거리는 그를 보고 있으면 역겨웠고 분노가 치솟았다. 그렇게 먹으면 그는 분명 후회하게 된다. 금방 몸이 부을 것이고 투석하기 전까지 끔찍한 부작용에 시달리며 신경 곳곳에서 통증을 느끼게 될 것이다. 어떻게 그토록 무모하고 어리석을 수 있단 말인가.

계란 삶기는 내가 가장 좋아하는 일 중 하나였다. 열여섯 개의 투석기를 환자들 혈압에 맞게 일일이 세팅하고 보조하는 일은 한 시간 이상 소요된다. 혈액 투석이 시작되면 여유가 생긴다. 처치실에 들어가 잠깐 쉬거나 간호사들과 가볍게 담소를 나누기도 한다. 간호사들은 알코올 솜이나 반창고 같은 소모품을 점검하고 나는 환자들의 간식을 준비한다. 하루에 계란 두 판을 삶는다. 끓는 물 속에 가지런히 서서 동글동글 익어가는 계란을 지켜보는 일은 묘한 감동과 희열을 줬다. 따뜻한 계란과 치즈를 담아 환자들에게 나누어주는 일도 좋았다. 기분이 좋을 때는 껍질을 까주기도 했고 환자들과 가벼운 농담도 주고받았다. 그런데 이젠 아니었다. 삶은 계란을 바구니에 옮겨 담고 수도꼭지를 틀어 찬물을 끼얹었다. 개수대 구멍으로 물이 빠지는 것을 지켜보다 깨달았다. 계란을 삶고 있는 이 시간이 더이상 즐겁지 않다는 것을. 일상의 모든 것이 하나부터 열까지 뒤섞이고 엉망진창으로 더러워진 기분이었다. 그럼에도 불구하고 나는 그에게 아직까지 아무 말도 하지 않았고 불쾌한 기분을 내색하지도 않았다. 그는 여전히 나를 어려워했고 내 동선을 눈여겨보며 눈치를 살폈다. 병든 개처럼 축 처져 있는 그의 시선을 느낄 때마다 마음속에서 뭔가가 하나씩 폭발하는 것을 느꼈다. 나는 내 자신이 위태로운 상태라는 것을 인정했다. 그것은 시간이 지나면 자연히 아물고 낫는 종류의 상처가 아니라는 것도 알았으며 뭔가를 억누르느라 지칠 대로 지쳤다는 것도 깨달았다. 더이상은 견딜 수 없다. 견딜 수 없다. 계란을 손에 움켜쥐고 중얼거렸다.

투석을 끝내고 집으로 돌아가는 그를 쫓아갔다. 처음에는 단지 몇 마디 말을 하려고 했을 뿐인데 어느새 나는 그의 뒤를 밟고 있었다. 그의 걸음은 보조를 맞추기 힘들 정도로 느리고 힘이 없었다. 나는 엉거주춤한 자세로 건물이나 좁은 골목 틈에 몸을 가리며 그를 따라갔다. 그는 좁은 골목 끝에 붙어 있는 허름한 건물로 들어갔다. 한낮인데도 골목은 어두웠고 상한 음식 냄새와 오래된 기름 냄새가 공기중에 뒤섞여 있었다. 그가 들어간 곳은 간판도 없는 단층 여인숙이었다. 균열이 생긴 외벽과 벗겨진 살비듬처럼 떨어지는 건물은 금방이라도 허물어질 것처럼 아슬아슬했다. 이곳에서 숙식하는 자들이 어떤 모양으로 사는지 다 알 수 있을 것 같았다. 건물 마지막 방의 커튼이 걷히고 창문이 열렸다. 그는 잠시 창틀에 기대서서 멍하니 있다가 이내 모습을 감췄다. 나는 가볍게 숨을 고르고 건물 안으로 들어갔다. 눅눅하고 찬 기운이 서려 있는 좁은 복도의 끝까지 걸어가 그의 방문을 열었다. 그는 바닥에 쭈그리고 앉아 당황스러운 표정으로 나를 쳐다봤다. 방은 어두웠고 한쪽 구석에 단정하게 접어놓은 이불과 그 위에 낡은 헝겊가방이 놓여 있었고 바닥에는 속에 무엇이 들었는지 알 수 없는 구겨진 비닐봉지만 뒹굴고 있었다. 그리고 아무것도 없었다. 그는 부끄러운 표정으로 몸을 옆으로 틀더니 들어오라고 했다. 나는 한 발 뒤로 물러서며 말했다. 밖에서 잠깐 이야기 좀 해요. 나는 성큼성큼 걸어 복도를 빠져나왔고 그가 곧 느린 걸음으로 뒤따라 나왔다.

그가 밖으로 나오자마자 나는 최대한 건조하고 딱딱한 어조로 말했다.

불편합니다. 불편해요. 병원에서 당신을 만나는 것이 싫습니다. 무슨 생각으로 이러는지 모르겠습니다. 지금에 와서 당신이 내 아버지라고 말할 작정입니까? 분명하게 말하지만 저는 당신을 아버지라고 생각해본 적 없습니다. 지금도 그렇고 앞으로도 그럴 것입니다. 당신과 나 사이에는 아무것도, 그 어떤 것도 없습니다. 기억도 추억도 원망도 없어요. 나는 당신을 미워하지도 않습니다. 용서할 생각도 용서를 할 입장도 아닙니다. 다만 저는 당신을 더는 보고 싶지 않습니다.

그는 고개를 숙이고 아무 말도 하지 않았다. 구두 앞부분으로 바닥의 모래를 파며 숨을 들이마셨다가 크게 내뱉곤 했다. 그는 고개를 숙인 채 천천히 입을 뗐다.

전에도 말했지만 나는 그저…… 네가 한번 보고 싶었다. 그게 다다. 정말이다. 믿어다오. 세월이 많이 흘렀다. 너도 알다시피 나는 죄를 지었고 아내와 자식을 잃었고 생의 절반을 교도소에서 보냈다. 믿을지 모르겠지만 나는 이제 많이 변했단다. 더이상 예전의 내가 아니야. 교화됐고 열심히 노력했다. 반성했고 끊임없이 뉘우쳤다. 좋은 사람이 되기 위해서 더 나아지려고 애를 썼어. 하지만 죄가 많아 병을 얻었고 계속 치료를 해야 하는 신세가 됐다. 긴 세월을 갇혀 지내다보니 이곳에 아는 사람은 아무도 없더구나. 병원이 무서웠고 바깥의 모든 것들이 두려웠다. 그리고 네가 궁금했다. 단 한 번이라도 네가 보고 싶었다. 너를 찾는 과정중에 네가 병원에 있다는 사실을 알게 됐단다. 나는 지금에 와서 너에게 아버지 대접을 바란 것이 아니다. 다만 너는…… 최소한 너는…… 나를 해하거나 나쁘게 대할 것 같진 않았다. 그래도 우린…… 혈육이 아니냐.

아니요. 혈육이 아닙니다. 내 피는 당신의 피와 무관합니다. 당신이 열심히 사는 것이 싫습니다. 당신은…… 그렇게 계속 비참하게 희망 없이 외롭게 늙어야 한다고 생각해요. 대답하고 싶었지만 나는 입을 다물었다. 그 앞에서 입 밖으로 꺼낼 수 있는 말이 더는 없었다. 몸을 데우고 있던 열이 일순간 발밑으로 빠져나가는 기분이 들었다. 한참 동안 나는 말없이 그와 마주보고 서 있었다.

어쨌든 당신은 내 어머니를 죽였습니다.

두 손을 모으고 우물쭈물 말을 고르는 그를 내버려두고 나는 천천히 걸어 골목을 빠져나왔다. 골목 밖 큰 거리에는 햇빛이, 너무 많은 햇빛이 부담스러울 정도로 넘쳐흘렀다. 완전히 다른 종류의 기분들이 뒤섞였으나 어느 것 하나 분명하게 느껴지는 것은 없었다. 그냥 허탈한 생각이 들었다. 나와 멀지 않은 곳에 그가 살아서 숨쉬고 있다는 사실이 불합리하고 이상했다.

얼어붙은 바다를 깨고 쇄빙선이 느린 속도로 전진하고 있다. 거대한 얼음판은 크고 작은 조각으로 갈라져 유빙이 되고 수면은 둔중하게 울렁인다. 배가 육지에 닿는다. 오래된 눈이 단단하게 굳어 있는 육지에는 바다코끼리들이 아무렇게나 누워 한가하게 햇볕을 쬐고 있다. 배에서 두 명의 남자가 내려선다. 그들은 등산 스틱 같은 가늘고 긴 막대기를 손가락 사이로 돌리고 있다. 한쪽은 뾰족하고 다른 한쪽은 뭉툭하다. 그들은 익숙한 게임을 하는 듯 서로를 마주보며 몇 마디 이야기를 나누었고 간간이 짧게 웃는다. 무심한 바다코끼리들과 그 사이를 산보하듯 걷는 남자들의 자연스러운 모습이 기묘한 느낌을 준다. 바다코끼리들은 게을러 보이고 심하게 살쪄 있다. 스스로도 감당이 안 되는 거대한 송곳니를 서로의 배에 걸쳤다. 수컷의 커다랗게 벌린 입은 벌어진 상처처럼 붉다. 남자들 중 하나가 바다코끼리의 머릿속에 뾰족한 막대기의 한쪽 끝을 쑤셔넣는다. 눈 속에 막대기를 집어넣듯 너무도 쉽고도 경쾌한 움직임이다. 바다코끼리들은 커다란 몸을 크게 한번 튕기며 맥없이 쓰러진다. 정수리에서 피가 솟는다. 주위는 금방 붉게 물든다. 다른 한 명이 바닥에 누워 부르르 떨고 있는 바다코끼리의 머리를 향해 쇠뭉치가 달려 있는 부분으로 올려친다. 막대기는 골프채의 스윙처럼 부드럽고 단호한 궤적을 그리며 정확하게 머리를 타격한다. 막대기와는 비교도 안 될 만큼 단단하고 커다란 송곳니를 세워 달려들 만도 한데 녀석들은 그러지 않았다. 위험을 알아챈 바다코끼리들이 하늘을 향해 머리를 높이 쳐들고 비명을 지르며 반대편으로 도망간다. 다리가 굳어버린 늙은 노인이 손바닥으로 방바닥을 기어가듯 처절하고 비참한 모습이었다.

침대에 걸터앉아 손으로 머리를 감싸고 한참 동안 앉아 있었다. 꿈은 증발하거나 사라지지 않고 점점 더 견고한 형상으로 또렷하게 남왔다. 그것이 죽은 어머니의 이미지라는 것을 안다. 평생에 걸쳐 잊을 만하면 나타나는 악몽이다. 반복되는 꿈의 이미지는 익숙했고 꿈꾸고 난 뒤에 남는 나쁜 감정도 어느 정도 단련됐다. 기분이 나빠지는 것 이상은 없다. 하지만 이번엔 달랐다. 빠르게 뛰는 심장이 진정되지 않았고 호흡이 거칠어졌으며 무엇보다 나빠진 기분이 좀처럼 나아지지 않았다. 꿈이 전과는 미묘하게 달랐다. 이제까지 꿈에서 등장했던 남자는 한 명이었다. 그런데 이번 꿈에서는 두 명이다. 전에는 바다코끼리에 대한 이미지에만 집중했었다. 이번에는 반대였다. 남자들이 자꾸 떠올랐다. 꿈에서도 주목하지 않았던 장면이고 지금도 원치 않지만 나는 지금 그들의 흐릿한 얼굴에 집요하게 초점을 맞추며 보고 싶지 않은 얼굴을 상상하고 있다. 멈추고 싶고 그만두고 싶어도 생각은 멈추지 않는다. 확인하고 싶지만 동시에 절대로 알고 싶지 않은 어떤 장면 앞에서 나는 정신병자처럼 초조해하며 또렷해지려는 생각들을 메스로 하나씩 찢는다. 이 순간 나를 정말 역겹게 하는 것은 이제는 나 스스로가 헷갈리기 시작했다는 것이다. 그는 내게 아무것도 아닌 존재가 아니라는 것, 그에게 연연하고 있는 나 자신을 통제할 수 없다는 것, 내 의지와 상관없이 그는 나의 아버지일 수밖에 없다는 것을 인정해야 한다는 강제된 생각들. 나는 하얗게 질려 있는 팔뚝을 내려봤다. 그의 말이 생각났다. "우리는 혈육이 아니냐." 아니냐, 는 그의 말에 아니라고 대답할 수 없다. 나는 허벅지 위에 놓여 있는 팔을 바라봤다. 내 것이 아닌 것 같았고 딱딱한 사물처럼 이질스럽게 느껴졌다. 피부밑에 희미하게 숨어 있는 푸른 정맥이 보인다. 그 속에 바늘을 집어넣고 나도 투석기 옆에 누웠으면 좋겠다. 몸속에 남아 있는 피를 투석기에 모두 돌리면 나는 그와 아무 상관없는 사람이 될 수 있을까. 나는 숨을 크게 들이마셨다가 천천히 내뱉으며 침대에서 일어섰다. 나도 모르게 허탈한 웃음이 새어 나왔다. 투석의 무의미함은 누구보다 내가 더 잘 알고 있지 않는가. 창밖은 어둡고 바깥은 깊은 새벽이다. 출근할 시간이다.

그는 잠들어 있었다. 반으로 접힌 신문이 배 위에 놓여 있었고 손에는 볼펜이 쥐여 있었다. 그가 투석실을 이용한 지 두 달 만에 처음 있는 일이었다. 그의 침묵은 투석실 전체의 침묵을 가져왔다. 오랜만에 고요해진 병실은 새벽의 늪지처럼 적막했다. 나는 발소리를 죽이고 천천히 병실을 돌며 잠들어 있는 환자들의 상태를 확인했다. 그리고 그의 병상 앞에서 멈춰 섰다. 그를 천천히 쳐다봤다. 방심한 얼굴에는 짙은 피로가 쌓여 있었다. 벌려진 입에서 반쯤 깨진 누런 치아가 보였고 눈꺼풀 속의 안구는 좌우로 움직이고 있었다. 병상 옆 선반 위의 접시에는 계란 껍데기가 수북하게 쌓여 있었고 뜯어낸 치즈 봉지가 어지럽게 흩어져 있었다. 나는 그의 투석기를 응시했다. 검붉은 피가 튜브를 타고 규칙적인 속도로 돌고 있었다. 손가락으로 피가 돌고 있는 튜브를 살짝 잡았다. 동맥에서 나오는 관은 따뜻했고 정맥으로 들어가는 관은 서늘했다. 나는 무심코 상의 호주머니에 오른손을 집어넣었다. 반창고와 가위가 닿았다. 손가락으로 반창고를 쳐내고 가위를 움켜쥐었다. 열기가 사라진 차가운 충동이 온몸을 휘감았다. 나는 상상했다. 동맥에서 시작되는 튜브에 가윗날을 집어넣고 가볍게 힘을 줘 싹둑, 잘라낸다. 튜브에서 쏟아지는 피가 그의 몸을 적시고 병실 바닥에 뿌려질 것이다. 나는 가위를 쥔 채 주머니에서 손을 뺐다. 그때 그가 눈꺼풀을 천천히 들어올리고 흐릿한 눈으로 나를 쳐다봤다. 그가 번쩍 눈을 떴다. 나는 그의 눈을 피하지 않고 차분하게 그를 내려봤다. 간호사들은 처치실에 들어가 쉬고 있었고 의사는 진료실에 있었다. 그의 눈빛은 불안하게 떨리고 있었다. 나는 그의 관자놀이를 노려봤다. 뒤엉킨 머리카락 사이에 숨어 있는 혈관이 빠르게 뛰고 있었다. 가위를 움켜쥔 오른손에 힘이 들어갔다. 불현듯 바다코끼리가 떠올랐다. 머리에 푹 들어가던 막대기의 뾰족한 끝이 생각났고 확인하지 않으려고 했던 남자들의 편안한 얼굴을 본 것만 같았다. 상승하는 기운과 달리 머리는 차갑게 식었다. 처음으로 나는 이십사 년 전의 그를 조금은 이해할 수 있을 것 같았다. 그는 아무 말도 하지 않고 입술을 떨며 마비된 생물처럼 고개를 돌려 가만히 있었다. 그 순간 갑자기 투석기에서 경고음이 울렸다. 튜브를 잡은 손에 힘이 너무 들어간 것이다. 들고 있던 유리잔을 놓친 것처럼 뭔가 부서졌고 난 화들짝 놀라며 사로잡혀 있던 이상한 기운에서 깨어났다. 투석기의 수치를 조절하고 경고음을 껐다. 주머니에서 반창고를 꺼내 일정량을 가위로 잘라내 그의 어깨에 붙어 있는 반창고를 새것으로 바꿔줬다. 바닥에 떨어진 치즈 봉지를 주워 접시 위에 올리고 천천히 처치실로 돌아왔다.

업무가 끝났다. 환자들은 모두 집으로 돌아갔고 간호사들과 의사는 식사를 하러 병원 밖으로 나갔다. 나는 퇴근을 했다가 병원으로 다시 돌아왔다. 처치실 탁자에 지갑을 놓고 온 것이다. 문을 열고 들어가

안을 확인한 순간 나는 놀랐다. 냉장고 문이 열려 있었고 누군가가 등을 돌리고 뭔가를 숨기고 있었다. 그였다. 나는 마른침을 삼키며 침착하게 냉장고 문을 닫고 그가 숨기고 있는 물건을 확인했다. 치즈였다. 그는 슬라이스 치즈가 삼십 개씩 포장되어 있는 박스 한 개를 들고 서 있었다. 그는 나를 똑바로 쳐다보지 못하고 시선 둘 곳을 찾으며 당황했고 아무 말도 못하고 머뭇거렸다. 나는 고개를 돌려 처치실의 작은 창으로 밖을 쳐다봤다. 구름이 많았고 흐릿한 태양이 구름 속에 숨어 흰 달처럼 보였다. 크고 작은 건물이 빽빽하게 서 있었고 8차선도로 위에는 자동차들이 신호를 기다리며 정차해 있었다. 나는 말없이 탁자 위의 지갑을 바지 뒷주머니에 찔러넣었다. 그리고 그가 바닥에 내려놓은 치즈 한 박스를 집어들었고 냉장고를 열어 치즈 한 박스를 더 꺼내 열려 있는 그의 헝겊가방에 넣었다. 그는 부끄러운 표정으로 내 손만 쳐다보고 있었다. 그가 더듬대며 말했다.

이번 달만 지나면…… 다른 병원으로 옮길게.

나는 아무 말도 하지 않았다. 그저 조용히 서서 앙상하게 말라 있는 그의 팔뚝을 쳐다봤다. 무슨 말이든 하고 싶었는데 아무 말도 하지 못했다. 그는 고개를 숙이고 뒷머리를 긁으며 잘못을 저지른 아이처럼 어쩔 줄 몰라했다. 나는 처치실 문을 열었고 뒤돌아서서 무표정한 얼굴로 창밖을 쳐다봤다. 그가 문을 열고 황급히 밖으로 나갔다. 나는 탁자에 걸터앉아 한참 동안 반쯤 열려 있는 처치실 문을 바라봤다. 그리고 냉장고 문을 쳐다봤고 창문으로 보이는 하늘을 쳐다봤다. 흐릿했던 태양을 완전히 가리며 구름은 북쪽을 향해 빠르게 이동하고 있었다. 탁자에서 일어나 개수대로 걸어갔다. 수도꼭지에서 한 방울씩

물이 떨어지고 있었다. 나는 수도꼭지를 꽉 잠그고 플라스틱 바구니에 담겨 있는 삶은 계란 두 개를 꺼내들었다. 열려 있는 창문에서 습한 바람이 들어왔고 어디에선가 정체를 알 수 없는 비린내가 났다. 나는 창문을 닫고 탁자에 걸터앉아 계란 껍데기를 깠다. 갑자기 견딜 수 없이 배가 고팠고 현기증이 났다. 하얗고 부드러운 계란을 반으로 나누고 한쪽을 입에 넣고 우물우물 씹었다.

미드윈터
—오늘 죽는 사람처럼

1

닐스는 무늬 없는 잿빛 티셔츠에 물 빠진 청바지 차림으로 번역원 세미나실 의자에 구부정하게 앉아 있었다. 중키에 마른 체형이었고 머리카락은 밝은 밤색이었으며 손질하지 않은 듯 덥수룩했다. 수염이 뺨과 턱에 가득했는데 일부러 기른 것은 아닌 듯했고 단지 면도를 귀찮아하는 성격 같았다. 프로젝트를 총괄하는 피디와 함께 세미나실에 들어갔을 때 그는 따분한 표정으로 깨끗하게 닦인 화이트보드를 응시하고 있었다. 피디는 그와 나 사이에 서서 서로를 소개시켜줬다. 나는 단편영화를 만드는 감독으로, 닐스는 스웨덴에서 온 시인으로 소개됐다. 내가 먼저 악수를 청했다. 그는 잠시 머뭇거리더니 손을 잡았다. 길고 건조한 손이었다. 닐스의 눈은 인상적이었다. 초록빛이 감도는 푸른 눈동자는 속이 비칠 정도로 컸으며 속눈썹은 길고 풍성했다. 이국적인 느낌을 넘어 비현실적인 기분이 들게 하는 눈이었다. 나는 무심코 그 눈을 필요 이상으로 오랫동안 쳐다봤는데 닐스는 그것이 불편했는지 불쾌한 기색을 숨기지 않고 정색하며 뒤로 물러섰다. 반걸음 물러서서 삐딱한 자세로 서 있는 닐스의 심드렁한 얼굴을 보고 있으니 묘한 기분이 들었다. 미안하기도 했고 무안하기도 했다. 피디는 어색한 분위기를 바꾸려 쓸데없이 큰 소리로 웃으면서 과장된 제스처로 박수를 몇 번 치더니 우리가 함께하게 될 작업에 대해 설명하기 시작했다. 번역원과 독립영화를 지원하는 영상원이 공동으로 기획한 〈SEASON〉이라는 프로젝트로, 마흔 살 미만의 국내 영화감독과 외국 시인이 협업하여 사계절을 주제로 단편영화를 제작하는 것이었다. 번역원에서는 각기 다른 나라에서 네 명의 시인을 섭외했고 영상원에서는 국내 영화감독을 선정했다. 나는 스웨덴 시인과 함께 '겨울'을 맡았다. 특이한 점은 지금이 여름이 시작되는 6월 중순이라는 것이었다. 프로젝트의 주제와 의도는 분명해 보였다. 이국의 시적 감수성을 모티프로 사계절을 표현하겠다는 것이다. 하지만 그것을 풀어내는 방식이 썩 마음에 들진 않았다. 계절의 전형적 이미지를 피하기 위해 주제와 반대되는 계절을 결합한 것 같은데 어쩐지 촌스러운 발상이라 느껴졌고 그것이 도리어 전형적이란 생각이 들었다. 피디는 프로젝트에 관련된 자료들을 탁자에 펼치면서 기획 의도를 설명했고 몇 달 전 '가을'을 주제로 작업했던 팀의 제작 과정이 담긴 자료를 보여줬다. 그들은 벚꽃과 국화의 이미지를 결합해 봄처럼 보이지만 실은 가을인 풍경을 만들어내는 데 주력했던 것 같다. 일종의 역설적인 가을을 표현하려 했던 듯한데 좀 뻔해 보였다. 피디는 봄이 지나면 그뒤에 왕성한 생명력의 상징인 여름이 와야 하지만 실제의 삶이란 봄 다음에 바로 겨울이 올 수도 있는 것이라며 작품에 문학적인 의미를 부여하기 위해 애를 썼다. 닐스는 피디의 설명이 끝나자마자 기다렸다는 듯 물었다.

혹시 '겨울'을 다른 계절로 바꿀 수는 없나요?

피디는 당황한 얼굴로 말을 고르며 쉽게 답하지 못했다.

아…… 그것은 곤란합니다. 기획 단계에서 계절에 어울리는 나라를 미리 선정했기 때문에 그 부분은……

피디의 표정에서 불가함을 읽은 닐스는 어깨를 살짝 올렸다 내리며 알겠다는 듯 고개를 끄덕였다. 그리고 한참 뒤 고개를 돌려 내게 물었다.

그런데 이곳의 하지는 며칠이죠?

2

닐스는 6월 초에서 7월 중순까지 한 달 남짓 한국에 머물렀다. 작업 기간 동안 우리는 같은 숙소를 사용해야 했는데, 침대와 책상이 구비되어 있는 독립된 두 개의 방과 그 사이에 소파와 식탁이 있는 작은 거실로 이루어진 소규모 레지던스였다. 나는 닐스와 쉽게 친해지지 못했다. 우리는 영어로 대화했다. 나는 일 년 동안 뉴욕에서 공부했던 적이 있다. 능숙하게 영어를 구사할 순 없지만 서툰 편은 아니었다. 닐스 역시 영어를 사용하는 데 어려움은 없어 보였다. 때문에 둘 사이에 형성된 모종의 어색함과 불편함은 커뮤니케이션 문제는 아니었다. 우리의 대화는 세 마디 이상 진행되지 않았고 함께 있을 때조차 늘 거리감이 느껴졌다. 나는 답답했지만 닐스는 개의치 않는 것 같았고 심지어 편해 보이기까지 했다. 작업에 대한 논의도 거의 이루어지지 않았다. 어떤 식으로 작업하면 좋겠냐는 질문에 닐스는 너는 어떻게 생각하느냐고 되물었고 대략적인 생각을 말하면 그렇게 하면 좋겠다는 식으로 대충 대화를 마무리하려 했다. 그는 '겨울'이라는 모티프가 바꿀 수 없는 문제임을 인식하면서도 여전히 마음에 들지 않는 듯 종종 작은 소리로 불평했다. 나는 닐스의 그 같은 태도가 무책임하다고 생각했고 나중에는 무례하다고 느껴졌다. 피디에게 전화를 걸어 그 부분에 대해 강하게 어필했다.

팀이 마음에 들지 않아요. 스웨덴 시인은 프로젝트에 관심이 전혀 없는 것 같습니다. 의욕 없는 파트너와 작업하고 싶지 않네요. 같은 숙소를 사용하는 것도 불편해요.

피디는 행사를 순조롭게 진행해야만 하는 관계자들 특유의 부드럽고 간절한 목소리로 나를 달래려들었다. 숙소를 함께 쓰는 것은 공동작업의 효율성을 높이고 예술가들끼리의 깊이 있는 교류와 소통을 위한 것이기 때문에 어쩔 수 없는 부분이라고 했다. 또한 이전의 팀도 비슷한 과정을 겪었고 싸우기까지 했지만 프로젝트가 끝났을 때는 둘도 없는 친구가 되었다며, 처음에 겪는 어려움은 문화적 차이에서 오는 오해가 대부분이기 때문에 나중에는 이해하게 될 거라고 했다. 예상은 했지만 아무것도 개선해주지 않는 피디의 뻔한 변명에 불쑥 짜증이 났다. 그럼에도 수긍하고 전화를 끊었던 것은 통화 말미, 의외의 말 때문이었다.

번역원의 말에 따르면 닐스는 다른 누구보다 적극적으로 이 프로젝트에 참여하려 했다고 합니다. 참여할 작가를 찾기 위해 공문을 보내고 번역자들이나 현지 예술가들의 인맥을 총동원해야 했던 다른 나라의 경우와 달리 스웨덴은 닐스 덕분에 손쉽게 섭외가 해결되었다고 들었어요. 그러니 걱정할 문제는 아닌 것 같네요. 그는 한국행을 절실히 원했으니까요.

전화를 끊고 피디의 말을 되짚었다. 누구보다 적극적으로 지원했고 한국행을 절실히 원했다는 말이 마음에 남았다. 사실이라면 그가 한국에 온 다른 이유가 있을 것 같았다. 그것이 뭘까, 나는 닐스를 볼 때마다 그 이유를 추측했다.

우리는 동거를 했지만 부대끼며 지내지는 않았다. 실리적인 이유로 같은 공간을 나눠 쓰는 하우스메이트처럼 일정한 거리를 유지하며 지냈다. 그 거리감이 처음엔 부담으로 느껴졌지만 나중에는 편하고 안정적인 요소로 작용했다. 피디의 말은 틀리지 않았다.

시간이 지날수록 어쨌든 관계는 나아졌다. 닐스는 무뚝뚝한 성격이라기보다 무심한 성격이었고, 차갑다기보다 뜨겁지 않은 사람이었다. 성향이 파악되자 마음이 한결 편해졌다. 하지만 그는 여전히 가까워지는 것은 원치 않는 듯 보였다. 한번은 나란히 걸어가다가 우연히 서로의 손등이 부딪힌 적이 있었는데 닐스는 움찔 놀라며 티가 나게 간격을 넓혔다. 당시에 나는 그의 행동에 무안함을 느꼈지만 나중에는 그것을 스웨덴 남자 특유의 개성이라고 생각하기로 했다.

닐스는 별다른 일이 없을 때는 오후 내내 방에서 지냈다. 저녁이 되면 식탁에 앉아 식사를 하거나 맥주를 마시며 TV를 봤다. 우리는 한두 마디 인사를 주고받는 사이에서 가벼운 대화를 나누는 사이로 발전했다. 작업에 대한 이야기도 했는데 그는 프로젝트에는 관심이 있지만 공동 작업에 대해서는 별생각이 없는 것 같았다. 가령 '겨울'이라는 주제에 대한 공통적인 인상이나 상징이 될 만한 이미지를 이끌어내지 못했고 영감이라고 할 만한 느낌도 주고받지 못했으며 오브제로 사용할 만한 것도 결정하지 못했다. 영상을 만들어야 하는 나로서는 그의 태도가 너무 답답했다. 결국 우리는 최소한의 작업 방식에 대해서만 합의했다. 닐스가 겨울에 대한 시를 쓰면 그것을 중심으로 영상을 만들거나, 그의 글을 내레이션이나 텍스트 이미지로 변환하여 삽입하는 것이었다. 쉽게 말해 독립적으로 작업한 각자의 작품을 나중에 합치자는 것이었는데 그는 이 방법이 매우 합리적이라고 생각하는 듯했다. 나는 이 문제에 대해 더이상 고민하지 않기로 했다. 대신 시를 빨리 써달라고 했다. 그는 어깨를 살짝 들어올렸다 내리는 것으로 대답을 대신했다.

함께 생활한 지 이 주쯤 지난 어느 날이었다. 여느 때처럼 우리는 병맥주 하나씩을 식탁에 놓고 앉아 시간을 보내고 있었다. 가벼운 대화를 나누기도 했지만 주로 말없이 각자의 일을 했다. 닐스는 번역원에서 준 자료를 읽으면서 몇몇 문장에 체크를 하거나 노트에 뭔가를 옮겨 적었다. 나는 16mm 카메라의 영상을 재생하면서 오늘 찍었던 몇몇 장면을 검토하고 있었다. 닐스가 뭔가 생각났다는 듯 손에 쥐고 있던 맥주병을 식탁에 내려놓고 물었다.

너도 개를 먹어?

나는 뭐라고 답해야 할지 몰라 머뭇거렸다. 무슨 의도로 하는 질문인지 몰랐고 질문에 깔린 뉘앙스가 어떤 것인지도 파악이 되지 않았다.

나는 먹지 않아. 하지만 먹는 사람이 있지.

그는 뜻을 알 수 없는 묘한 표정을 짓고는 천천히 고개를 끄덕이며 답했다.

음…… 같은 대답을 하는군.

누구한테 물어봤는데.

써니.

써니? 써니가 누군데?

그렇게 말했던 사람이 있었어.

닐스는 고개를 돌려 거실 쪽을 바라봤다. 그는 방심한 얼굴로 입술을 꾹 다물었다. 생각에 잠겨 있는 듯 보였지만 그게 어떤 종류의 생각일지 예측할 수 없는 묘한 표정이었다. 하지만 그의 머릿속에 있는 생각이 적어도 즐겁거나 재미있는 것들은 아니었을 것이다. 반쯤 감겨 있는 그의 눈이 말할 수 없이 쓸쓸해 보였기 때문이다. 써니가 누군데, 라고 묻고 싶었지만 어쩐지 그래서는 안 될 것 같았다. 닐스는 혼잣말을 하듯 작은 소리로 말했다.

6월 21일은 어떻게 보낼 생각이야?

나는 벽에 걸려 있는 달력을 쳐다보며 물었다.

6월 21일?

그날이 하지라면서.

하지? 그래. 그날이 하지지. 그런데 그날은 아무 날도 아닌데? 쉬는 날도 아니고.

닐스는 실망스러운 얼굴로 말했다.

하지가 아무 날도 아니야?

나는 북유럽 나라들이 갖는 미드서머 데이의 의미를 떠올리며 대답했다.

아아, 한국은 그날을 특별하게 보내지 않아.

닐스는 남아 있는 맥주를 비우며 말했다.

그래도…… 하지에 나와 함께 있어줄 수 있어?

나는 그게 뭐 어렵냐는 듯 닐스를 흉내내며 어깨를 올렸다 내리고는 고개를 끄덕였다. 닐스는 희미하게 웃으며 말했다.

물이 있는 곳에 가고 싶어.

물이 있는 곳? 바다? 강?

어디든. 서울.

3

우리는 번역원과 영상원에서 주최하는 몇몇 행사에 참여해야 했다. 주로 세미나였고 때론 문화와 예술 교류라는 명분의 디너파티도 있었다. 대부분의 행사는 지루했고 논의는 식상했다. '대륙을 뛰어넘는 예술 정신'이라는 주제로 토론을 한 적이 있었다. 진정한 예술은 문화와 시대를 초월하는 보편성을 가진다는 취지였지만 막상 토론이 시작되자 영화나 음악 같은 대중문화 콘텐츠의 현재를 분석하는 수준의 이야기가 오갔다. 한번은 '한국과 스웨덴'이라는 이름의 행사가 열렸다. 두 나라의 문화를 비교하고 교류한다는 목적이었지만 프로그램은 형편없었다. 번역원에서 섭외한 모 시인에게 한국의 시를 낭독하게 하고 닐스에게는 스웨덴의 시를 낭독하게 한 뒤 스웨덴의 단편영화와 한국의 단편영화를 교차 상영했다. 영화과에 재학중인 학생들 몇몇이 단상에 나와 낭만적인 어조로 빈약한 감상을 발표할 때는 민망했다.

디너파티도 이상했다. 다른 무엇보다 파티인데 전혀 즐겁지가 않았다. 처음에는 영화나 시와 관련된 이야기를 주고받다가 나중에는 예술과는 무관한 한국의 역사, 관광지, 특산물, 대중가요 같은 이야기로 옮겨갔다. 제법 진지한 주제에 속하는 이야기는 대부분 한국전쟁이나 DMZ에 대한 역사적 사실을 설명하거나 외국 작가들에게 정치적인 견해를 묻는 것으로 이어졌다. 나는 이러한 형식적이고 무성의한 행사에 참여하는 게 괴로웠다. 닐스는 참을성 있게 행사에 참여했다. 질문에는 답했지만 기본적인 입장을 표명했을 뿐 사적인 견해는 거의 말하지 않았다. 그에게는 다른 외국 작가들과는 본질적으로 다른 묘한 분위기가 있었다. 나는 그것을 차분한 무관심이라고 표현하고 싶은데, 그는 한국에 대해 별로 궁금해하지 않는 것 같았다. 이상한 점은 닐스가 한국에 대해 굉장히 많이 알고 있다는 것이었다. 한국에 대한 설명을 들을 땐 이미 다 알고 있는 것 같은 표정을 지었고 견해를 밝혀야 할 질문을 받았을 경우에는 자연스럽고 능숙하게 대답했다. 기본적으로 한국의 상황을 잘 알고 있지 않다면 절대로 답할 수 없는 주제에 대해서도 쉽게 대답했다. 심지어 닐스는 역사적인 사실뿐만 아니라 두 나라 사이의 문화적인 차이도 이해하고 있었다. 어떻게 그렇게 한국을 잘 알고 있느냐는 질문에는 한국인 친구가 있었다, 고만 답했다.

구름 한 점 없이 찬란하고 뜨거운 오후, 그날도 세미나가 있었다. 나는 따분한 얼굴을 하고 의자에 앉아 현대예술은 대중에게 선택되어야만 가치를 인정받을 수 있다는 내용의 발표를 듣고 있었다. 발표자로 나선 젊은 교수는 각종 통계와 도표를 동원하여 참석자들에게 깊은 인상을 심어주기 위해 애를 썼지만 장황하고 복잡하기만 했다. 그 모습을 잠자코 지켜보던 닐스가 갑자기 내 옆구리를 툭 찌르더니 작은 소리로 밖에 나가자고 말했다. 나는 뒷문으로 빠져나가는 닐스의 뒤를 따라 행사장을 나왔다. 현관을 나서자마자 닐스는 말했다.

내일이 하지야.

응?

같이 있어주겠다고 했지?

또 그 소리야? 같이 있겠다고 했잖아.

그러면 모자를 사러 가자.

모자?

응, 모자.

나는 닐스를 대학가 근처로 데리고 갔다. 내리쬐는 태양과 고온다습한 날씨 탓에 거리의 사람들은 미간에 잔뜩 힘을 주며 걷고 있었다.

그는 약간 흥분한 듯 보였다. 평소답지 않게 말이 많았고 발걸음은 빨랐다. 주위를 두리번거리느라 빠르게 이쪽저쪽으로 고개를 움직이는 모습이 주의가 산만한 어린아이 같았다. 나는 가방에서 카메라를 꺼내 그의 뒷모습을 찍기 시작했다. 닐스는 눈에 보이는 모든 것들이 흥미로운 듯 어느 것 하나 쉽게 지나치지 못하고 상점마다 기웃거렸다. 닐스는 모자 가게에 들어갔다. 진열된 모자를 하나씩 머리에 쓰고 거울 앞에서 모자에 맞는 표정을 짓기 시작했다. 나는 카메라를 닐스의 얼굴 가까이에 대고 촬영했다. 그는 카메라를 보며 여유 있게 웃어 보였고 중간중간 개구쟁이 같은 표정으로 희극적인 모습을 연출하기도 했다. 모자를 쓰고 있는 닐스는 완전히 다른 사람 같았다. 그의 파란 눈동자가 유리알처럼 반짝반짝 빛이 났다. 한참 동안 모자를 고르던 닐스는 주위를 두리번거리더니 구석자리에 놓여 있던 겨울용 털모자를 집어들었다. 오랫동안 모자를 만지작거리던 닐스는 털모자를 머리에 썼다. 곧 여름인데 털모자라니, 보는 것만으로도 더웠다. 거울에 비친 닐스의 표정은 방금 전까지와 달랐고 평소와도 달랐다. 장난기가 지워진 얼굴은 차분했다. 그는 천천히 모자를 벗더니 점원에게 내밀었다. 점원은 털모자를 손에 들고 닐스를 한번 쳐다보더니 옆에 있는 내게 물었다.

여름인데 털모자를 사시게요?

나 역시 닐스에게 물었다.

하지를 위한 모자가 이거야?

닐스는 어깨를 으쓱이며 고개를 끄덕였다. 우리는 털모자를 들고 숙소로 돌아왔다. 도착하기 직전 나는 물었다.

내일 진짜 이 모자를 쓸 거야?

아니.

그런데 모자는 왜 산 거야?

닐스는 손가락에 모자를 걸고 빙빙 돌리며 말없이 걷기만 했다. 그리고 한참 뒤에 중얼거렸다.

나는 곧 스웨덴으로 돌아가야 하니까.

4

닐스는 오전부터 분주하게 움직였다. 아침 일찍 마트에서 장을 본 재료들을 이용해 샌드위치를 만들었고 어디에서 구했는지 피크닉 매트도 준비해놨다. 나는 닐스의 요청대로 서울이면서 물이 있는 곳, 한강 유원지에 갔다. 우리는 콘크리트 계단에 앉아 느리게 흐르는 강물을 바라봤다. 수면은 거의 움직이지 않았고 속이 보이지 않을 정도로 혼탁했다. 닐스는 감정이 느껴지지 않는 얼굴로 손가락에 모자를 걸고 빙빙 돌리면서 주위를 둘러봤다. 배부른 임신부가 한 손을 허리에 대고 다른 한 손은 양산을 들고 느린 걸음으로 지나갔다. 개를 데리고 다니는 노인들이 목줄을 잡고 근처를 맴돌았고 불량한 학생들이 다리 밑에 모여 앉아 시끄럽게 떠들어댔다. 스케이트보드를 타는 청년 둘이 묘기를 시도하다 거듭 실패했고, 알록달록한 유니폼을 입고 고글을 착용한 사람들이 자전거를 타고 일렬로 지나가기도 했다. 나는 닐스가 바라보는 곳에 카메라를 대고 최대한 그의 시선이 머무는 풍경을 담으려고 했다. 닐스는 대충 파악이 됐다는 듯 고개를 들고 잠시 하늘을 바라본 뒤 자리에서 일어나 가까운 잔디밭에 피크닉 매트를 펼치며 말했다.

한강에 대해 종종 들었어. 강이 크다고 들었지만 이렇게 클 줄 몰랐네. 잔잔한 바다 같다.

닐스는 가방을 열어 맥주와 물병, 육포와 팝콘 따위를 늘어놓았다. 그러고는 갑자기 셔츠를 벗었다. 정오의 태양이 하얗고 마른 상반신으로 강하게 내리쬐었다. 닐스는 본격적으로 일광욕을 즐기겠다는 듯 비스듬히 누워 맥주를 마시기 시작했다. 나는 닐스 옆에 앉아 맥주를 마셨다. 같이 옷을 벗는 것도 이상했고 그대로 입고 있는 것도 이상했다. 대낮에 반쯤 옷을 벗은 남자와 이렇게 앉아 맥주를 마시는 상황이 어색했지만 그가 하지에 특별한 의미를 둔다는 점을 알고 있었기에 최대한 맞춰주려고 애를 썼다. 시간이 흘렀고 빈병이 하나둘 늘어갔다. 우려했던 것과 달리 마음이 점점 느슨해졌다. 지나가는 사람들이 닐스를 쳐다보기는 했지만 그것으로 끝이었다. 마치 외국인이니 그렇게 행동하는 것이 당연하다는 듯한 표정이었다. 닐스는 말없이 강만 쳐다봤다. 얼마나 들어 있는지 몰라도 가방에서 끝없이 맥주가 나왔다. 닐스의 어깨가 붉게 변했다. 취기가 오른 나는 한 손엔 카메라를 들고 다른 한 손으로 맥주를 든 채 닐스의 모습을 찍었다. 얼굴에 카메라를 가까이 들이대고 눈동자를 찍기도 했고 벗은 몸을 찍기도 했다. 적당히 취해 느리게 껌벅이는 눈꺼풀이 졸음을 참고 있는 당나귀처럼 무료해 보였다. 나는 개를 데리고 다니는 노인의 뒤를 따라다니며 그들의 뒷모습을 찍었다. 그러다 잠이 오면 가방을 얼굴에 덮고 눈을 감았다. 깜박 잠이 들었는지 아니면 눈만 감고 있었는지 알 수 없는 기이한 느낌 속에서 얼굴과 몸 전체를 뜨겁게 달구는 햇빛이 좋았다. 시간이 참 잘 간다, 라고 중얼거렸더니 닐스도 시간이 참 잘 간다, 라고 중얼거렸다.

붉은 해가 빌딩 사이를 지나면서 그림자도 길어졌다. 우리는 물결을 거슬러 상류 쪽으로 걷기 시작했다. 반대편에서 선캡으로 얼굴을 완전히 가린 중년의 여성들이 팔을 휙휙 내저으며 위협적으로 걸어왔다. 닐스는 그 모습을 흉내내며 로봇처럼 걸었다. 그러던 중 뭔가를 발견하고 걸음을 멈췄다. 커다란 범선이 떠 있었고 주위에 오리배들이 줄에 묶여 있었다. 닐스는 눈을 동그랗게 뜨고 그것을 손가락으로 가리켰다. 나는 말했다.

저건 진짜 배가 아니고 음식점이야. 그리고 저것들은 진짜 오리가 아니라 배고. 돈 내고 타는 놀이기구 같은 거지.

오리배를 타는 사람은 없었다. 줄에 묶여 한곳에 모여 있는 오리배들은 지루한데 억지로 웃고 있는 사람들처럼 안쓰러워 보였다.

닐스는 여기가 좋겠다며 들고 있던 피크닉 매트를 깔고 주저앉았다. 우리는 술기운이 알딸딸하게 오른 눈으로 실실 웃으며 범선과 오리배를 구경했다. 범선은 저녁에 파티가 열리는 듯 분주해 보였다. 흰 옷을 입은 서버들이 갑판 위를 바쁘게 오갔다. 누군가는 풍선을 불고 누군가는 리본을 묶었다. 누군가는 사다리에 올라가 현수막을 걸었고 누군가는 밑에서 균형이 맞는지 지켜보며 꽥꽥 소리를 질렀다. 닐스는 마치 영화를 보듯 그들의 행동을 감상했다. 그때였다. 뭔가가 쿵

소리를 내며 갑판에 부딪히더니 강물에 빠졌다. 우리는 자리에서 벌떡 일어섰다. 잔잔한 수면이 일순간 구겨지며 크고 둥근 파문이 일었다. 이윽고 수면 위로 커다란 얼음덩어리가 떠올랐다. 그것은 독수리 모형의 얼음 조각상이었다. 갑판에서 일하던 사람들이 멍한 표정으로 일손을 멈추고 서서 천천히 떠내려가는 독수리를 바라봤다. 그들 중 한 명이 크게 소리쳤고 그제야 사람들은 최면에서 깨어난 듯 우왕좌왕 흩어졌다. 하지만 딱히 뭘 해야 할지 몰라 정신없이 움직일 뿐이었다. 지나가던 사람들도 걸음을 멈추고 흥미로운 표정으로 독수리를 지켜봤다. 몇몇은 휴대전화를 꺼내 사진을 찍기도 했다. 닐스는 맥주를 움켜쥔 손을 부들부들 떨면서 내게 말했다.

돈 있어?

나는 호주머니를 뒤져 현금을 꺼내며 고개를 끄덕였다.

닐스는 내 손을 잡고 끌어당기며 말했다.

오리를 타자.

우리는 오리배에 나란히 앉아 열심히 페달을 밟았다. 오리배는 생각보다 속도가 빨랐다. 십 분도 지나지 않아 오리는 독수리를 따라잡았다. 정교하게 조각된 독수리는 날카로운 발톱으로 얼음 암반을 움켜쥐고 있었다. 손에 잡힐 정도로 가깝게 다가가자 닐스는 갑자기 큰 소리로 웃으며 소리쳤다.

이거 멋진데. 이거 정말 너무너무 멋진데!

닐스는 눈을 감고 손을 뻗어 독수리의 날개와 얼굴을 어루만졌다. 마치 살아 있는 생물을 만지듯 조심스러웠다. 황홀한 표정을 짓던 닐스의 눈꺼풀이 파르르 떨렸다. 한참 얼음을 만지던 닐스가 손을 쫙 펼쳐 내게 보여줬다. 서늘함이 빨갛게 변한 손바닥에서부터 얼굴까지 전해졌다. 닐스는 내 손을 잡아끌어 독수리를 만지게 했다. 손바닥이 독수리의 날개에 닿자마자 나도 모르게 눈을 감았다. 손바닥에서 시작된 냉기가 온몸으로 퍼졌다. 시원하다, 기분이 좋다 같은 단순한 감상으로 표현할 수 없는 묘한 쾌감이었다. 우리는 독수리를 호위하는 오리처럼 근처를 맴돌며 신나게 페달을 밟았다. 저 멀리서 보트 한 대가 빠른 속도로 우리 쪽으로 다가왔다. 범선에서 일하는 사람들이었다. 보트는 독수리 근처에서 멈췄다. 그들은 급히 오기는 왔지만 지금부터 어떻게 해야 할지 모르겠다는 대책 없는 얼굴로 독수리와 오리배를 번갈아 쳐다봤다. 그들 중 하나가 전화를 걸어 지금의 상황을 최대한 실제에 가깝게 묘사하려고 애를 썼다.

한 명이 자신의 머리를 헝클어뜨리며 말했다.

아, 돌겠네.

또다른 한 명은 욕설을 내뱉었다. 그들은 독수리 몸에 줄을 감으려고 애를 썼지만 허사였다. 줄을 감는 것도 어려웠지만 매듭을 묶으면 맥없이 풀리고 말았다. 아무래도 둘 중 하나가 물속에 들어가 잠겨 있는 부분 밑으로 깊숙하게 감아야 할 것 같았다. 그런데 둘 중 누구도 그러고 싶어하지 않았다. 둘은 쉽게 포기했다. 그들 중 한 명이 다시 전화를 걸었다.

엉망이 됐어요. 갖고 가기도 어렵지만 들고 가도 쓸 수 없을 것 같아요.

옆에 있던 다른 하나가 큰 소리로 외치며 거들었다.

박살났어요. 박살.

전화기에서 알아들을 수 없는 소리가 몇 번 흘러나오다가 전화는 곧 끊어졌다. 그들은 어처구니없다는 표정으로 우리를 쳐다보더니 보트를 타고 범선으로 돌아갔다. 닐스가 물었다.

저 사람들이 뭐라고 하는 거야?

독수리를 우리에게 선물로 주겠대.

닐스는 멀어져가는 보트를 향해 소리쳤다.

땡큐! 땡큐!

해가 지고 독수리는 떠내려갔고 우리는 더이상 따라갈 수 없어 배들이 모여 있는 곳으로 방향을 틀었다. 그때 닐스는 나를 등지고 서서 가방에서 뭔가를 꺼낸 후 손에 움켜쥐고 있다가 강물 속에 집어넣었다. 뭐하는 거냐고 물어봐도 닐스는 말이 없었다. 마치 아무것도 들리지 않는다는 듯 입술을 꾹 다물고 붉은 태양만 응시했다. 닐스는 강물 속에 두 손을 집어넣고 가만히 있었다. 흥분된 표정이 사라진 닐스의 얼굴에 순간 그늘이 졌다. 닐스의 손등이 하얀 물고기처럼 수면 밑에서 유연하게 움직였다. 닐스는 숨을 크게 내쉬더니 말했다.

한국의 하지는 정말 뜨겁구나. 빛이 이렇게 강렬하다니.

그 순간 나는 잘못 보았나 싶었다. 우나? 닐스의 콧망울과 눈이 붉었다. 낮은 목소리로 닐스가 말했다.

돌아가자.

5

우리는 식탁에 앉아 밤늦게까지 술을 마셨다. 나중에는 얼마나 마셨는지 헤아릴 수도 없을 정도였다. 나도 술이 센 편이었지만 닐스를 이길 수는 없을 것 같았다. 그는 타고난 술꾼이었다. 하지에는 원래 독주를 마셔야 한다며 맥주 두 잔에 보드카 한 잔을 마시는 패턴으로 연거푸 술을 마셔댔다. 닐스는 취한 것 같았지만 흥분되고 즐거워 보일 뿐 거칠어진다거나 느슨해지지 않았다. 그는 보드카 잔을 비울 때마다 조미김을 안주로 먹었는데 그 맛이 기이하다며 좋아했다.

참 이상하네. 입에 들어가면 부서지고 금방 녹아 없어진단 말이야.

돌아갈 때 내가 선물로 가방 한가득 넣어줄게.

닐스는 느리고 낮은 목소리로 땡큐, 땡큐, 라고 중얼거렸다. 그러고는 풀린 눈으로 식탁 위의 촛불을 멍하게 바라봤다. 불빛에 비친 그의 얼굴이 유난히 창백해 보였고 눈동자는 평소보다 투명하게 느껴졌다.

지구는 비스듬하게 기울어져 있어.

주먹을 쥐고 천천히 허공에 띄우더니 손목을 살짝 꺾었다. 촛불과 주먹과 그림자 진 그의 얼굴이 해와 지구와 달처럼 일직선으로 놓였다. 그는 후, 소리를 내며 한숨을 내쉰 뒤 묘한 미소를 띠고 말했다.

기울어져 있으니까 재밌는 일도 많지만 슬픈 일도 많이 일어나지.

맥주 한 모금을 마시고 그는 말했다.

낮이었다가 밤이었다가, 낮이 길었다가 밤이 길었다가, 여름이었다가 겨울이었다가.

닐스는 누구한테 하는 말인지 알 수 없이 중얼거리더니 음악이 들고 싶다고 했다. 무슨 음악이 듣고 싶으냐고 물으니 뭐든 좋다는 듯 어깨를 들었다 내렸다. 나는 브라질의 음악가 카에타누 벨로주의 음악을 검색해 유명한 순서대로 재생되게 설정했다. 휴대전화의 작은 스피커로 기타 연주와 함께 부드러운 목소리가 울려퍼졌다. 닐스는 만족스러운 표정으로 맥주잔을 들고 자리에서 일어났다. 탁자 위에 두고 심심할 때마다 손가락에 끼워 빙빙 돌리던 모자를 쓰고 느린 몸짓으로 춤을 추기 시작했다. 음악과는 무관한 춤이었지만 모자를 쓰고 느릿느릿 팔을 흔들어대는 모습이 꽤 근사했다. 나는 손뼉을 치며 브라보, 브라보, 라고 소리쳤다.

새벽이 깊었지만 우리는 깨어 있었다. 술을 마신다기보다 잠들지 않기 위해 새벽을 견디는 것 같았다. 우리는 더이상 대화도 나누지 않았다. 그저 잔에 담긴 술을 조금씩 비우며 시간을 보낼 뿐이었다. 흥분이 가신 닐스의 표정은 쓸쓸했다. 닐스가 말했다.

네가 만든 영화를 보고 싶어.

지금?

지금.

그때 영화를 보는 것은 아무리 생각해도 적절하지 않은 것 같았지만 그렇다고 영화를 보기에 좋은 적절한 순간이란 것도 없을 것 같았다. 나는 얼마 전 영화제에서 상을 받은 단편영화를 틀었고 우리는 소파에 나란히 앉았다. 닐스가 힘이 빠진 목소리로 더듬거리며 물었다.

제목이 뭐야?

영화의 겨울.

나쁘지 않다.

나쁘지 않아?

나쁘지 않아.

왼다리를 저는 한 남자의 뒷모습이 나온다. 그는 오래된 집이 모여 있는 계단이 많은 동네에 산다. 남자는 환한 햇빛 아래 눈사람처럼 서 있다. 남자의 곁을 리어카와 자동차가 지나갔고, 어린아이들이 지나갔으며, 떠돌이 개도 지나갔다. 카메라는 남자의 주위를 돌며 풍경을 담는다. 눈이 녹아가는 늦겨울 오후. 햇빛이 들지 않는 골목엔 눈이 쌓여 있고 큰길엔 눈이 녹아 까만 아스팔트가 반쯤 드러나 있다. 광선과 건물이 만들어내는 그림자가 양달과 응달을 선명하게 갈랐다. 선분의 느린 움직임을 따라 녹아내리는 회색 얼음 알갱이들, 햇빛과 그림자로 얼룩진 신발, 밑단이 젖어 검게 변한 갈색 면바지, 그 곁에 어지럽게 널려 있는 발자국들. 남자는 좀처럼 걸음을 떼지 못하고 미로처럼 꼬여 있는 길을 쳐다보고만 있다. 그러다 골목을 향해 걸음을 옮긴다. 눈을 밟고 얼음을 밟고 파헤쳐진 흙을 밟고 찢어진 종이상자와 연탄재를 밟고 걷는다. 남자의 불규칙하고 비대칭적인 움직임에서 삐걱삐걱 소리가 날 것만 같다. 얼음이 깔려 있는 가파른 계단 앞에 서서 남자는 한참 동안 계단 끝을 바라본다. 하늘을 향해 열려 있는 사다리 같은 계단. 보이지 않는 남자의 얼굴. 그 주위로 구름처럼 피어오르는 새하얀 입김.

영화는 끝났지만 우리는 소파에 앉아 브라운관을 응시했다. 닐스는 잠들기 직전의 피로하고 위태로운 모습으로 천천히 비틀거리며 물었다.

저게 한국의 겨울이야?

나는 아무 말도 하지 않았다. 그는 허공을 바라보며 말했다.

이곳의 겨울은 빛이 많구나.

닐스는 천천히 몸을 기울이며 내 어깨에 이마를 붙였다. 규칙적으로 내쉬는 더운 숨이 왼팔에 느껴졌다. 그는 그렇게 오 분 정도 가만히 있었다. 나는 그가 잠이 든 줄 알고 소파에 눕히려 했다. 그 순간 닐스는 말했다.

스웨덴은 지금 시끄러울 거야. 다들 조금이라도 더 깨어 있으려고 애를 쓰거든. 나도 이렇게 쉽게 잠들 순 없지.

닐스는 내 어깨를 짚고 몸을 일으키더니 부유하듯 느리게 걸어 식탁으로 향했다. 그는 식탁에 이마를 대고 이상한 소리로 웃기 시작했다. 낄낄거리며 웃는 것도 같았고 끌끌거리며 우는 것도 같았다. 닐스는 말했다.

하지가 지나면 밤이 길어지지. 12월이 되면 오후 세시만 돼도 어두워져. 그리고 아침 아홉시가 될 때까지 해는 뜨지 않아. 겨울은 혹독해. 끔찍해. 정말 믿을 수 없을 정도로 길거든. 추위보다 무서운 것은 어둠이야. 어둠과 추위는 사람들을 변하게 해. 슬프고 날카롭게 만들어. 사랑했던 이들은 이별하고, 말이 많던 이들은 침묵해. 도시는 텅 비고, 거리에는 아무것도 없어. 밤은 무한하게 늘어나. 마치 영원 같아. 이 밤이 지나면 아침이 온다는 과학적 약속이 거짓말로 느껴질 정도야. 아무리 대비하고 예상해도 밤은 너무 길게 느껴져. 밤이 깊어지면 시간이 멈춰버린 것 같아. 심지어 뒤로 가는 밤도 있어. 모든 감각이 무너지고 아무것도 믿을 수 없게 되는 순간도 오지. 식탁에 우두커니 앉아 촛불을 바라보는 새벽엔 어쩌면 세상이 오래전에 멸망해버린 것은 아닐까 하는 생각이 들기도 하거든. 한겨울에는 말야. 그러니까 한겨울에는……

닐스는 한겨울이라는 말을 반복했다.

그때는 할 수 있는 게 없어. 그저 의자에 앉아 있거나 침대에 누워 있을 수밖에. 그냥 견디는 거야. 어둠 속엔 뭐가 있을까. 바깥에선 무슨 일이 벌어지고 있을까. 어둠은 텅 빈 그림자가 아니야. 무엇인가 꽉 들어차 있는 무거운 암흑이지. 그때부터 상상하기 시작하지. 상상은 무섭지만 그것을 피할 수는 없어. 원근법이 사라지는 풍경, 질서를 잃고 어그러지는 사물들, 물리적인 법칙이 무시되는 바깥의 세상. 그러다 결국 허상을 만들어내고 환영을 따라 집안을 떠돌다 탁자나 벽에 부딪히곤 하거든. 매일매일 위험한 생각, 견디기 힘든 충동과 싸우다 아침이 오면 겨우 잠드는 거야. 그러다 4월이 되면 비로소 정신이 깨어나지. 긴 악몽을 꾸다 일어난 것 같아.

닐스는 말을 멈추고 잔에 맥주를 채웠다. 그리고 한참 뜸을 들이더니 말을 이었다.

함께 사는 친구는 그러지 못했어. 이름은 선형. 한국 사람이었지. 그와 2년을 살았는데 작년 겨울에 죽었어.

나는 소파에서 일어나 닐스의 맞은편 자리에 앉았다. 닐스는 눈을 감았다 떴다 하면서 잠꼬대하는 사람처럼 말을 이어갔다.

'죽겠다'는 말을 입에 달고 사는 친구였어. 좋은 것도 그렇게 표현했고 나쁜 것도 그렇게 표현했지. 나는 그 점이 마음에 들지 않았어. 하지만 그는 반대로 내 말투가 무미건조하다고 싫어하더군. 나는 대부분의 감상을 '나쁘지 않다'라고 말했거든. 나중엔 이것이 문화의 차이라는 것을 알게 됐지만, 우린 자주 그 이야기를 하면서 서로의 말버릇을 흉내내며 말장난을 즐겼지. 나중에는 서로 조금씩 노력하자고 합의했어. 나는 분명하고 명확하게 말하기로, 그는 과장하거나 비약하지 않고 표현하기로. 그랬는데, 지금은 그 약속을 후회해. 그 친구를 내버려둬야 했어. 그랬으면 정말로 죽고 싶어졌을 때 '죽고 싶다'라고 말을 했을까.

닐스는 두 손을 뺨에 대고 계속 문질렀다. 그리고 모자를 만지작거렸다. 떨리는 손가락을 어떻게 해야 할지 모르는 사람처럼 불안하고 초조해 보였다.

1월의 어느 밤이었어. 겨울도 그쯤 되면 바위처럼 단단해지지. 춥고, 얼어 있고, 황량하고, 삭막한 기운이 감정을 완전히 사로잡거든. 우울하다는 기분 혹은 쓸쓸하다는 기분이 별것 아니게 느껴져. 뭐랄까, 이런 감정들이 보편적인 인간성처럼 굳어진다고 해야 하나. 뭔가 극복해야 하거나 이겨내야 한다는 마음조차 사라지거든. 순록이 자신의 무뚝뚝한 기질을 의심하지 않는 것처럼 사람들은 저조한 감정에 대해 깊이 회의하지 않게 되지. 그런 나날들이 지나고 있었어. 그 밤은 이상하게 포근했던 것 같아. 우리는 나란히 앉아 창밖을 바라보며 오랜만에 이야기를 나누었어. 어둠 외에는 아무것도 보이지 않을 만큼 깜깜했지만 이상하게 미명처럼 푸르게 느껴지더군. 그에게 물었어. 괜찮으냐고. 그는 희미하게 웃으면서 나쁘지 않아, 라고 답하더군. 그도 내게 같은 질문을 했지. 나는 우는 시늉을 하며 말했어. 죽겠다, 고 말이야. 그와 나는 잠시 웃었던 것 같아. 그리고 각자의 방으로 돌아갔어. 그런데 그게 마지막이었어.

닐스는 양손으로 눈가를 감싸고 잠시 가만히 있었다. 침묵이 습도 높은 여름 바람처럼 느리게 거실을 휘돌았다. 그의 얼굴에서 고통스러운 의문이 비쳤다.

그후로 나는 같은 꿈을 열 번도 넘게 꾸었어. 꿈속에서 그는 환하게 웃으며 나쁘지 않아, 라고 말하고 방에 들어가. 그리고 아무도 몰래 고요하게 죽어. 방 창문에는 그의 손자국이 셀 수도 없이 찍혀 있지. 바깥은 어둡고 어둠 속에서는 눈보라가 몰아치고 있어.

닐스는 고개를 숙여 이마를 식탁에 댄 채 몇 번이고 한숨을 내쉬며 말했다.

그때 그는 내게 줄 모자를 만들고 있었어. 형편없는 솜씨였어. 코바늘을 뜨는 모습이 어린아이처럼 어설펐지. 11월에 시작했는데 1월이 다 끝나가도록 완성하지 못했어. 나는 종종 그를 놀리곤 했어. 재능이 없는 분야에 무리하게 도전하면서 자신을 괴롭힐 필요는 없다고 말야. 그 말을 들을 때마다 그는 어떻게든 모자를 만들 거라며 두고 보라고 했는데. 모자도 완성하지 못하고, 미안하다는 말도 안 하고, 짧은 메모 하나 없이 그렇게 죽어버리다니.

닐스는 잠시 말을 멈추고 반쯤 남아 있는 맥주를 단번에 들이켰다. 그는 얼굴을 찌푸리고 숨을 깊이 들이쉬고는 낮고 짙은 음색으로 말했다.

많은 이들이 스스로 죽어. 그건 이 순간에도 누군가는 태어나고 누군가는 늙어 죽는 것처럼 어쩐지 당연하고 자연스러운 일이 되어버렸어. 그런데 그가 낯선 나라에서, 그것도 내 집에서 죽었다는 것은 받아들이기 힘든 부분이 있어. 아무리 생각해도 그것은 자연스럽지가 않아. 이상해. 정말 이상해.

닐스는 주머니에서 노트를 꺼내 펼치고 글씨를 썼다.

LEE SEON HYOUNG

한번 읽어줘.

이선형.

닐스는 이름을 발음하는 내 입을 뚫어져라 바라봤다. 그리고 거의 정확한 발음으로 따라했다.

이선형.

그 순간 나는 그의 말을 듣고 가슴이 저릿했는데 그 짧은 문장이 입술 사이로 새는 신음처럼 들렸기 때문이다. 닐스는 빈 맥주잔을 식탁 위에 돌리면서 그 밑에 한 줄을 더 썼다. SUNNY. 그리고 말했다.

스웨덴에서는 써니라고 불렀어. 그는 써니가 여자들에게 붙이는 이름이라고 싫어했지만 나는 그렇게 불렀어. 써니. 그는 그 이름이 딱 어울리는 친구였거든. 한국에 와보고 싶었어. 가장 뜨겁고 빛이 많은 날 그의 일부를 보내주고 싶었지. 나머지는 마당에 있는 전나무 밑에 묻었어.

닐스는 얼굴을 구기며 애써 웃었다. 눈에는 눈물이 고여 있었다. 강물에 손을 집어넣고 눈이 빨개진 채 감정을 알 수 없는 묘한 표정을 짓던 얼굴이 떠올랐다. 나는 그제야 오리배에서 닐스가 행했던 이해할 수 없는 몇몇 일들에 대한 의미를 깨달았다. 창밖이 밝아오고 있었다. 닐스는 푸른 색조를 띤, 어둠으로 가득찬 창문 너머를 응시했다. 그리고 또렷한 한국어로 말했다.

죽겠다.

닐스는 가면을 뒤집어쓰듯 털모자를 입술까지 쭉 끌어당긴 뒤 손을 흔들며 자신의 방으로 들어갔다.

6

닐스는 스웨덴으로 돌아갔고 열흘 뒤 'Midwinter'라는 제목의 시를 메일로 보내왔다. 나는 그의 시를 읽은 뒤, 제작하고 있던 영상에 이미지 몇 개를 추가로 덧붙였다. 하지의 한강을 보여주면서 영상은 시작된다. 강물 위를 떠다니는 오리배, 잠겼다 떠오르기를 반복하는 얼음 독수리 조각, 크게 퍼져나가는 둥근 파문, 붉게 물들어가는 닐스의 흰 몸과 맥주 거품. 그리고 어두워지면서 빛을 잃어가는 풍경과 사물들의 그림자가 주요한 이미지로 들어갈 것이다. 작업을 하는 내내 닐스를 생각했다. 그와 함께 보낸 하지에 대해 생각했고 그가 묘사했던 스웨덴의 길고 긴 밤을 생각했다. 의문으로 가득찬 그의 표정이 떠오를 때마다 작업을 최대한 빨리 끝내고 싶다는 불안과 초조함을 느꼈다. 영상이 마무리되면 가장 먼저 닐스에게 보내줄 생각이다. 어쩌면 이 결과물은 그에게 보내는 편지일 수도 있고 겨울에 보내는 여름 선물일 수도 있다. 내가 바라는 것은 한 가지다. 닐스가 겨울의 어둠 속에서 이 영화를 보고 아침이 올 때까지 희미하게 웃는 것. 나는 종종 잠을 이루지 못하는 밤이 오면 그가 보내준 시를 읽곤 한다. 그의 시를 중얼거리고 있으면 주위의 온도가 조금 내려가는 것 같은 서늘함이 느껴진다.

어제 죽은 나는 어딘가에 도착해 눈을 떴다. 이곳이 천국인가 지옥인가. 삶에 대한 확신과 연구가 부족했던 나는 내 영혼이 어떻게 해석될지 알 수 없어 이곳을 판단할 수 없다. 나는 걷는다. 집 근처를 산책하는 사람처럼 걷는다. 낯선 역에 도착한 여행자처럼 걷는다. 오랜 투병으로 지친 병자처럼 걷는다. 얼음으로 만들어진 도시에 영원히 지지 않는 태양이 떠오른다. 도시는 멸망의 기운을 내뿜으며 조금씩 무너지고 있다. 이토록 아름다운 몰락이 어디에 있단 말인가. 반짝반짝 빛을 내며 녹는 건물과 크고 작은 거리들. 나는 오늘 죽는 사람처럼 무기력하게 혹은 자신감 있게 도시를 걷는다. 도시는 비어 있다. 사람들은 보이지 않는다. 모두 도망갔거나 모두 죽었으리라. 아니면 어딘가에 숨어 경계하며 두려움에 떨고 있을지도 모른다. 하늘에는 마녀가 앙상한 팔을 휘저으며 새처럼 날아다니고 있다. 언덕에 십자가처럼 서서 도시를 바라보는 하얀 곰들. 어느새 나는 아주 작은 아이처럼 작게 녹아 울면서 걷고 있다. 빈 집의 깨끗한 창문 너머에 이름을 알 수 없는 동물들의 얼굴이 나타났다 사라진다. 태양이 지지 않아 이토록 환한 낮에 내 얼굴은 양초처럼 모두 녹아 눈도 없고 코도 없고 입도 없는 둥근 바위가 된다. 눈 없는 얼굴로 울면 온몸은 눈물로 채워지네. 빗물이 고인 오래된 수조처럼 오늘 죽은 자들은 영원하고 아름다워. 한낮. 한밤. 그리고 춥고 어두운 한겨울에.

개들

1

털이 젖어 몸피가 다 드러난 작은 개 한 마리가 농장에 들어왔다. 오전부터 비가 내렸고 근처에 다른 건물이 없으니 이 개는 온종일 비를 맞았을 것이다. 목줄을 바닥에 끌고 이마에 붉은 리본을 묶고 있는 시추다. 버려졌거나 길을 잃었거나 둘 중 하나겠지만 이 개는 다시는 주인을 만나지 못할 것이다. 개는 몇 번 몸을 털고 경계하는 눈으로 주위를 둘러보고 조심스럽게 처마 끝에 앉는다. 두려움이 깃든 동그랗고 까만 두 개의 눈동자가 나를 향하고 있다. 나는 생각에 잠긴다. 얘를 어떻게 해야 할지 결정하지 못하겠다. 이 개는 여기가 어떤 곳인지 모르고 있는 걸까? 아니, 그럴 리 없다. 이토록 강한 냄새를, 치욕과 고통으로 뒤범벅된 죽음의 냄새를 맡지 못할 리 없다. 빗속을 아무리 달려도 피할 곳도, 마른 땅도 찾을 수 없었기 때문이겠지. 내버려

두기로 한다. 어차피 이 개의 운명은 정해졌다. 내일 아니면 모레, 아무리 길어도 일주일 안에 다시 잡혀올 것이다. 하지만 오늘은 아니다. 우리는 잠시 나란히 앉아 내리는 비를 바라본다.

개를 발로 걷어찼다. 방심하던 개는 놀라 짧게 짖고 도망간다. 꼬리를 다리 사이에 끼고 발길질을 피해 빗속으로 달려가는 개를 보며 헛웃음을 짓고 중얼거린다. 개새끼가. 겁도 없이. 개는 멀리 가지 않고 저만치 서서 나를 보고 있다. 땅바닥을 발로 탁 차고 소리를 지르며 위협한다.

워!

개는 완전히 몸을 돌려 농장 반대편을 향해 달렸다. 전력을 내거라. 가능한 멀리 가거라.

비가 싫다. 마당은 오물과 진흙으로 뒤범벅되고 냄새는 심해진다. 도무지 익숙해지지 않는 개냄새. 주변을 장악하고 오염시키는 우울한 기운들. 마르지 않은 오줌 위에 누워 철창 밖으로 내리는 비를 바라보는 수십 개의 노랗고 빨간 눈들. 플라스틱 바구니를 무겁게 채워 팔이 끊어지도록 들었다 놨다를 반복해도 불쾌한 기분은 가시지 않는다.

가게에는 손님이 없을 것이다. 매대에 우두커니 서서 바깥을 바라보는 모란의 등을 쳐다보며 곰은 악력기를 쥐었다 놨다를 반복할 테지. 마침내 불편한 심기를 어쩌지 못해 뭐든 할 것이다. 모란은 파를 썰고, 마늘을 까고, 개를 손질하고 할 수 있는 일을 다하면서도 내내 등뒤의 곰을 신경쓰느라 어깨가 굳어갈 것이다. 병구는 리어카를 끌지 못할 테고 새로운 책도 구할 수가 없겠지. 비는 모든 걸 엉망진창으로 만든다.

스트레스가 심한 개들끼리 싸우기 시작한다. 구석자리로 밀려난 약한 놈의 귀를 물고 놔주지 않는 날카로운 이빨들. 시끄럽다, 시끄럽다, 말해도 멈추지 않는 소리들을 향해 더 큰 소리로 시끄럽다, 시끄럽다, 말한다.

2

읍내를 벗어나 국도를 타고 한참 들어오다보면 농가 사이에 뜬금없이 서 있는 단층의 작은 건물을 발견할 수 있다. 이곳엔 가게 두 개가 나란히 붙어 있다. 형제사철탕과 태양건강원이다. 곰은 모란과 형제사철탕을 운영하고 이씨는 아들 병구와 함께 태양건강원을 운영한다. 곰과 이씨는 언뜻 보면 형제처럼 살가워 보이지만 이씨는 건물주 곰에게 다달이 세를 내는 세입자다. 나는 외딴곳에 떨어진 농장에서 지내며 두 가게에 도축한 개를 공급하는 일을 한다.

문을 열고 들어서자 개를 손질하던 모란이 가볍게 눈으로 인사를 한다. 나는 눈을 마주치지 않고 고개를 푹 숙이며 들고 있던 플라스틱 바구니를 바닥에 내려놨다. 매대에는 반들반들하게 구워진 개 한 마리와 여러 부위로 절단된 고깃덩어리들이 보기 좋게 쌓여 있다. 테이블엔 취한 사내 둘이 식사를 하고 있다. 사내들은 철창에 갇혀 있는 개들을 조롱하며 논다. 불과 한 시간 전까지 철창 안에 들어가 있던 개의 살점을 씹으며 웃고 있다. 그들은 앞니로 쭉 뜯어낸 살점의 일부를 철창에 집어넣고 개들이 그것을 먹는지 안 먹는지 지켜본다. 안쪽 테이블엔 한심한 눈으로 그 모습을 바라보는 곰이 앉아 있다. 꼭 자신이 먹을 개를 지목해 직접 도살하는 걸 확인해야 직성이 풀리는 손님들을 위해 가게 내부에도 철창을 놓는다. 작업을 귀찮아하는 곰이 가장 싫어하는 종류의 손님이다. 단속의 위험 때문에 교살할 수 없어 전기봉을 사용해야 하는데 그게 효과가 신통치 않아 작업에 어려움이 많다. 곰은 벽에 등을 기대고 한 손엔 악력기를 다른 손엔 불을 붙이지 않은 담배를 들고 있다. 무료해 보이는 얼굴이다. 나는 바닥에 떨어진 휴지와 양파를 집어 쓰레기통에 던졌다. 모란이 말없이 다가와 내 팔목을 잡아끌어 팔뚝에 물수건을 댔다. 물수건에 피가 묻어났다. 언제 다친 걸까. 작업할 때 발버둥치는 개의 앞발에 긁힌 것도 같고 바구니를 옮길 때 철문에 스친 것도 같지만 정확히 어떻게 다친 건지 기억나지 않는다. 모란은 별다른 말 없이 의자에 앉아 썰고 있던 파를 다시 썰기 시작한다. 악력기가 내는 소리와 칼이 도마를 때리는 반복적인 소리는 기이한 박자로 어울린다. 나는 멍하게 서서 소리를 듣고 있다. 등뒤에서 곰이 말한다. 낮은 음성이 목뒤를 지그시 누르는 두터운 손바닥처럼 무겁게 느껴진다.

애들 아프지 않게 약도 먹이고 심한 놈들은 주사도 줘라. 저기 간식 모아놨으니까 밥에 섞어주고.

손가락이 가리킨 곳엔 검정 비닐봉지가 놓여 있다. 나는 그것을 들어 입구를 묶고 뒷좌석에 달린 상자에 실었다. 태양건강원의 미닫이문이 열리고 키가 작고 등이 굽은 사람이 밖으로 나왔다. 이씨다. 그는 입을 벌리고 소리 없이 웃으며 내게 다가왔다. 한때는 삼촌이라고도 불렀던 사람이었지만 지금은 그 어떤 호칭으로도 부르지 않는다. 그는 어깨와 목을 쓰다듬으며 가까이 다가와 속삭인다.

아버지 계시나.

나는 고개를 끄덕이고 몸을 비틀어 그의 손에서 몸을 떼어냈다. 축축하고 서늘한 손바닥. 그는 왜 항상 몸을 만지는 걸까. 왜 굳이 가까이 다가와 귀에 대고 소곤댈까. 앉은 자리에서 큰 목소리로 사람을 부르는 곰과는 다른 모습이다. 오토바이에 시동을 걸기 전 물수건을 댔던 팔뚝을 쳐다봤다. 응고된 피가 맺힌 두줄의 작은 상처. 고개를 돌려 모란을 봤다. 그녀는 고개를 숙이고 앉아 파를 썰고 있다. 속으로 다섯을 셀 때까지도 모란은 고개를 들지 않는다. 시동을 걸고 농장으로 향한다. 울퉁불퉁한 모양의 산길을 오르는 오토바이가 파도를 타는 보트처럼 위아래로 넘실댄다. 봉지에 담긴 개 내장이 뒤섞이며 철썩철썩 물소리를 낸다.

3

철창을 열고 안을 들여다본다. 바닥에 누워 있던 개들이 벌떡 일어나 뭔가를 예감한 듯 구석으로 파고들며 우왕좌왕 움직였다. 고개를 빳빳이 들고 꼼짝도 않고 나를 노려보는 용맹한 개가 보인다. 나는 녀석의 목덜미에 갈고리를 걸고 밖으로 끄집어냈다. 개는 앞발을 바닥에 딱 붙이고 서서 끌려나오지 않으려 저항한다. 소용없는 짓이다. 이빨을 보이며 으르렁거리는 주둥이를 피해 목에 밧줄을 건다. 밧줄을 도르래에 걸고 속으로 셋을 센 뒤 쭉 잡아당긴다. 이 순간 팔뚝에 전해지는 묵직한 압박. 수도 없이 반복한 일이지만 이 감각은 언제나 좋다. 허공에 매달려 꿈틀대는 개. 손에 쥔 밧줄을 대못에 걸고 한 바퀴 감아 고정시킨 뒤 창고를 나온다. 십 분. 딱 십 분이면 끝난다.

개는 죽어 있다. 혀를 빼물고 눈을 가늘게 뜬 채 더이상 움직이지 않는다. 작업은 최대한 빨리 끝내는 게 좋다. 과정 하나에 담배 한 대. 개 한 마리를 작업하는 데 세 개비면 충분하다. 순조로운 진행을 위해서는 정확한 리듬과 망설임 없는 손놀림이 필요하다. 가스 밸브를 열고 토치에 불을 붙인다. 담배에도 불을 붙인다. 근육의 경직이 시작된 개의 몸은 딱딱해진다. 몸통을 이리저리 돌리며 솜털하나 남지 않도록 노릇하게 굽는다. 사포질을 끝내 부드럽게 변한 통나무처럼 개는 매끈해진다. 커다란 대리석 도마에 놓인 길이가 다른 세 자루의 칼과 작업용 목장갑. 담배에 불을 붙이고 칼을 쥔다. 작업이 끝나면 양철통에 내장을 쏟아붓고 김장용으로 쓰이는 대형 양동이에는 내장이 없는 개를 집어넣어 핏물을 뺀다. 마지막으로 배에 붙은 지방을 뜯어내고 수세미로 닦아낸 뒤 바구니에 차곡차곡 집어넣는다. 큰 개는 형제사철탕에 작은 개는 태양건강원에 보낼 것이다. 흐르는 물에 손을 씻고 손가락 사이사이를 벌려 상처가 없는지 확인한 후 담배에 불을 붙이고 마당으로 나온다.

폐자재와 나무판이 벽처럼 쌓여 있는 사방, 깨진 벽돌과 자갈이 깔린 마당, 그 위로 다섯 개씩 사 열로 놓인 스무 개의 철창. 종이 다른 개들이 서로 엉겨 있다. 꼬리를 내리고 눈물이 고인 병든 눈으로 허공을 쳐다보고 있다. 보고 있다기보다 그냥 뜨고 있다고 해야 할 정도로 무의미한 반복으로 움직이는 눈꺼풀. 느리게 닫히고 천천히 떠진다. 개들은 죽기 전엔 철창 밖을 나오지 못한다. 폐사한 닭과 음식물쓰레기, 동족의 내장이 섞인 밥을 먹고 산다. 불에 달군 쇠꼬챙이로 고막이 파열된 귀머거리들은 아무것도 듣지 못하기에 짖지도 않고 십 개월 동안 최대한 몸을 불린다.

인적이 드문 야산에 위치한 형제사육농장. 이곳은 내 일터이자 집이다. 개를 사육하지만 도살도 한다. 근수가 많이 나가는 도사견을 주로 키우지만 버려진 애완견이나 떠돌이 개도 키운다. 곰이나 병구가 거리에서 잡아오기도 하고 개 주인들이 사육장에 맡기기도 한다. 그들은 자신의 개를 우리가 어떻게 하는지 묻지 않는다. 다시 찾아가는 이들도 없다. 농장에서는 거부하는 개가 없다. 늙고 병들어 움직이지 못하더라도 다리를 절고 눈이 돌아간 병신이라도 농장은 차별하지 않는다. 모든 고기는 저울 위에서 평등하기 때문이다.

4

작업을 마치고 개밥을 만들 때 병구의 소리가 들렸다. 병구는 신이 난 목소리로 멀리서부터 소리를 지르고 있다. 철문을 열고 마당에 들어서는데 뭔가를 질질 끌고 있었다.

한 놈 잡아왔다.

병구는 자랑스런 얼굴로 나를 바라보더니 짐짓 거친 사내 같은 위압적인 포즈로 끌고 온 개의 목을 쥐고 들어올려 보였다. 이마에 붉은 리본을 묶고 있는 시추다. 삼 일 만에 다시 돌아온 것이다. 그사이에 무슨 일을 겪었는지 완전히 걸레로 변해 있었다.

통구이로 쓰기에도 시원찮을 작은 놈을 데려다 뭐에 쓰려고.

나는 심드렁한 표정으로 개밥에 항생제를 섞고 막대기로 뒤섞었다. 칭찬을 해주지 않자 병구는 바로 의기소침한 모습으로 중얼거렸다.

그래도 개소주로 만들면 되잖아.

나는 병구의 뒤통수를 손바닥으로 톡톡 때리며 말했다.

아냐. 잘했어.

병구의 손에서 개를 넘겨받아 철창에 집어넣었다. 병구는 배시시 웃었다.

병구는 이씨의 아들이자 내 유일한 친구다. 이씨의 피를 받아 유약하고 허접한 성격과 모양새를 갖고 있다. 겁이 많고 비위가 약해 아직 개 한 마리 잡아본 적 없다. 겨우 개밥이나 만들고 밥에 섞을 수 없는 털이나 잔뼈를 골라내는 일을 한다. 개소주를 담을 박스를 포장하고 가끔씩 철창을 청소하기도 하지만 주로 하는 일은 폐지를 줍는 일이다. 우리는 비슷하게 성장했다. 둘 다 학교를 다니지 않았고 다른 일은 해보지 못했으며 집 근처를 벗어나지도 못했다. 병구는 순진하고 착한 녀석이다. 마음을 숨길 줄 모르는 녀석이라 모든 감정이 표정을 통해 드러난다. 좋을 때는 감당하기 힘든 수다쟁이지만 어떤 때는 아이처럼 울고 칭얼거린다. 병구는 나를 좋아하지만 때로는 미워하고 질투한다. 병구가 내게 갖는 유일한 자부심은 자신이 이씨의 친아들이라는 것뿐이다. 나는 내가 곰의 친아들이 아니라는 것이 하나도 부끄럽지 않은데 병구는 내가 고아라는 것을 불쌍히 여긴다. 곰과는 달리 확실히 이씨는 병구를 진짜 아들처럼 예뻐한다. 용돈도 주고 맛있는 것도 사준다. 우리 아들, 우리 아들, 하면서 애정 표현도 잘한다. 하지만 술에 취하면 달라진다. 병신 새끼, 호로 새끼, 개새끼, 개 같은 새끼, 라고 욕을 하거나 허리띠를 풀러 병구의 몸을 때린다. 그럴 때마다 병구는 나를 찾아와 울곤 한다. 웅크린 병구의 작은 등을 보고 있으면 병구도 나처럼 어디에서 데려온 아이일 거라는 확신이 든다. 나는 말하곤 한다.

어쩌면 너도 나처럼 고아일지도 몰라.

순한 병구는 이 말을 들으면 화를 낸다. 나는 병구가 화내고 흥분하는 모습을 보는 것이 재밌다. 그애가 뭘 어떻게 해야 할지 모를 때까지 놀린다. 반응은 언제나 똑같다. 처음에는 화를 내다가 나중에는 주먹으로 나를 때린다. 그리고 결국엔 운다. 병구의 주먹은 작고 가볍다. 약하고 하찮은 아이이다. 언젠가 한번 어떻게 하나 보자는 마음으로 끝까지 놀렸던 날이 있었다. "너도 고아가 분명해. 너는 모르겠지만 나는 알아." 이런 말들로 몰아붙였다. 병구는 "아니야. 거짓말이야. 그만해" 하고 소리치며 울다가 충동적으로 막대기를 들어 내 손등을 내려쳤다. 그것엔 작은 못이 하나 박혀 있었다. 병구는 내 손등에서 흐르는 피를 보고 자지러지듯 울었다. 나는 조금 놀랐지만 놀라지 않은 척 담담하게 손등을 바지에 문질러 닦고 병구를 달랬다. 어깨를 껴안고 괜찮다고 미안하다고 했다. 그후로 몇 년이 지났지만 지금도 병구는 내 손등에 남아 있는 작고 동그란 흉터를 보고 습관적으로 죄책감을 느끼곤 한다.

병구는 뭔가를 말하고 싶어죽겠다는 표정으로 전전긍긍하며 내 곁을 졸졸 따라다니고 있다. 나는 밥그릇에 밥을 퍼주다 말고 짜증을 내며 말했다.

또 뭔데?

병구는 기다렸다는 듯 의미심장한 얼굴로 말했다.

나 모란에게 장가갈 거다.

나는 낮게 한숨을 쉬며 말했다.

결혼하자고 했어?

아니. 아직. 그런데 곧 고백하려고.

나는 개밥을 푸다 말고 병구의 얼굴을 물끄러미 바라봤다. 최근의 병구는 모란에 대한 말만 한다. 그렇지 않아도 모자란데 모란에 대해 말하는 표정을 보고 있으면 실성한 애처럼 보인다. 무모한 흥분이 깃든 얼굴은 불안하다. 병구는 망상에 빠져 있다. 모란도 자신을 좋아한다고 생각하고 있는 것이다. 그 증거라는 것이 눈이 마주쳤을 때 자신을 바라보며 웃어줬다, 따뜻한 목소리로 인사해줬다, 와 같은 말도 안 되는 것들인데도 병구는 확신에 차 있고 기대에 부풀어 있다. 병구는 시도 때도 없이 모란에게 뭔가를 갖다 바쳤다. 사탕이나 과자 같은 것을 줄 때도 있고 길거리에 핀 하찮은 개망초 같은 것을 꺾어주기도 하며 귓불에 구멍도 없는데 핀침으로 된 귀걸이를 선물한다. 그때마다 모란은 난감하고 쓸쓸한 표정으로 미소 짓고 고개를 숙이며 고마움을 표하는데 그 모습을 볼 때마다 병구는 잔뜩 흥분하여 내게 달려오는 것이다. 처음에는 그러려니 했는데 이제는 답답하다. 병구가 불쌍하고 걱정스럽다. 모란을 좋아해서는 안 된다는 것을, 모란은 곰의 것이라는 말을 하려다 말고 병구의 어깨를 두 번 두드렸다. 말해줘도 그것이 무엇을 의미하는지 이해할 수 없을 것이다. 병구는 주위를 두리번거리더니 꽉 움켜쥐고 있던 주먹을 서서히 펴고 손바닥을 보여줬다.

이게 뭐야?

병구는 손으로 입을 가리고 킥킥 웃어댔다. 무늬 없는 까만 머리끈이었다. 병구는 그걸 코에 대고 깊게 심호흡을 했다. 녀석의 눈꺼풀이 파르르 떨렸다.

모란의 냄새야.

5

사람들이 언제부터 곰을 곰이라고 부르기 시작했는지 모른다. 하지만 가게에 오는 손님들과 읍내 사람들은 그를 곰사장이라고 부른다. 나는 그 이유를 외모 때문이라고 추측한다. 곰은 누가 봐도 곰처럼 생겼다. 얼핏 보면 크고 뚱뚱하며 단순한, 그저 그런 거구 같지만 자세히 보면 무른 곳이 없다. 골격이 크고 두꺼워 커다란 나무의 밑동 같은 느낌을 준다. 짧은 스포츠머리에 면도를 깔끔하게 하는 편이지만 하루라도 거르는 날엔 턱과 뺨에 수염이 거뭇하게 자라난다. 그는 온

몸에 털을 갖고 있다. 팔과 다리뿐만 아니라 가슴과 배, 심지어 등까지 털이 나 있다. 말수가 적지만 크고 낮은 목소리를 갖고 있어 그의 말은 멀리까지 또렷하게 들린다. 작은 눈은 무심하고 게을러 보이지만 예리한 관찰력과 차가운 기운을 품고 있다. 또한 그는 엄청난 힘을 갖고 있어 무엇이든 들어올릴 수 있다. 강한 태풍이 야산을 휘저어 농장 옆의 커다란 나무가 부러져 담장을 덮쳤던 적이 있었다. 곰은 누구의 도움도 없이 근력 하나로 그것을 들어 옮겼다. 아직까지 곰에게 주눅들지 않은 사람을 본 적이 없을 정도로 그의 인상은 강하고 위협적이다.

곰은 아버지다. 내 피는 그의 피와 무관하지만 그는 나를 지목했고 나는 곰의 아들이 되었다. 일곱 살 때 나는 누군지 모르는 아이들과 창문이 없는 방에 함께 모여 있었다. 모두 부모가 없는 아이들이었고 지저분했고 아파 보였다. 그곳에서 세 밤을 자고 곰을 만났다. 그는 방문을 열고 들어와 아무 말도 하지 않고 사내아이들을 살펴보았다. 눈빛을 보고 입을 벌려 안을 확인했다. 팔뚝과 허벅지 같은 곳을 꽉 쥐었다 놓았다. 그가 만지면 아이들은 겁에 질려 울거나 비명을 질렀다. 곰이 내 앞에 다가왔다. 다른 아이들에게 했던 것처럼 이곳저곳을 살펴보더니 갑자기 팔을 꽉 움켜쥐었다. 나는 가만히 있었다. 그는 흥미로운 표정으로 희미하게 웃고 이렇게 말했다.

참을성이 좋구나.

춥고 눈이 많이 내리던 어느 겨울 읍내를 다녀온 곰은 처음 보는 개를 한 마리 잡아왔다. 눈처럼 하얀 몸과 뾰족한 귀를 갖고 있는 잘생긴 개였다. 곰은 오른손엔 목줄을 쥐고 다른 손으로 내 손목을 잡고 야산에 있는 작은 창고로 갔다. 곰은 말했다.

아들, 오늘부터 일을 배우자.

곰은 팔뚝만한 몽둥이를 집어들고 개를 때리기 시작했다. 일정한 힘과 리듬으로 팔을 휘두르는 표정에서는 아무 감정도 읽을 수 없었다. 개는 처음에는 이빨을 보이며 저항하더니 나중에는 비명만 질러댔다. 결국엔 똑바로 서지도 못하고 주저앉아 날아오는 몽둥이를 그대로 받아들였다. 그제야 곰은 바닥에 몽둥이를 내려놓고 담배에 불을 붙이며 말했다.

옛날엔 맛있으라고 이렇게 때려댔는데 이제는 귀찮아서 그냥 잡는단다. 오늘은 처음이라 고전적으로 보여준 거다. 패나 안 패나 실은 별 차이가 없어.

개는 피투성이가 된 몸을 구석에 비비며 떨었다. 곰은 담배를 한쪽으로 비껴 물며 개 목을 두꺼운 손으로 움켜쥐고 들어올려 밧줄을 걸었다.

잘 봐.

목줄을 도르래에 걸고 쭉 끌어올린 뒤 대못에 걸었다. 그걸로 끝이었다. 곰은 허공에 떠서 꿈틀대는 개를 바라보며 다정하게 어깨동무를 했다. 나는 담배 연기 사이로 조금씩 질식해가는 개의 얼굴을 바라봤다. 개는 크고 진한 입김을 허공에 쉭쉭 내뿜었다. 십 분이 흘렀다. 곰은 어깨동무를 풀며 일어서 개에게 다가갔다. 피우던 담배를 반쯤 감긴 눈동자에 비벼 껐다. 개는 미동도 하지 않았다. 곰은 이빨 열여섯 개를 모두 드러내 환히 웃으며 말했다.

이러면 죽은 거야.

나는 많이 맞고 자랐다. 실수하거나, 주저하거나, 망설이거나, 뭔가를 이해하지 못할 때마다 맞았다. 어떤 날은 나약해 보인다고 맞았다. 곰은 화도 내지 않고 욕도 하지 않고 차분하게 때렸다. 마치 주기적으로 하는 운동처럼 그는 때렸고 나는 맞았다. 곰은 가끔 때리다가 내 눈을 물끄러미 바라보며 감탄했다. 근성이 있다고 했다. 실은 나는 통증을 느끼지 못한다. 곰이 알려주기 전에는 인지하지 못했던 사실이다.

딱 한 번 곰의 뜻을 거스른 적이 있었다. 열세 살이 되던 초여름이었다. 당시엔 사철탕 영업은 안 하고 농장만 운영했다. 주문이 밀려 아침부터 저녁까지 쉴 틈 없이 작업에 몰두했다. 우리는 손발이 척척 맞았다. 곰은 기특하다는 듯 내 머리를 쓰다듬으며 말했다.

내가 아들 하나는 잘 뒀단 말이야. 이런 걸 바로 완벽한 호흡이라고 하는 거야.

나는 곰에게 칭찬받는 게 기뻤고 더 열심히 일했다. 그러던 어느 날이었다. 가정용으로 키우던 작은 개가 곰의 손을 물어뜯은 일이 발생했다. 죽음을 예감한 개는 두 가지 모습을 보인다. 하나는 이빨을 보이며 강하게 저항하는 것이고 다른 하나는 눈을 깔고 꼬리를 마는 것이다. 저항하는 개는 목에 갈고리를 채우고 도르래에 줄을 걸 때까지 주의를 기울이지만 그렇지 않은 개는 목줄만 잡아끌면 된다. 그 개는 곰이 다가오자마자 꼬리를 말고 오줌을 쌌다. 곰은 별다른 의심 없이 목줄을 끌었는데 갑자기 돌변하여 곰의 손을 물어뜯었다. 작지만 강단이 좋은 녀석이었다. 곰이 주먹으로 몇 번 내리쳤는데도 쉽게 포기하지 않고 매달렸다. 엄지손가락을 크게 다친 곰은 표정을 일그러뜨리고 한동안 그 개를 노려봤다. 곰은 개를 죽이지 않았다. 철창에도 넣지 않았다. 창고에 그냥 묶어놨다. 다음날부터 개는 일종의 죄수처럼 취급받았다. 매일 죽지 않을 만큼 맞았다. 또한 개는 수많은 동료가 질식사하는 모습을 지켜봐야 했다. 하지만 그 개는 꽤 오랫동안 곰에게 이빨을 드러냈다. 맞을 때마다 으르렁거렸고 눈으로는 증오가 서린 빛을 내뿜었다. 하지만 거듭된 고문과 반복된 폭력 앞에서 촛불처럼 반짝이던 빛은 차츰 사라졌다. 나중에는 철창에 누워 있는 다른 개들과 똑같아졌다. 나는 곰이 오토바이를 타고 읍내에 나가 있는 동안 개 목에 칼을 집어넣었다. 그 밤 이제껏 맞아보지 못한 방식으로 맞았다. 곰은 평소와 다르게 흥분했다. 욕도 하고 때리는 리듬도 불규칙했다. 나는 입술을 꽉 물고 소리 한 번 내지 않고 묵묵히 맞았다. 평소에는 참을성이 좋다고 칭찬했던 그 모습이 그날따라 보기 싫었던지 곰은 고함을 지르며 말했다.

새끼가 기분 나쁘게.

곰은 허리춤에 차고 다니는 접이식 칼을 꺼내 내 허벅지를 찔렀다. 그리고 잠시 둘 사이에 이상한 침묵이 흘렀다. 곰은 당황했다. 그리고 떨리는 목소리로 말했다.

넌…… 통증을 못 느끼는구나.

곰은 벌떡 일어나 창고 밖으로 나갔다. 철창에서 개 한 마리를 끌고 왔다. 쓰레기가 담긴 검정 비닐봉지를 길게 찢어 주둥이에 돌돌 말아 묶었다. 곰은 개의 얼굴을 움켜쥔 뒤 고개를 돌려 나를 보며 말했다.

잘 봐.

곰은 개를 때리기 시작했다. 발로 밟고 주먹으로 배를 때리고 벽에 던졌다. 입을 벌리지 못해 끙끙대며 신음만 하던 개는 마침내 비닐을 늘려 찢곤 입을 쩍 벌렸다. 곰은 희미하게 웃으며 중얼거렸다. 그렇지. 곰은 내게 다가와 무릎을 꿇고 말했다.

통증이란 저런 것이다. 아프면 비명을 지르지 않을 수 없는 거지. 그런데 너는 좀 다르구나. 그동안 너를 보면 늘 이상했지. 과묵하고 인내심이 좋은 아이라고만 생각했는데…… 그게 아니었어. 너는 고통이란 게 뭔지 아예 모르는 녀석이었어.

곰은 경이로운 얼굴로 잠시 나를 쳐다본 뒤 허벅지에 박힌 칼을 뽑아 허리춤에 집어넣고 밖으로 나갔다. 그 순간에도 피는 아무 느낌 없이 벌어진 틈에서 고요히 흘러 바닥에 흐르고 있었다. 나는 개 피와 내 피가 섞여 수챗구멍으로 들어가는 모습을 물끄러미 바라보며 생각했다. 통증을 느끼지 못한다는 것은 뭘까. 아니, 통증을 느낀다는 것은 뭘까. 어지럽고 눈앞이 흐려졌다. 나중에 이 느낌이 현기증이라는 것을 알았다.

나는 그날 이후부터 거의 맞지 않았다. 세월이 흘러 스물이 되었고 개를 사육하고 도살하는 일은 온전히 내 일이 되었으며 농장은 내 것이 되었다.

6

병구의 창고에 놀러간다. 수없이 반복했지만 여전히 문을 열기 전이면 마음이 설렌다. 책이 뿜는 곰팡이 냄새와 젖은 종이에서 나는 상쾌한 냄새는 다른 무엇으로도 대체할 수 없는 강한 쾌감을 준다. 허파에 냄새가 배도록 깊게 숨을 들이마시고 천천히 내뱉는다. 병구는 아침 일찍부터 리어카를 끌고 농가를 돈다. 한 시간은 족히 걸리는 읍내까지도 거뜬히 다녀온다. 병구는 개를 보고 만지는 일보다 상자와 폐지를 줍는 일을 더 좋아한다. 내가 병구를 좋아하는 가장 큰 이유는 어쩌면 그애가 주워오는 것들이 나를 기쁘게 하기 때문일 것이다. 크기와 종류별로 깔끔하게 분류되어 노끈으로 예쁘게 묶여 있는, 종이로 쌓아올린 탑들. 단정하게 배열되어 정리된 아름다운 풍경. 이곳은 내가 가장 사랑하고 아끼는 공간이며 누구와도 공유할 수 없는 은밀한 장소다. 도서관이고 학교고 놀이터고 병원이다. 이곳에서 수많은 단어를 배웠고 이야기를 들었으며 죽은 이와 외국인을 만났다. 피를 많이 흘려 어지럽거나 부은 눈이 잘 감기지 않을 때도 이곳에 숨어 책을 읽었다. 읍내의 헌책방이 문을 닫았을 때 병구는 엄청난 양의 책을 리어카에 싣고 왔다. 그때의 흥분과 감동을 잊을 수 없다. 어려운 단어와 문장으로 빼곡히 적혀 있는 두껍고 단단한 책은 자물쇠로 굳게 잠겨 있는 보물상자와 같았다. 이해할 수 없는 철학책의 한 문장에 손가락을 올려놓고 바보처럼 멍해 있던 날도 있었고 소설 속의 어떤 상황과 주인공이 너무도 불쌍해 새벽 내내 천장을 노려보며 억울해했던 날도 있었다. 형법에 관한 글을 읽을 때는 곰과 나의 행동들 중에서 죄가 될 만한 것들을 따져봤다. 법정에 선다면 우리는 각각 몇 년형을 선고받게 될까에 대해 진지하게 고민해보기도 했다. 의학서적을 읽고 몰랐던 사실도 알았다. 통증이 없는 것은 일반적인 증상이 아니다. 몸이 주는 경고를 무시하므로 생명을 잃을 수도 있다. 하지만 그것을 정확히 인지하고 통제하면 좋을 수도 있다. 나는 스스로 상처를 치료하고 감염을 예방하는 법을 터득했다. 관절과 관절을 잇는 힘줄, 그것을 감싸는 근육과 근육, 그것을 덮고 보호하는 피부와 그 밑을 뚫고 복잡하게 꼬여 있는 수많은 혈관과 그 속을 흐르는 혈액에 대해서도 이해했다. 손가락으로 몸의 이곳저곳을 눌러가며 장기의 이름과 기능에 대해 익혔다. 선홍빛이 도는 근육의 둥글고 단단한 테두리를 하나씩 짚어가며 해부도를 살폈다. 근육의 수축과 이완의 개념도 알았고 팔다리를 움직일 때 당겨지는 힘줄의 탄성도 느낄 수 있었다. 근육은 노력에 따라 커지기도 하고 그에 따라 힘과 근력이 향상된다는 것도 알았다. 신경과 감각에 대한 부분에서는 손을 머리에 대고 가만히 상상에 잠겼다. 앎이 늘어감에 따라 삶에 대한 다짐이나 지혜도 늘어갔다.

내장은 절대로 다치면 안 돼.

몸이 둔해졌다면 골절을 의심해.

피를 너무 많이 흘리면 안 돼.

현기증이 느껴진다면 몸을 살펴봐야 해.

흉터는 사라지지 않아.

얼굴을 다쳐선 안 돼.

하지만 최근엔 창고에 올 때마다 실망한다. 리어카에 실려오는 폐지 속에서 책을 찾기가 힘들다. 가끔 책이 있더라도 유치하고 저급한 내용이 담긴 쓰레기일 경우가 많다. 기대가 꺾이고 무기력한 기운이 정신을 짓누르면 평온했던 감정이 흔들린다. 불쑥 병구에 대한 분노가 생기거나 명확한 대상도 떠오르지 않으면서 화가 난다. 불만이 생기면 반복적으로 행했던 일이 지루하게 느껴진다. 이런 것들은 내가 가장 주의하고 조심하는 감정인데 요즘엔 제어가 쉽지 않다. 이렇게 된 가장 큰 까닭은 모란을 향한 병구의 마음 탓이다. 미쳐 있는 탓에 병구는 행동도 생각도 뭐 하나 정상적으로 하는 게 없다. 되돌려야 한다. 저능한 병구는 내가 도와야 한다.

도륙한 개를 가득 채운 바구니를 한 시간 동안 들었다 놓으며 운동을 했다. 근육이 부풀고 숨이 찰 때까지 수축과 이완의 반복을 멈추지 않았다. 상의가 축축이 젖고 입안이 건조하게 말라붙으면 그만둔다. 옷을 벗고 찬물을 몸에 끼얹는다. 씻을 때 꼼꼼하게 몸을 본다. 비누칠을 하기 전 팔다리를 움직여 구석구석 빠짐없이 살핀다. 모르게 다친 상처나 흔적들을 찾는 것이다. 나뭇가지에 걸려 목에 난 상처와 발목과 팔뚝에 깊게 파인 원인 모를 피딱지를 찾아 과산화수소수를 부어 소독한다. 부글부글 부풀어오르는 부드러운 피거품을 보고 있으면 몸이 정화되는 것 같다. 그 느낌이 너무 좋아 온몸에 칼질을 하고 그 위로 과산화수소수를 콸콸 들이붓고 싶은 충동에 사로잡힌다. 온몸이 거품으로 뒤덮이는 기분이란 어떤 걸까. 가벼워질까, 부드러워질까. 긴 거울을 벽에 놓고 까맣고 단단한 몸을 본다. 오랫동안 반복한 노력으로 작년에 비해 눈에 띌 정도로 몸이 달라졌다. 어깨의 굴곡과 전체적인 몸의 선이 커졌다. 이두박근, 승모근, 상박근, 하박근 등 근육이 붙고 그것이 커지며 결이 갈라졌다. 몸을 천천히 움직이며 거울 속의 나를 바라보다 문득 생각한다. 이제 내 근력은 곰에 비해 어느 정도일까.

마른 수건으로 물기를 닦아내고 옷을 입기 전 피부에 새겨진 상처들을 손가락으로 매만졌다. 잔흉터는 너무 많아 셀 수조차 없다. 흉터엔 나이와 시간이 흐르고 사건과 기억이 녹아 있다. 하지만 어떤 흉터는 기억이 없다. 그럴 땐 순간 아득해진다. 도대체 언제 어떻게 생긴 걸까. 누가 만든 걸까. 깊고 넓은 상처는 단단하고 흰 살을 만들어낸다. 몸 곳곳에 옹이 같은 게 박혀 있다. 오른쪽 허벅지에 있는 엄지손톱 크기의 단단한 흉터를 더듬으면 오래전 병구의 창고에서 배우고 마침내 깨달았던 게 떠올라 마음이 싸늘하게 식는다. 예전엔 몰랐지만 이제는 그 의미를 안다. 어떤 상처는 흉터를 만들기 전에 사람을 죽인다. 이 상처는 나를 죽일 수도 있었다. 이 상처를 준 자는 그 순간 나를 죽이려고 했던 것이다. 아니, 이미 그는 나를 한 번 죽인 것이다. 다시 그런 일이 생긴다면 피하거나 내가 그를 죽일 것이다. 새로 생긴 팔뚝의 상처에 미색의 연고를 발랐다. 문득 모란이 생각난다. 그녀가 들고 있던 물수건과 도마를 때리는 가벼운 칼질 소리도.

7

오랫동안 주방일을 맡았던 아주머니가 말도 없이 사라지고 보름 뒤 곰은 모란을 데려왔다. 그녀는 한국말이 서툴다. 중국에서 왔는지 탈

북을 했는지 정확히 알 수 없지만 손님들은 연변 아가씨라고 부른다. 곰은 모란을 손님들과 이씨에게는 종업원이라고 소개하고 내게는 딸이라고 했다. 둘 다 맞는 말이다. 모란은 곰의 딸이고 종업원이다. 또한 하인이고 아내다. 하지만 내 누나나 어머니는 아니다. 모란은 개를 손질하고 요리를 한다. 마늘을 까고 파를 썬다. 가게를 청소하고 읍내에 나가 장을 본다. 이 모든 과정 속에서 모란은 늘 차분하다. 말도 거의 하지 않고 웃지도 않고 그렇다고 울지도 않는다. 그녀는 어떤 강한 힘에 의해 통제되고 있는 듯 보인다. 나는 병구를 이해한다. 나도 모란이 좋다. 좋다는 감정이 사람마다 같게 느껴지는지 다르게 느껴지는지 알 순 없지만 나 역시 병구가 느끼는 흥분을 알고 있다. 이 감정과 비슷한 것을 모란을 만나기 전엔 느껴본 적이 없었으므로 나는 이 감정이 평범한 감정이 아니라는 것을 안다. 모란은 내가 만난 사람 중 가장 친절하다. 만날 때마다 고개를 숙여 인사를 하고 박하사탕이나 설탕이 묻은 건빵튀김이 담긴 비닐봉지를 주기도 한다. 그 행동에 담긴 의미를 알고 싶어 며칠 동안 잠을 설친 적도 있다. 어느 날 읍내에 다녀온 모란은 아무 말도 없이 뒷좌석에 신문지로 포장된 뭔가를 집어넣었다. 농장에 도착해 펼쳐보니 그것은 중학생들이 보는 수학 교과서였다. 붉은 색연필로 그려진 동그라미와 빗금들, 그 안에 적혀 있는 알 수 없는 기호들과 복잡한 숫자들. 나는 그것을 창고 뒤편에 숨겨놓고 기회가 날 때마다 펼쳐봤다. 방정식 하나를 내 힘으로 풀어냈을 때, 그것이 동그라미 속에 들어 있는 숫자와 일치했을 때 느꼈던 희열을 잊을 수 없다. 그때 나는 모란이 몹시 생각났고 이 모든 생각과 감정을 그녀에게 말하고 싶었다. 그것이 병구가 느끼는 것과 같은 걸까? 나는 그렇다고 생각한다. 하마터면 나도 병구처럼 모란에게 다가가는 실수를 할 뻔했기 때문이다. 나는 운동을 하고 찬물로 몸을 씻을 때마다 그 감정이 땀과 함께 씻겨지길 원했다. 모란은 곰의 것이다. 병구는 그것이 무슨 의미인지 알 수 없겠지만 나는 안다. 또한 보고 들었다. 병구는 모란을 원해서는 안 된다.

아침부터 오후까지 내내 비가 내렸다. 병구는 아침부터 농장에 머물며 나를 귀찮게 했다. 말하고 싶은 비밀을 입속에 감추고 있는 어린아이처럼 하루종일 곁을 따라다녔다. 어떻게 말하면 좋을까. 무엇을 사주면 좋을까. 결혼한다고 하면 아버지가 어떤 반응을 보일까. 쓸데없는 말을 늘어놓는 병구의 얼굴이 해맑다. 나는 작업을 멈추고 시계를 봤다. 오후 세시였다. 점심과 저녁 사이에 곰과 모란이 무엇을 하는지 또 어디에 있는지 안다. 게다가 지금은 비 때문에 읍내에 나갈 수도 없다. 병구는 엄지와 검지 사이에 모란의 머리끈을 걸고 강박적으로 빙빙 돌리며 눈을 감고 냄새 맡길 반복했다. 나는 병구의 어깨를 눌러 의자에 앉히며 말했다.

지금이야. 비가 오면 여자들은 마음이 부드러워지거든. 모란의 방에 찾아가. 마음을 고백하고 결혼하자고 말해. 모란도 원하고 있을 거야.

병구는 얼굴이 빨개졌다. 그리고 뭘 어떻게 해야 할지 모르겠다는 듯 발을 동동 구르며 작은 소리로 말했다.

정말?

정말.

나는 확신에 찬 목소리로 답했다. 병구는 알겠다며 고개를 끄덕이고 크게 심호흡을 한 뒤 미친개처럼 빗속을 뛰어갔다. 우둔한 병구를 단념시키기 위해서는 이 방법밖에 없다. 직접 목격하고 확인하지 않으면 절대로 이해할 수도 받아들일 수도 없는 것도 있다. 내가 그때 느꼈던 것을 병구도 느껴야 한다. 알아야 한다. 배워야 한다. 힘이 약하다는 것이 무엇이고 포기라는 감정은 어떤 것인지. 왜 필요한지.

병구는 모란의 방문 앞에 서서 호흡을 가다듬고 있다. 나는 걱정스런 마음에 병구의 뒤를 좇아왔다. 주의깊지 못한 병구는 모란의 방문 앞에 신발이 두 켤레라는 것을 발견하지 못했다. 병구를 위한 방법이지만 걱정이 된다. 어쩌면 쟤는 충격을 이기지 못해 쓰러질지도 모른다. 한참 뜸을 들이던 병구는 마침내 결심했다는 듯 모란의 방문을 노크하고 작은 목소리로 말했다.

저기.

아무 소리도 들리지 않았다. 병구는 좀더 크게 노크하고 목소리에 힘을 실어 모란을 불렀다. 방문이 열렸다. 실오라기 하나 걸치지 않은 곰이 피곤한 눈으로 병구를 쳐다본 뒤 손을 몇 번 휘젓고 문을 닫았다. 병구는 마당에 우뚝 서서 꼼짝도 하지 않았다. 이제 곧 너는 얼음처럼 녹아내리겠지. 축 처진 어깨로 엉엉 울며 내게 달려올 것이다. 하지만 병구는 그러지 않았다. 주먹을 쥐고 부들부들 떨더니 방문을 열고 누워 있는 곰의 등에 올라타 목을 졸랐다. 곰은 병구를 목에 달고 그대로 일어서서 마당으로 걸어나왔다. 곰은 정체를 알 수 없는 짐승의 모피로 만들어진 지저분한 발깔개 위에 두 발을 넓게 벌리고 서서 병구의 머리카락을 움켜쥐었다. 소리를 지르며 큰 등에 달라붙어 목을 조르기 위해 안간힘 쓰는 병구의 모습은 두꺼운 곰의 가죽에 약한 이빨을 박고 버둥대는 강아지 같았다. 곰은 병구를 목에 걸고 그대로 등을 벽에 찍었다. 병구는 비명을 지르며 바닥에 떨어졌다. 곰은 마당에 주저앉은 병구와 이불로 몸을 가리고 있는 모란을 번갈아 쳐다보며 큰 소리로 껄껄 웃기 시작했다. 그리고 쓰러진 병구의 두 뺨을 움켜잡아 고개를 돌려 모란과 눈을 마주치게 한 뒤 몇 번 머리를 쓰다듬어주고 다시 방으로 들어갔다. 그때였다. 병구의 눈에서 빛이 났다. 그 옛날 곰의 손가락을 물어뜯었던 미친개의 광기가 병구의 몸을 휘감았다. 병구는 마루에 놓여 있던 작은 칼을 움켜쥐었다. 그것은 마늘을 까는 용도로 사용되는 작은 과도였다. 병구는 용감하게 방문을 열었다. 그리고 곰의 엉덩이를 찔렀다. 너무도 급작스럽게 일어난 일이라 말릴 틈도 없었다. 날이 무딘 장난감 같은 칼은 엉덩이에 박히지도 못하고 작은 상처만을 남긴 뒤 바닥에 떨어졌다. 병구는 분에 못 이겨 씩씩거리면서도 두려움에 부들부들 떨었다. 곰은 엉덩이를 손으로 문질러 손바닥에 묻은 피를 확인했다. 그리고 더이상 웃지 않았다. 병구의 머리카락을 휘어잡아 방안으로 끌고 들어가 문을 닫았다. 뭔가 강하게 부딪치는 둔탁한 소리가 들리더니 이내 병구가 울부짖었다. 나는 어금니를 꽉 깨물고 밖으로 나갔다. 농장으로 돌아가는 내내 성난 목소리로 소리쳤다.

병구 이 병신 같은 새끼.

병구는 농장의 철창 앞에 앉아 있었다. 희미한 달빛이 웅크리고 있는 병구의 등을 비췄다. 병구는 두 팔로 머리를 감싸고 주먹을 움켜쥐고 있었다. 괜찮으냐고 묻고 어깨를 만지고 등을 토닥거려도 아무 말도 하지 않았다. 얼굴이 엉망진창이었다. 성한 곳이 하나도 없었다. 두 눈은 완전히 부어 아예 감겨 있었고 콧대가 기이하게 휘어 주저앉았다. 상처받은 자존심이 좁은 미간에 서려 있었다. 어른 같은 낯선 얼굴이었다. 병구가 아닌 것 같았다. 수다쟁이가 말이 없었다. 울보가 울지 않았다. 화도 내지 않고 칭얼거리지도 않았다. 그저 멍하니 어둠의 한 점을 응시하고 있었다. 나는 병구가 무엇인가 깨닫고 있다는 것을 느낄 수 있었다. 어떤 슬픈 인식과 무력감이 큰 칼처럼 깊이 박혀 부드럽고 깨끗했던 내면이 서서히 갈라지고 있을 것이다. 병구는 병구가 아닌 것 같은 이상한 음성으로 말했다.

넌 개새끼와 개 같은 새끼 중 뭐가 더 기분이 나빠?

글쎄, 모르겠어. 생각해본 적 없어.

한 개만 골라봐.

개 같은 새끼.

그렇지. 나도 그래. 그런데 왜 그게 더 기분 나쁜 걸까? 참 이상하지. 그게 왜 더 기분이 나쁜 걸까. 개보다 개 같은 게 왜 더.

병구는 실성한 사람처럼 이상하지, 이상하지, 라고 중얼거렸다. 나는 병구를 내버려두고 방으로 들어갔다. 그 밤은 잠이 안 왔다. 마음이 상하고 열이 올라 한 자세로 있기 힘들어 자세를 계속 바꾸며 뒤척였다.

다음날 아침, 창고 문을 열고 작업장에 들어가니 병구가 있었다. 병구는 밧줄을 목에 걸고 고개를 숙이고 있었다. 허공에 떠서 쭉 뻗어 있었다. 오줌으로 변색된 면바지가 까맸다. 손목에는 모란의 머리끈이 걸려 있었다. 마지막 순간에 밧줄을 잡고 힘을 쓴 듯 손가락 피부가 다 벗겨져 있었다. 이십 년을 살다 죽은 병구의 사체는 십 개월을 산 도사견보다 작아 보였다.

8

이씨는 병구를 장례 없이 화장했다. 유골은 농장 근처 야산에 뿌렸다. 곰은 황망한 표정으로 우는 이씨를 끌어안고 위로했다. 나는 온종일 병구의 창고에 들어가 종이 위에 앉아 있었다. 아무것도 하지 않고 아침과 점심과 저녁을 다 보냈다. 이따금씩 모란은 지금 무슨 생각을 하고 있을지 궁금했다. 개의 죽음은 수도 없이 봤지만 가까운 사람이 죽은 것은 처음 겪었기에 어색했다. 마음이 불편했고 숨이 잘 쉬어지지 않아 몇 번씩이나 억지로 기침을 했다. 나는 이미 고아인데 고아가 된 것만 같았다.

두 가게는 정상적으로 문을 열었다. 모란은 평소와 달라 보이지 않았다. 평소 같았으면 개만 내려놓고 바로 농장으로 돌아갔을 텐데 어쩐지 발길이 잘 떨어지지 않았다. 곰은 아침부터 밖에 나가고 없었다. 나는 괜히 할 일도 없이 가게 주변을 어슬렁거리며 낮시간을 죽였다. 모란은 의자에 앉아 빈 벽을 바라보며 말 한마디 행동 하나 없이 눈만 껌뻑였다. 그때였다. 태양건강원 문이 거칠게 열리고 이씨가 나왔다.

그는 취해 비틀거렸고 잔뜩 화가 난 듯 부정확한 발음으로 알 수 없는 말을 중얼거렸다. 이씨는 가게에 들어오더니 모란의 머리채를 잡아당기며 욕을 했다.

너지. 이 씨팔년아. 네가 내 아들 홀렸지.

나는 이씨의 손목을 잡아 꺾고 모란에게서 떼어내려 했다. 그는 비명을 지르며 아프다고 소리치면서도 모란의 머리카락을 놓지 않았다. 이씨는 손목을 붙잡힌 채 발버둥쳤다. 테이블이 넘어지고 숟가락과 젓가락이 떨어져 뒹굴었다. 나는 나 자신이 서서히 뜨거워지고 있음을 느꼈다. 주먹을 내리쳐 계란보다 약할 것 같은 저 작고 초라한 머리통을 깨부수고 싶은 강한 충동을 느꼈다. 그 순간 곰이 가게 안으로 들어왔다. 시끄럽던 이씨가 입을 다물었고 나는 쥐고 있던 주먹을 풀고 이씨의 손목을 놓았다. 곰은 우두커니 서서 모란과 이씨와 나를 한 번씩 쳐다봤다. 그리고 어떤 생각에 잠긴 듯 입술을 꾹 다물었다. 곰은 이씨의 손에서 모란의 머리카락을 넘겨받았다. 그리고 손바닥을 쫙 펴서 모란의 뺨을 때렸다. 모란은 테이블 두 개를 넘어뜨리면서 바닥에 쓰러졌다. 썰어놓은 파가 바닥에 흩어졌다. 곰은 중얼거렸다.

쌍년이 여기저기 흘리고 다니고 있어. 죽을라고.

곰은 이씨의 어깨를 감싸안고 한잔하자며 밖으로 나갔다. 그리고 나를 흘낏 쳐다보며 말했다.

이것 좀 정리해라.

나는 쓰러진 모란을 일으켜 의자에 앉히고 테이블과 의자를 바로 놓았다. 바닥에 떨어진 숟가락과 젓가락을 줍고 빗자루로 파를 쓸어 담았다. 모란은 붉게 변한 왼쪽 뺨에 손을 올리고 턱을 덜덜 떨고 있었다. 그 순간 무엇이든 하고 싶었지만 무엇을 해야 할지 알 수 없었다. 나는 아무 말도 행동도 하지 않고 문을 열고 밖으로 나갔다. 오토바이를 타고 시동을 걸려는데 모란이 밖으로 나와 내 손에 뭔가를 쥐여주었다. 그러고는 다시 가게 안으로 들어갔고 나는 농장으로 올라가는 도중에 브레이크를 밟고 멈춰 서서는 주먹을 펴고 안을 확인했다. 손님이 버리고 간 영수증이었다. 뒷면에 서툴게 쓴 글씨가 있었다.

나를 죽여주세요. 부탁합니다.

9

일생 중 가장 긴 밤이다. 어두운 상태로 세상이 정지한 것만 같다. 개들조차 죽은 듯 농장이 고요하다. 나는 마당 한가운데 서서 하늘을 보고 있다. 뭔가 잘못하고 있다는 생각은 드는데 그것이 무엇인지 모르겠다. 강한 분노가 피와 살을 다 태울 것처럼 뜨겁게 온몸을 휘감는데 이것을 어떻게 해야 할지도 모르겠다. 눈감아도 밤이고 눈을 떠도 밤인 시간에 나는 빛 없는 불꽃처럼, 물속에서 폭발하는 화약처럼 방향 없이 위험하다. 모란이 처음으로 내게 부탁을 했다. 이 부탁을 들어준다면 나는 유일한 친구와 함께 가장 친절했던 한 사람을 잃게 된다. 문득 끝까지 저항하다 결국 광기를 잃고 까맣게 변한 개의 눈이 생각난다. 나는 작업장에 들어가 도마 위에 놓인 세 자루의 칼 중 가장 긴 칼을 손에 쥐고 농장을 빠져나온다.

모란의 방 앞에 앉아 굳게 닫힌 문을 바라본다. 모란의 신발 한 짝이 뒤집혀 있다. 나는 그것을 가지런히 놓고 조금 더 기다린다. 큰 별 몇 개만 떠 있는 어두운 밤. 나는 서늘한 마루에 걸터앉아 있다. 무엇을 기다리는지 무엇을 기대하는지 나조차도 모를 마음은 다만 아주 고요하다. 막 숨이 멎은 짐승처럼 심장도 뛰지 않는 것 같다. 별의 위치가 조금씩 이동하며 밤이 흐르고 있다. 드디어 모란의 방문이 열린다. 익숙한 실루엣이 문턱을 밟고 넘어온다. 나는 어둠 속에서 몸을 낮춰 그것을 향해 다가가 조금의 망설임도 없이 왼쪽 복부에 칼을 찔러넣었다. 그림자처럼 형체가 없던 실루엣이 갑자기 무게를 갖고 어깨 위로 고꾸라진다. 나는 자세를 낮추고 열쇠를 돌리듯 손목을 비틀어 칼끝을 서서히 돌린다. 나무에 나사를 박아넣듯 온 힘을 다해 단단히 집어넣는다. 서서히 고개를 든다. 실루엣 너머 어둠에 숨은 모란의 눈이 나를 향하고 있다. 미안하지만 나는 그녀의 부탁을 거절하기로 결정했다.

상대의 숨이 거칠고 불규칙적으로 변하고 몸이 떨린다. 그는 주먹으로 내 뒤통수를 때렸다. 나는 꼼짝도 하지 않고 칼끝에 닿는 느낌에만 집중한다. 그의 두꺼운 손이 내 목을 쥐고 조른다. 숨이 찬다. 어지럽고 금방이라도 목뼈가 부러질 것처럼 강한 압박을 느낀다. 그도 나도 지금 전력을 다하고 있는 것이다. 하지만 잊었는가. 난 고통을 모른다. 질식시키거나 머리통을 박살내지 못한다면 당신은 죽게 된다. 나는 이 칼자루에서 결코 손을 놓지 않을 것이다. 당신이 내게 알려준 것이 맞다면 당신은 질 수밖에 없다. 나는 손가락의 감각만큼이나 이 칼끝의 감각을 잘 알고 있다. 이 칼이 찌르고 비틀고 잘라내고 있는 살점과 혈관과 내장을 명징히 느끼고 있는 것이다. 알려주고 싶은 게 있다. 내장은 절대로 다쳐서는 안 되는 중요한 장기다. 다시 한번 힘을 주고 칼자루를 오른쪽으로 비틀었다. 드디어 비명이 터진다. 그렇지. 통증은 그런 것이라고 했지. 당신의 손아귀에서 힘이 빠져나가는 게 느껴진다. 몸부림치던 힘이 점점 잦아들고 있다. 손목을 타고 피와 내장이 그리고 그의 생명이 바닥으로 쏟아지고 있다. 곰. 내 아버지. 바닥에 쏟아진 것을 보세요. 이것들은 개의 간식이 될 거예요. 당신은 곧 움직이지 않게 될 겁니다. 십 분, 딱 십 분이면 끝납니다.

이국의 소년

0

허공 속에 비가 내립니다. 빗속에는 많은 것들이 서 있어요. 바람이 기이한 방향으로 몸을 트니 빗줄기는 아름다운 그림이 됩니다. 허공은 떠 있는 작은 섬, 시간은 무한한 바다, 나는 기억의 마지막 원주민. 돌멩이들은 고요하고 나무들은 자라고 숲은 영원하고 먹구름은 쓸쓸합니다. 나는 허공을 거닐어요. 아무도 없고 아무것도 없는데 그렇습니다. 빈 곳을 바라보는 생물들의 눈은 슬프고 아름답습니다. 물소의 눈도 그랬고 돼지들의 눈도 그랬지요. 우린 모두 슬프고 아름다웠습니다. 단단한 내 뼈는 늙지 않습니다. 마지막 순간까지 보이지 않고 죽음의 순간에도 밝은 곳으로 나오지 않아요. 오늘은 좋은 날입니다, 라고 쓰면 좋은 날이 됩니다. 나쁘지 않은 밤이다, 라고 쓰면 나쁘지 않은 밤이 되는 것처럼. 이건 말장난이 아니라 언어가 존재와 형상을 만들어내는 형식이에요. 그것은 신의 방식이고 또한 내 삶의 방식입니다. 남은 삶은 길고 지루하지만 지나온 삶은 달라요. 오직 과거만이 완전해요. 나는 당신을 용서할 수 없습니다. 왜냐면 용서할 게 없기 때문입니다. 당신은 잘못이 없다는 것을 알아요. 하지만 나는 기억하고 있습니다. 기억한다는 것은 참으로 힘들고 쓸쓸한 일입니다. 나는 아무도 없는 어두운 거실에 앉아 기묘하게 부풀어오르는 붉은 땅을 봅니다. 그 밑에 파묻힌 죽은 생물들이 끓고 있어요. 젖은 모래는 바위처럼 단단해요. 그곳은 뜨겁고 긴 새벽입니다.

1

당신은 위병소 앞에서 병원을 바라보고 있다. K2 소총을 든 경계병들이 미동도 없이 서서 당신의 행방을 눈으로 좇는다. 바리케이드 너머로 보이는 단조로운 직사각형 병동 두 채가 수령이 오래된 침엽수들 사이에 서 있다. 주위는 온통 산이다. 사람들의 관심과 접근을 철저히 차단한 조직의 폐쇄적 기운이 느껴진다. 봉우리와 골짜기로 가로막힌 풍경을 바라보는 당신의 표정은 묘하다. 감회에 젖은 것도 같고 뭔가에 위축된 듯 긴장한 기색이다. 위병소에서 면회신청서를 작성하는 당신의 손끝은 떨렸고 손바닥에서는 자꾸만 땀이 배어났다. 당신은 일반 방문객들과는 다른 대우를 받는다. 장교 한 명이 위병소까지 내려와 당신을 맞이했다. 장교의 뒤를 따라 내부로 들어간 당신은 병원에 가득차 있는 군기와 팽팽한 긴장감을 감각적으로 느낄 수 있었다. 그는 당신을 중대장실로 안내했다. 당신의 지나간 시절을 들먹이며 커피를 건네는 그의 태도는 정중했다. 하지만 자연스럽지는 않았다. 말투는 다정했으나 매끄럽지 않았고 그것을 감추기 위해 그는 과장된 표정으로 소리내어 웃었다. 당신은 표정 없는 얼굴로 가만히 그의 말을 듣기만 했다. 그는 찻잔을 내려놓고 진지한 표정으로 몇 가지를 당부했다. 언론의 관심이 집중되어 있는 사건이라 면회가 불가하지만 특별히 허락한다는 것에서 시작된 말은 그 누구에게도 이곳의 일에 대해 말씀하시면 곤란하다는 것으로 끝이 났다. 그는 문장 사이사이 '기밀'이라는 단어를 반복적으로 사용했다. 예의를 갖춘 부탁이었지만 사실상 엄중한 경고에 가까운 말이었다. 당신은 두 손을 꽉 맞잡고 말없이 고개를 끄덕였다. 마지막으로 그는 정말 유감입니다, 죄송합니다, 라고 말한 뒤 당신의 손을 잡았다.

아들은 병실 가장 안쪽 병상에 환의를 입고 누워 있었다. 당신은 그에게 바로 다가가지 못하고 입구에 엉거주춤 서서 다른 환자들을 둘러봤다. 한 명은 오른팔 전체에 붕대를 감고 있었고 다른 한 명은 양쪽 손에 붕대를 감고 있었다. 아들은 눈을 제외한 얼굴의 모든 부분이 붕대로 감겨 있었다. 기도를 절개한 틈으로 두꺼운 튜브가 연결되어 있었고 왼팔에 꽂혀 있는 링거 줄에는 종류가 다른 두 개의 수액이 연결돼 있었다. 그는 느리게 눈을 껌벅이며 자신을 향해 걸어오는 당신을 바라봤다. 당신은 오른손으로 뺨과 입 주위를 문질렀고 왼손은 시트에 댄 채 선반 위에 놓여 있는 군복을 바라봤다. 이등병 계급장이 노출되게 개켜져 있는 군복 상의는 빳빳하게 각이 져 있었고 색이 진했다.

아드님께서 총기 자살을 시도했습니다. 아직 조사중이라 정확한 경위는 밝혀지지 않았지만 총상으로 미루어보아 총구를 턱에 대고 격발한 것으로 추정됩니다. 탄알은 턱을 뚫고 인중을 관통했습니다. 다행히 생명에는 지장이 없습니다만 입과 코 부위에 큰 부상을 입었습니다.

장교의 설명을 떠올리며 상태를 짐작해보지만 붕대에 싸여 있는 이 환자가 아들이라는 것조차 확신할 수 없다. 아니, 어쩌면 마음이 어둡고 혼란스러워 어떤 것도 판단할 수 없는 상태인지도 모른다.

2

잠을 깨우는 전화벨 소리를 들었을 때 당신은 섬뜩한 기분을 느꼈다. 근거도 없고 논리적 이유도 없는데 그랬다. 그 전화가 끔찍한 소식을 전해줄 것이라고 예감했기 때문이다. 수화기 너머로 낯선 이의 관등성명을 들었을 때 당신은 깨달았다. 오래전부터 예정되었던 일이 결국 일어나고 말았다는 것을. 전화는 끊어졌지만 당신은 오랫동안 수화기를 움켜쥐고 우두커니 앉아 있었다. 심장이 너무도 빠르게 뛰었다. 어떻게 하지 않으면 당장이라도 심장이 깨져버릴 것 같았지만 당신은 뭘 어떻게 해야 할지 몰랐다.

베트남전 참전 용사였던 용맹한 당신과 달리 아들은 순하고 소심한 남자로 성장했다. 힘센 아이들에게 괴롭힘을 당하거나 종종 맞고 오는 일은 있어도 누구와 싸운 적은 없었다. 아들은 누군가와 맞서고 겨루고 이기는 일에 관심이 없었고 재능도 없어 보였다. 당신은 그러한 아들의 행동과 성품이 마음에 들었고 내심 고마웠다.

당신은 국가와 민족의 환대를 받으며 자랑스럽게 귀국했지만 일상으로 쉽게 돌아가진 못했다. 사람들과 어울리고 노동을 하고 가족을 돌보고 삶의 자리를 단단하게 만들어가는 정상적이고 기본적인 삶이 당신에겐 힘겨운 일이었다. 그 과정 속에서 당신은 아내를 잃었고 친구들을 잃었으며 '자신'이라고 할 수 있는 정체성도 잃고 말았다. 힘든 시기를 지내는 동안 오직 아들만이 당신 곁에 남았다. 그는 당신의 유일한 버팀목이었고 내일을 살아야 하는 하나의 이유였다. 당신은 아들의 보호자였지만 아들 역시 당신의 보호자였다. 아들은 당신을 측은히 여기는 마음을 갖고 있었고 당신을 둘러싼 조건들과 정부의 무책임한 태도에 의문과 울분을 품은 채 성년이 되었다. 아버지가 억울한 세월을 보냈다는 인식은 그가 당신을 연민하고 사랑하는 근거가 되었고 세계관을 형성하는 가장 큰 기준이 되었다.

그는 사회학과에 진학했다. 누구보다 열심히 근대사를 공부했고 역사적인 오류들을 발견했으며 은닉된 사례들을 수집했다. 특히 해결되지 않은 일본과의 과거사에 관심이 많았다. 위안부 문제에 분노했고 친일파들이 세력을 갖고 잘살고 있는 현실에 불만을 품었다. 그는 합법적인 시위에 적극적으로 참여했고 시민들의 관심과 참여를 독려하는 활동가가 되었다. 거리를 오가는 이들에게 서명을 받았고 묻혀 있는 사건들을 정리해 책자를 만들어 배포했다. 영향력 있는 친일파들의 명단을 작성했고 그들이 누리고 있는 부와 명예가 얼마나 부당하고 잘못된 것인지를 알리고 전하는 데 최선을 다했다. 그는 연애하고 술 먹고 노는 데 관심을 쏟는 평범한 학생들과는 다른 삶을 살았다. 시간이 갈수록 그는 의식 있고 정의로운 청년이 되어갔다. 하지만 당신은 그의 모습이 못마땅했다. 그가 밤늦도록 거실에 웅크리고 앉아 위안부 문제와 관계된 팻말을 만드는 모습을 보면 기분이 좋지 않았다. 학생이면 학생답게 열심히 공부하는 게 가장 좋은 일이고 그것이 진정한 애국이다, 나는 네가 평범한 삶을 살았으면 좋겠구나, 라고 말했지만 그는 도리어 당신을 안심시키고 타이르며 말했다. 열심히 공부해보니, 또 뭔가를 계속 알면 알수록 가만히 있어서는 안 되겠다는 생각이 들어요. 옛날의 데모나 위험한 시위와는 달라요. 저는 그저 진실을 알리고 싶은 것뿐이에요. 걱정 마세요. 너무도 당당한 표정으로 말하는 아들의 얼굴을 대할 때 당신은 기분이 이상했다. 표면적으로 보면 의견 차가 있는 부자간의 가벼운 갈등처럼 생각될 수도 있지만 당신은 마음 깊은 곳에서부터 정체를 알 수 없는 두려움이 생겨나는 것을 느꼈다. 당신은 그 마음이 불편함인지 불쾌함인지 쉽게 구별할 수 없었으나 분명한 건 제어할 수 없을 정도로 불안해졌다는 사실이었다. 금방이라도 안 좋은 일이 생길 것만 같았고 감당할 수 없는 불행에 빠질 것만 같았다. 그리고 당신은 알았다. 오래전에 이겨냈다고 믿었던 병증이 다시 시작됐다는 것을. 그 순간 당신의 얼굴에 스치던 절망스런 표정을, 나는 기억하고 있다.

그토록 원했던 국가유공자가 된 날, 당신은 대문에 붙였던 '국가유공자의 집'이라는 문패를 하루 만에 떼어내고 말았다. 유공자로 인정받기 위한 길고 긴 싸움과 노력은 정작 유공자가 된 그 순간 물거품이 되고 말았다. 당신은 금속으로 정교하게 만들어진 손바닥 크기의 문패를 바라보며 생각했다. 이런 걸 얻기 위해서가 아니었다. 당신은 분명 이것이 운명의 방향을 바꿔줄 거라 믿었을 것이다. 하지만 아니었다. 그것은 아무 능력도 의미도 없는 화려한 거짓 부적에 불과했다. 당신은 환하게 웃고 있는 아들의 얼굴을 물끄러미 바라봤다. 그는 당신의 손을 붙잡고 드디어 나라에서 아버지의 공을 인정해주는 거라며 기뻐했다. 하지만 당신은 하나도 기쁘지 않았다. 베트남전 참전 용사에게 주는 국가유공자 혜택은 제한적이었다. 당신은 아들을 군대에 보내지 않을 단 하나의 가능성을 상실하고 말았다.

3

그는 왼편으로 고개를 돌려 병상에 엎드려 잠든 당신을 바라봤다. 흰색과 검정색이 뒤섞여 헝클어진 머리카락은 너무도 가늘어 한줌 쥐면 아무 힘없이 빠질 것 같았다. 자신의 손가락과 얽혀 있는 거칠고 물기 없는 손가락. 온기가 느껴지는 그의 손과 달리 당신의 손은 차가웠다. 그는 감정 없는 눈으로 당신의 검은 손등을 본다.

그는 온종일 누워 있다. 침상에 앉아 책도 보고 서로 얘기를 주고받는 다른 병사들과는 다르다. 나이 차이가 없이 앳돼 보이는 짧은 머리의 병사들. 환의를 입고 병상에 앉아 있는 모습이 안정적이다. 한 명은 기동중인 전차 궤도에 전투복 옷깃이 끼어 한쪽 팔이 말려들어갔고 다른 한 명은 클레이모어 실셈을 하던 도중 전기뇌관 폭발로 손가락 다수를 절단해야 했다. 겉모습만 놓고 보면 그들은 즐거워 보인다. 일과의 대부분을 수다를 떨거나 티브이를 보며 지낸다. 심지어 상대방의 상처에 대해 농담을 하거나 지금의 상황을 희극적으로 표현하는 대담함도 갖고 있다. 하지만 당신의 아들은 그들과 달라 보인다. 그는 중력을 잃고 허공을 떠도는 사물처럼 병상에 누워 하루종일 자신에 대해 생각하고 있다. 어떻게 변했을지 감히 상상조차 할 수 없는 얼굴과 헤아리기도 힘들 정도로 뒤엉켜 있는 마음에 대해 생각한다. 그는 자신이 행한 일에 대해 몰두하고 있다. 자신에게 실망했고 지금은 스스로를 의심하고 있다. 내가 나를 죽이다니. 내가 나를 죽이고 싶어했다니. 군의관은 그가 처한 모든 상황과 그로 인해 느꼈을 부정적인 감정들을 우울증의 증상으로 정리했다. 하지만 그는 끝까지 그 결론을 인정하지 않았다. 나에 대해 나만큼 잘 아는 사람은 없다. 나는 결코 우울하지 않았다. 죽고 싶지도 않았다. 내가 나를 죽여야만 했던 이유가 대체 뭐란 말인가. 일상의 괴로움? 폭력? 수치심과 모멸감? 정말 의사의 말대로 나는 그런 것들에서 벗어나는 방법으로 방아쇠를 당겼던 걸까. 생각이 깊어질수록 의심도 깊어졌고 마음은 점점 어두워졌다. 그는 끝내 고개를 가로저었다. 아니다. 우울했을지는 몰라도 죽고 싶었던 적은 없었다. 그는 하루의 대부분을 생각하는 것으로 할애했다. 의심에서 출발한 생각은 내면의 모든 것을 망가뜨렸고 결국엔 붕대를 감고 있는 자신의 모습을 직시하게 했다. 그 끝에 최종적으로 남는 생각은 아이러니하게도 '죽고 싶다'였다.

장교가 병실에 들어와 잠들어 있는 당신을 깨웠다. 그는 당신에게 할말이 있다며 병실 밖으로 나가자 했다. 당신은 손바닥으로 얼굴을 문지르고 헝클어진 머리를 정리했다. 그러고는 한참 그의 눈을 응시했다. 그의 눈은 여전히 비어 있었다. 그는 당신에게 눈으로 아무 말도 하지 않았고 당신 역시 그의 눈에서 아무것도 읽어내지 못했다. 당신은 그의 어깨를 가볍게 두드린 뒤 장교를 따라 밖으로 나갔다. 당신이 먼저 복도로 나갔고 장교는 잠시 병실 앞에 서서 아들과 눈을 맞췄다. 장교는 가볍게 미소 지었으나 그는 눈도 깜빡이지 않았다.

어머님께서 오셨습니다. 하지만 저희 측에서는 면회를 허락할 수가 없을 것 같습니다. 보안상의 이유도 있고 서류상으로 이혼하신 상태라 공식적인 절차로는 불가할 것 같군요. 아버님께서 한번 만나보시지요. 당신은 장교의 이야기를 듣다 말고 창문 밖으로 시선을 고정했다. 면회객 휴게실 앞 벤치에 한 여자가 앉아 있었다.

당신은 PX에서 뜨거운 캔커피 두 개를 샀다. 짙은 카키색 투피스를 입은 여자는 같은 색상의 벽을 등지고 서서 주변을 둘러봤다. 위병소 왼편 담장 위에 아치 모양으로 몸을 구부린 고양이가 뭔가를 찾고 있었다. 모든 풍경이 완벽하고 깔끔하게 정리되어 있었지만 생명력은 전혀 느껴지지 않았다. 나무도 풀도 떠 있는 구름까지도 모두 칼로 도려낸 듯 냉정한 선을 갖고 있었다. 미풍도 불지 않았고 나무에는 작은 새 한 마리 없었다. 인적이 드문 좁은 길들은 황량했다. 그녀는 당신이 내민 커피를 말없이 받아들고 처음에 앉았던 벤치에 앉았다. 당신은 여자의 옆자리에 앉았다. 오랫동안 왕래가 없던 사이였지만 어색함도 낯선 느낌도 없는 듯 그들의 표정엔 긴장이 느껴지지 않았다. 다만 오랜 시간 반복되며 형성된 짙은 피로와 권태가 느껴졌다. 커피가 미지근해질 무렵 그녀가 먼저 입을 뗐다.

잘 지냈나요.

당신은 말없이 고개를 끄덕였다.

어떻게 잘 지내는데요.

당신은 무슨 말을 하려다 말고 바닥을 내려다봤다. 당신은 마치 낡은 구두에게 말을 하는 것처럼 고개를 들지 않고 말했다.

미안해. 군대를 빼보려고 애를 썼는데…… 그게 잘 안 됐어.

군대만 가지 않았어도 이런 일은 없었을 텐데. 그녀는 꾹 다문 당신의 입술에서 말하지 않은 속말을 읽어낸다. 그녀는 다 식은 커피를 한 모금 마시고 아들이 누워 있을 병동 쪽을 바라보며 생각에 잠겼다. 그리고 한때 남편이었던 남자를 바라봤다. 오랜만에 만났는데도 가장 먼저 눈에 띄는 게 남자의 옷깃이 해진 것과 실이 풀린 단추가 덜렁거리는 모습이라는 것이 당혹스러웠고 또 화가 났다. 하지만 남자는 그때의 남편과는 완전히 다른 눈과 분위기를 갖고 있었다. 여자는 웅크리고 앉아 있는 마르고 초라한 남자를 보며 옛날을 떠올렸다.

베트남에서 돌아온 남편은 기다렸던 그 남자가 아니었다. 여자는 가끔 그 시절을 생각하면 가장 먼저 소름이 돋았고 이내 마음이 똘똘 뭉치곤 했다. 그는 불안하고 무서운 야만인이었다. 아침과 저녁의 인격이 달랐고 늘 흥분되어 있었다. 무슨 일이 일어날 것처럼 긴장한 모습으로 현관을 노려봤고 조그만 소리에도 놀라 일어나거나 소리를 질렀다. 처음에는 전쟁에서 살아 돌아온 것만으로도 고마웠다. 불안하고 거친 행동들은 아내로서 당연히 감싸고 품어줘야 하는 전쟁의 후

유증이라고 여겼다. 시간이 지나면 사라질 것이고 모두 원상태로 돌아올 것이라 믿었다. 하지만 아니었다. 남편은 변태한 생물처럼 완전히 다른 사람으로 바뀌어 있었다. 한밤중에 일어나 빗자루나 막대기 같은 것을 움켜쥐고 불 꺼진 주방을 향해 사격 자세를 취했고 편하게 대화를 하다가도 갑자기 뭔가에 놀란 듯 텅 빈 허공을 노려봤다. 뭔가가 있다고 중얼거렸고 늘 불안에 떨었다. 그때까지는 괜찮았다. 하지만 견딜 수 없는 일은 그 이후에 찾아왔다. 그는 눈앞에 보이는 것들을 무작위로 때려부수기 시작했다. 뭔가에 사로잡히면 건잡을 수 없이 폭력적으로 변하는 남편은 광견 같았다. 핏발 선 두 눈은 어느 날엔 냉장고를, 어떤 날은 방문을 노려보고 있었다. 남편은 뭔가를 공격하기 전에 항상 "베트콩"이라고 소리를 질렀다. 그 시절 그의 눈에 보이는 것들은 다 베트콩이었다. 막대기를 휘둘렀고 돌멩이를 던졌으며 발길질을 했다. 간혹 알아듣지 못할 말을 하기도 했다. 허공에 손을 흔들며 "디! 디!"라고 외쳤다. 여자는 그 말이 무슨 뜻인지 몰랐으나 그 말을 들을 때마다 무서웠다. 급기야 남편은 여자를 쳐다보면서도 베트콩이라고 했다. 여자는 가끔 피투성이가 된 채 집 밖으로 도망가거나 방문을 잠그고 공포에 떨어야 했다. 하지만 남편은 아들에게만은 베트콩이라고 하지 않았다. 한참 정신을 잃고 소리를 지르더라도 아들이 울거나 남편의 바지를 움켜쥐면 금방 이성을 되찾곤 했다. 겉보기에는 아들을 위하는 것 같았지만 남편의 눈빛과 표정만 놓고 보면 아들을 두려워하는 것 같았다. 이상한 건 아들도 마찬가지였다. 폭력적으로 변한 흉포한 아버지를 보면서도 피하거나 무서워하지 않았다. 나중에 가족을 떠나기로 결심할 수 있었던 이유도 남편과 아들의 관계 때문이었다. 아들과 남편의 불가해한 친밀함이 처음에는 다행으로 느껴졌지만 나중에는 뭐라고 짚어낼 수 없는 불편함으로 바뀌었다. 어머니로서 도저히 인정하고 싶진 않았지만 남편에 대한 아들의 태도에 서운한 마음이 들었고 나중에는 미운 마음까지 들었다. 만약 그때 아들이 자신과 함께 남편을 미워하고 여자의 곁에서 같은 편을 들어주는 보편적이고 약한 모습을 보였다면 여자는 집을 떠나지 못했을지도 모른다. 여자에게 당신의 폭력보다 힘들었던 건 당신과 아들이 만들어내는 기이한 유대감이었다. 그것은 여자를 고립시켰고 소외감을 느끼게 만들었다. 여자는 생각했다. 나는 순하고 착한 남편을 군대에 보냈다. 그러나 군대는 남편을 살인자로 만들어 피투성이로 내게 돌려보냈다. 나는 아들을 군대에 보냈다. 그러나 군대는 내 아들을 죽이려 했다. 그 순간 피투성이로 변했을 아들의 얼굴을 상상한 여자는 쥐고 있던 캔이 우그러질 정도로 꽉 움켜쥐었다. 분노가 치밀었고 견딜 수 없이 무서웠다. 여자는 서둘러 커피를 한 모금 더 마신 뒤 떨리는 목소리로 입을 뗐다.

어떻던가요.

당신은 아들이 어떻게 성장했고 또 얼마나 착했는지에 대해 말했다. 맥락 없는 이야기를 생각나는 대로 횡설수설했고 나중에는 실없이 웃기도 했다. 여자는 잠자코 앉아 당신이 더듬더듬 말하는 이야기를 들었다. 여자는 남자의 흉한 웃음에 아무 반응도 하지 않고 낮은 음성으로 물었다.

그러니까 지금 어떤 상태냐구요.

당신은 입을 다물고 침묵했다. 눈빛이 흔들렸고 손끝이 심하게 떨렸다.

걔가 스스로 그랬을 리가 없어요. 뭔가 다른 이유가 있어요.

하지만 여자는 알고 있었다. 이 사건은 언론을 통해 알려질 대로 알려진 상태였다. 초소에 찍힌 CCTV의 적외선 영상만 놓고 보면 분명 혼자 저지른 일이었다. 근무 교대를 위해 막 이동하는 중이었고 함께 근무를 선 사수가 자리를 뜨자마자 아들은 총을 껴안듯 안고 총구를 턱밑으로 향하게 한 뒤 방아쇠를 당겼다. 조사는 거의 끝난 상태였고 언론에서는 군대의 가혹행위와 자살에 대한 대책을 논의하는 단계였다. 여자는 당신에게 뭔가를 거칠게 쏟아붓고 싶었지만 사실 그건 당신의 잘못이 아니란 것을 알고 있었다. 그리고 여자는 당신에게 아들을 왜 지키지 못했느냐고 할 수 없었다. 여자는 당신과는 다른 방식의 죄의식에 사로잡혀 있었다.

내 잘못이야. 나 때문이야.

당신은 약간 얼이 빠진 것 같은 표정으로 중얼거렸다. 여자도 당신과 같이 중얼거렸다.

당신 탓이 아니에요. 누구의 탓도 아니에요.

아니야. 내 탓이야. 내가 알아. 나는 알고 있었어. 언젠가는 이렇게 될 걸 알고 있었어.

4

그는 생각했다. 나는 왜 죽으려 했을까. 그는 다시 생각했다. 그런데 왜 죽지 않았을까. 그는 알고 있었다. 다른 누구도 아닌 자신이 총구를 턱에 갖다 댔고 스스로 방아쇠를 당겼다. 하지만 마지막까지 이해할 수 없는 건 정말 자신이 죽으려고 총구를 턱에 갖다 댔다면 왜 격발하는 순간 총구를 밖으로 밀어냈느냐는 것이다. 그러니까 그는 죽으려고 했고 동시에 살려고 했다. 그는 완전히 극단적인 두 행동 사이의 인과관계를 해결하지 못했다. 충동적이었다고 하기에는 직전의 정신 상태가 너무 평온했다. 조사관들과 군의관은 부대에서 겪은 일들을 이유로 그가 우울증에 빠졌고 그것이 곧 자살로 이어졌다는 결론을 내렸다. 하지만 그는 인정하지 않았다. 군생활이 괴로웠던 것은 사실이다. 그가 겪은 일들은 군인들이 군대에서 느끼는 보편적 괴로움과는 다른 종류의 것이었다. 그가 근무했던 곳은 최전방 주력부대였다. 비무장지대를 경계하고 철책을 순찰하는 것이 그가 맡은 임무였다. 그곳은 척박하고 고립된 땅이었다. 입대 당시 그는 의욕적이었다. 나라를 위해 한 시절을 바치는 것에 대해 회의적인 마음을 갖지 않았다. 도리어 그곳에서 얻게 될 경험과 새로운 자극들을 기대하는 마음이 컸다.

하지만 그의 생각과 기대는 그리 길지 않은 시간에 완전히 무너지고 말았다. 그곳엔 나라가 없었다. 그곳은 그저 버려진 땅이었고 이름도 없는 좁고 협소한 섬이었다. 보고 체계가 투명하게 확립되지 않아 중간에 누군가가 침묵하면 그 어떤 소리도 밖으로 새어 나가지 않았고 다른 소리가 들어오지도 않았다. 생활은 은폐되었고 부대에서 일어나는 모든 일들은 음성적인 방식으로 해결되었다. 겉으로 드러난 군기는 위장된 것이었고 이면에 숨어 그들을 지배하는 기운은 무기력과 폭력이었다. 끝없이 순환되고 반복되는 단조로운 근무는 지루했다. 낮에도 밤에도 적은 보이지 않았다. 빈 공간을 향해 총구를 겨누는 군인들은 없는 적군을 억지로 만들어내야 했다.

각각의 개성과 의견은 집단 속에 섞였고 군복에 가려졌다. 그들은 계급에 따라 인격과 본성이 달라지는 경험을 공평하게 나누어 가졌다. 그의 선임들은 생각나는 대로 행동했고 어떤 일도 망설이지 않았다. 부끄러움을 몰랐고 아무것도 절제하려 하지 않았다. 늘 서로서로 '충성'을 외치지만 나중에는 그 단어의 뜻이 무엇인지도 몰랐다. 충성할 나라는 보이지 않았지만 복종해야 할 사람들은 곁에 있었다. 밖에서는 유죄라고 느끼는 일들을 군대에서는 아무렇지도 않게 행했고 심지어 그것을 국가에서 인정하고 보장하는 공식행위로 여기기도 했다. 어떤 면에서 그들은 순수했다. 그들에게는 의도가 없었고 오직 학습받고 물려받은 행위만 있었다. 그들은 모두 같은 과정을 겪었고 복종 앞에 자연스럽게 순응했다. 이상하고 불합리한 일들이 그곳에서는 정상적이고 평범하게 일어나고 있었고 그들 역시 그것을 자연스럽고 당연한 일로 여겼다. 때리는 것을 특권으로 알았고 비상식적인 일을 상식으로 이해했으며 수치스럽고 역겨운 일을 쾌락으로 여겼다. 때문에 그들은 그에게도 복종을 요구했다. 그러면서도 당장 느끼는 괴로움은 시간이 지나면 곧 익숙해질 것이라 위로했다. 계급의 가장 낮은 자리에 서 있는 그는 이 모든 과정을 고통스럽게 감각했고 아침부터 저녁까지 생각의 통증을 느껴야 했다. 하지만 그는 죽어야겠다고 생각하지는 않았다. 그 역시 그들처럼 뭔가를 각오했고 집단의 룰을 받아들였으며 시간이 지나면 괜찮아질 거라는 오래된 약속을 믿기로 했다.

때문에 군대에서 겪은 일들로 인해 자신이 죽으려고 했다는 진단을 그는 믿지 않았다. 그는 생각했다. 정말 내가 극단적인 일을 하기로 결심했다면 나는 나를 죽이는 것이 아닌 그들 중 하나를 죽이는 방식을 취했을 것이다. 나는 한순간도 나 자신을 포기한 적이 없었다. 나는 죽으려 했고 동시에 죽지 않으려 했다. 두 행동은 모두 내가 한 것이다. 하지만 둘 중 하나는 내가 아니다.

그는 자신의 목에 삽입된 튜브로 느리게 들어가는 담황색 액체를 바라봤다. 혈관 속으로 한 방울씩 떨어져 혈액 속에 섞이는 수액과 몸에 붙어 있는 번거롭고 성가신 기구들과 케이블을 바라봤다. 그는 오른손으로 조심스럽게 얼굴을 만졌다. 두껍게 감아놓은 붕대 밑으로 아무 굴곡도 느껴지지 않았다. 하지만 손끝에 느껴지는 감촉은 날카롭고 섬뜩했다. 그는 현실감을 찾고 있었다. 지금 누워 있는 일인용 병상이 자신이 속한 세계였고 입고 있는 환의가 자신을 설명하는 정체성이었다. 그는 더이상 군인이 아니었고 더는 정상적인 사람도 아니었다. 그때마다 그는 최대한 마음을 비우고 다시 생각에 몰두하려 애를 썼다. 블라인드 틈으로 들어온 늦은 오후의 광선이 쳐다보고 싶지 않은 그림자를 드리웠다. 그것은 혐오스런 파충류처럼 보였고 머릿속에서 빠져나온 불온한 악령 같았다. 그는 서서히 깨닫고 있었다. 이유가 무엇이든 돌이킬 수 없는 일이 일어났고 얼굴이 박살났다. 그는 머리 꼭대기까지 이불을 끌어올려 붕대 감은 얼굴을 감췄다. 그는 몸에 붙은 것들을 다 뜯어내고 붕대를 풀어헤친 뒤 비명을 지르며 발악하고 싶었다. 그는 어금니를 앙다물었다. 순간 턱밑으로 날카로운 송곳이 뚫고 들어오는 것 같은 통증을 느꼈다. 그는 손으로 얼굴을 감싸고 몸부림친 뒤 침대 시트를 있는 힘껏 움켜쥐었다.

5

당신은 연못이 보이는 벤치에 앉아 어두운 물을 바라보고 있다. 이름을 알 수 없는 수생식물이 떠 있는 적막한 수면, 미동도 없이 물속에 박혀 있는 네 마리의 붉은 금붕어. 당신은 바위처럼 앉아 먼 곳을 응시하고 있다. 피부 위로 흐르는 빗물, 눈앞에 아른거리는 거대한 숲, 코끝에 느껴지는 화약 냄새, 산발적으로 터지는 폭탄 소리. 그것이 환각이라는 것을 알지만 당신은 무섭게 뛰는 심장을 진정시키지 못한다. 감당할 수 없는 불행에 빠지게 되리라. 어디에선가 날아온 탄알이 머리에 박히리라. 당신은 평생을 불길한 예감 속에 살아왔다. 하지만 이런 방식이 될 것이라고는 생각지 못했다. 당신은 관자놀이 정중앙을 엄지손가락으로 강하게 눌렀다. 날카로운 쇳조각이 박힌 듯 머리가 아프다. 당신은 이를 악물고 머리를 감싼 채 두통이 지나가길 기다리고 있다. 두통의 정체를 알고 있다. 당신은 아무것도 잊지 않았다. 아니, 잊을 수 없을 것이다. 당신은 언제나 나와 함께 옛날에 살고 있기 때문이다.

당신이 속한 남조선 용병들이 베트남에 도착했을 땐 비가 내리고 있었다. 아침부터 내리던 비는 저녁이 되어도 그치지 않았고, 어제도 오늘도 내일도 내내 내렸다. 숲이 무섭게 커지는 시절이었고, 하늘을 가리며 자라는 진녹색 나무들이 만들어내는 그늘로 숲이 어두워지는 시절이었다. 흙물이 물길을 따라 흐르고 구덩이마다 고여 수심을 감추는 시절이었다. 낮과 밤, 하늘과 땅, 새와 벌레, 물소와 돼지, 민간인과 베트콩을 구분할 수 없는 안개의 계절. 우기였다.

당신은 천막 밑에 주저앉아 김이 피어나는 숲을 바라봤다. 전투복은 항상 눅눅했고 뒤집고 흔들어도 군화엔 물이 찼으며 아무리 닦아내도 소총에 묻은 물기는 사라지지 않았다. 한 치 앞을 가늠할 수 없도록 빼곡하게 자라난 고무나무들, 젖은 낙엽에 가려져 있을 죽창 구덩이들과 지뢰들, 어딘가에서 몸을 숨긴 채 당신을 응시하고 있을 베트콩들의 까만 눈동자. 당신은 눈을 가늘게 뜨고 포탄이 떨어진 자리에 고인 흙탕물을 바라보며 중얼거렸다.

Kill all, burn all and destroy all.

무신론자가 외우고 있는 경전처럼 의미 없는 주문이었으나 그것은 당신에게 허락된 단 하나의 강령이었다.

'백 명의 적군을 놓친다 할지라도 단 한 명의 민간인에게 해를 입혀서는 안 된다.' 처음의 당신들은 달랐다. 베트콩과 민간인을 구분할 수 있었다. 베트콩은 적군이었고 민간인은 이웃이라는 것을 알고 있었다. 그때는 모두 화목했다. 대화도 했고 먹을 것도 나누어 먹었으며 함께 어울려 놀기도 했다. 하지만 시간이 지나고 모든 것은 변했다. 당신들은 싸우는 자들이었다. 어떤 날엔 베트콩이 죽고 어떤 날엔 당신들이 다쳤다. 시간이 갈수록 당신들은 아무것도 구분하지 못했다. 부비트랩이 터지고 누군가 다치거나 죽는 일이 생기기 시작했다. 분노와 두려움은 당신들을 딴사람으로 만들었다. 아침과 저녁의 숲이 달라지듯 당신들은 단번에 변했다. 복수해야 했다. 방어해야 했다. 섬멸해야 했다.

'베트콩을 놓치는 것보다는 오인 사살이 낫다. 보이는 것은 모두 베트콩이다. 물 인민을 퍼내서 고기 베트콩을 잡는다.' 명령이 떨어졌고 누군가가 발포를 했다. 그다음부터는 아무도 주저하지 않았다. 당신들은 마을에서 일을 하고 있는 사람들을 잡아다 죽였다. 그들이 베트콩을 위해 일하는 사람들이라는 게 이유였다. 음식을 나눠주던 안면이 있는 사람들을 죽였다. 그들이 베트콩에게도 음식을 주기 때문이다. 아이들도 죽였다. 이 아이들이 자라면 당신들을 죽이는 베트콩이 될 것이기 때문이다. 여자들도 죽였다. 여자들은 베트콩을 낳는 사람들이기 때문이다. '베트콩'이라는 단어는 모든 것들을 섬멸하는 완전한 명분이 되었다. 당신들은 제정신이 아니었다. 주민들을 구덩이에 몰아넣고 총을 쐈다. 마을 밖 사찰에서 불공을 드리던 아이들과 여자의 등에 총을 쐈다. 아이의 얼굴이 반밖에 남아 있지 않은 모습을 봐도 아무렇지 않게 됐다. 당신들은 그들이 주민이라는 것을 알고 있었다. 한낮이었다. 베트콩들이 낮에 어떻게 마을에 내려오겠는가. 당신들 중 누군가가 이들은 베트콩이 아니라고 했다. 하지만 다른 누군가는 이들은 베트콩과 다름없다 했다. 그러고는 아무 말이 없었다. 주민들은 마을을 벗어나 땅굴을 찾아 몸을 숨겼다. 당신들은 끈질기게 주변을 수색했고 기어이 땅굴을 찾아냈다. 그리고 최루탄을 던져넣었다. 눈이 맵고 숨이 막힌 주민들이 뛰쳐나왔다. 당신들은 땅굴 앞에 나란히 서서 나오는 순서에 따라 차례대로 조준 사격했다. 시간이 흐를수록 그것은 개미를 죽이는 것보다 단순하고 쉬운 일이 됐다. 개미는 작아서 잡기가 어려웠지만 주민들은 너무도 느리고 커다란 표적이었다. 당신들은 여자들을 도랑가로 끌고 가서 베트콩들에 대한 정보를 얻기 위해 고문했다. 한국말로 물었고 대답이 없으면 때리고 윤간했다. 그리고 마지막엔 꼭 죽였다. 포탄이 떨어져 생긴 웅덩이에 고인 흙탕물에서 물장난을 치고 놀던 아이들 위로 포탄을 떨어뜨렸다. 웅덩이마다 검붉은 물이 넘쳐났다.

당신은 조금 다른 사람이었다. 선봉에 서지 않았고 민간인들을 죽일 때 조준 사격하지 않았다. 어찌해야 할지 모를 때는 물소와 돼지들에게 '베트콩'이라고 소리지르며 총을 쐈다. 여자를 윤간할 땐 가장 마지막에 했고 가급적이면 아이를 죽이지 않으려 노력했다. 적극적이지 않은 것과 수동적인 태도를 버리지 않는 것은 모종의 죄책감을 덜어주는 유일한 방법이었다. 하지만 당신이 스스로 결정하고 행한 일이 하나 있다. 그것은 당신들에게 너무나 일상적이고 흔한 일이었기에 아무것도 아니었겠지만 당신은 그것을 기억하고 있다. 마을 전체를 남김없이 소탕하라는 명령을 받았다. 당신은 숲으로 도주한 여자를 뒤쫓았다. 이미 발목을 다친 여자는 멀리 도망가지 못했고 당신에게 붙잡혔다. 당신도 아는 여자였다. 어제까지만 해도 인사를 하며 미소를 주고받던 사이였다. 당신은 두려워하지 말라는 뜻에서 여자의 어깨를 가볍게 잡으려 했다. 하지만 여자는 웅크리고 떨며 울부짖었다. 당신은 여자의 소리를 듣고 불쑥 화가 났다. 모욕감을 느꼈고 자신의 호의가 무시당한 것만 같아 견딜 수 없는 분노가 치밀었다. 당신은 그 자리에서 여자를 강간했다. 주위에는 아무도 없었다. 함께 있을 때는 그렇지 않았지만 아무도 보지 않을 때의 당신은 평소와 달랐다. 당신은 일을 마친 후 여자의 머리채를 움켜쥐고 마을로 끌고 갔다. 마을은 화염에 휩싸여 있었다. 총탄이 터지는 소리가 귀를 울렸고 곳곳에서 비명이 들렸다. 당신은 문득 어떤 생각을 했고 걸음을 멈췄다. 여자가 당할 일들이 예측되었고 그것은 당신의 마음을 불편하게 만들었다. 당신은 여자를 숲 쪽으로 돌려세운 뒤 소리쳤다. "디! 디!" 여자는 어떻게 해야 할지 몰랐다. 숲속으로 도망가라는 당신의 말을 믿을 수 없었다. 뒤에서 총을 쏠 것만 같았기 때문이다. 당신은 여자의 얼굴을 주먹으로 때리고 계속 소리쳤다. "디! 디!" 여자는 숲속으로 도망갔다. 그 순간 비가 그쳤다. 당신은 얼이 빠진 얼굴로 멍하게 마을을 바라봤다. 뜨겁고 환한 태양빛이 폐허가 된 마을 위로 찬란하게 쏟아져내리고 있었다. 아름답다는 말 외에 달리 표현할 말이 없는 풍경이었다.

당신은 그들과 함께 무사히 귀국했다. 그리고 다시 예전의 삶으로 돌아갔다. 당신은 종종 베트남의 우기에 대해 생각하곤 한다. 그것은 물리적 제거였다. 바위를 부수고 건물을 파괴하듯 살아 있는 생물들을 감정 없이 제거했다. 그때의 우리는 모두 정상이었다. 동료들 중 누구도 이상한 행동을 했던 사람이 없었다. 이성적이었으며 따뜻한 눈을 갖고 있었고 유머가 넘치는 사람들이었다. 그런데 무엇이 그때의 우리를 그렇게 만들었을까.

시간이 많이 흘렀다. 우리는 참전 용사라 불린다. 오랜 시간이 지난 후 그들을 다시 만났다. 모두 늙어 있었다. 표정은 단단하고 고집스럽게 변했지만 우린 모두 같은 기억을 오래된 지층처럼 나누어 갖고 있었다. 아무도 그 일에 대해 말하지 않았다. 아니 처음부터 그런 일은 없었던 것처럼, 꿈속의 일이었던 것처럼, 서로 숨기는 기색도 없었다. 망설임도 없었고 부끄러움도 없었다. 우리는 용광로에서 펄펄 끓다 완전히 정제된 순수한 철강처럼 딱딱하게 변해 있었다. 하지만 나는 늘 두려웠다. 이 두려움에 대해 말하고 싶었고 묻고 싶었고 그들도 나 같은 마음으로 사는지 궁금했다. 하지만 우린 모두 침묵했다. 나는 잘못이 없다. 나는 군인이었다. 명령에 복종했을 뿐 나는 떳떳하다. 그리고 지금의 나는 국가가 인정해주고 자랑스러워하는 용사이며 유공자다. 하지만 저녁 무렵 적막해지는 시간이 찾아오면 불안과 두려움이 마음을 사로잡았다. 허공에서 회전하는 부메랑처럼 뭔가가 이곳으로 되돌아올 것만 같았다. 죽었던 이들이 몰려와 내 머리에 총구를 겨누고 방아쇠를 당길 것만 같았다. 당신은 밤마다 공포에 떨다 아침이 돼서야 겨우 잠들 수 있었다.

아무것도 남겨둬서는 안 된다는 명령을 받았다. 당신은 그것을 충실히 따랐을 뿐이다. 당신에겐 의지가 없었다. 의식이 없었고 선택할 수 있는 자유가 없었다. 복종하는 당신은 정의로웠다. 당신은 그저 도구였을 뿐이다. 당신은 누군가의 손에 들린 소총에 불과했다. 때문에 당신이 느끼는 죄책감은 거짓이다. 내가 그렇게 말하지 않았는가. 당신은 죄의식을 느낄 필요가 없다.

6

나는 항상 말하고 싶었다. 하지만 나는 입이 없고 몸이 없다. 내게 있는 건 오직 기억과 이야기뿐. 그것은 내 존재의 이유고 그것을 말하는 것은 내 삶의 형식이다. 이제 나는 당신께 내 이야기를 하려 한다.

당신이 은혜를 베풀어 숲속으로 도망치게 해준 여자는 내 어머니다. 나는 지금도 당신께 감사하고 있다. 당신의 자비로 어머니는 살았고 나 역시 세상의 빛을 볼 수 있었다. 하지만 어머니와 내가 얻은 행운은 오래가지 않았다. 화염이 꺼지기도 전에 폭탄이 날아왔고 당신들이 지나가면 또다른 당신들이 마을에 들어왔다. 어머니도 결국 다른 이들처럼 누군가가 쏜 총알에 머리가 부서져 죽었다. 나는 바로 죽진 않았지만 입을 다쳤다. 죽은 어머니는 더이상 젖이 나오지 않았고 나는 물도 마실 수 없었다. 어머니와 나는 그렇게 죽었다. 마을의 모든 이들이 그렇게 죽는 시절이었다. 죽음이 도처에 널려 있을 때였고 사는 이들보다 죽는 이들이 많았던 시절이었다. 거대한 구덩이에 우리는 함께 묻혔다. 그 숲과 어둠을 기억한다. 끝없이 내리던 비와 마를 줄 모르던 땅, 뒤엉켜 포개져 점점 뒤섞이던 우리의 몸과 영혼. 풀과 작물이 가득했던 기름진 땅은 붉은 피로 뒤덮였고 모래에는 뼈와 살이 섞였다. 가축들은 사람과 함께 불태워졌고 마을은 폐허가 됐다. 피를 탐하는 개미들이 숲이 드리우는 길고 어두운 그늘처럼 바닥을 검게 물들였다. 우리가 묻힌 무덤 위로 탱크가 지나갔고 누군가 땅을 파헤치고 다시 묻기를 반복했다. 우리의 영혼은 모두 나뉘었고 어딘가로 뿔뿔이 흩어졌다. 바람처럼 방향 없이 날아갔고 어둠처럼 소리

없이 사라졌다.

나는 오랫동안 당신과 함께 있었다. 당신이 내 존재를 처음 느꼈을 때 겪었던 두려움을 알고 있다. 내가 서 있는 곳을 당신은 바라보지 못했다. 때론 나를 향해 주먹을 휘둘렀고 때론 나를 향해 사격 자세를 취했다. 하지만 시간이 흘렀고 당신은 결국 나를 인정하고 받아들이는 법을 터득했다. 당신은 나를 모른 척했고, 없는 척했고, 무시했고, 두렵지 않은 척했다. 당신은 나와 함께 지내는 삶에 익숙해졌고 차츰 안정을 되찾았다. 나는 당신의 아들을 그 어떤 누구보다 아꼈다. 당신이 흥분하고 무서운 얼굴로 사납게 날뛸 때마다 나는 떨리는 그의 어깨를 붙잡고 귓가에 속삭였다.

아파서 그래. 아버지는 원래 좋은 사람이야. 괜찮아질 거야.

나는 당신에게서 그를 지켰다. 흥분한 주먹이 그를 향해 뻗어나가려 할 때마다 당신의 손목을 잡았고 맞은편에 서서 당신의 눈을 바라보며 당신을 저지했다. 당신의 아들은 그렇게 쉽고 간단한 방법으로 고통받아서는 안 된다. 통증에 익숙해져서도 안 되고 당신이 쉽게 제어할 수 있는 사람이 되는 것도 곤란하다. 내가 허락할 수 없다. 다른 방법, 다른 시간에 좀더 분명한 형식이어야 한다. 당신은 내 아버지고 그는 내 형제다. 나는 우리가 같은 감각과 같은 마음으로 하나가 되길 바란다. 그날이 오기까지 나는 당신과 당신의 아들을 지켜야 했다. 하지만 여자는 아니다. 그녀는 우리 가족에 어울리지 않는다. 당신을 이해하지 못하는 나약하고 어리석은 타인일 뿐이다. 여자는 잘못이 없다. 그녀는 나와 상관없는 이다. 결국 그 여자는 우리를 떠났다. 떠나야만 했다. 여자가 사라짐으로 우리 가족은 점점 완선하고 단단하게 결속되었다.

그가 입대하고 당신과 나만 남은 집은 쓸쓸하고 적막했다. 당신은 고독에 능하고 밤과 새벽에 이력이 난 사람이었지만 그는 아니었다. 그가 걱정됐고 보고 싶었고 궁금했다. 나는 당신을 떠나 그가 있는 곳으로 갔다. 나는 놀랐다. 그는 젊을 때의 당신과 놀랍도록 닮은 모습이었다. 그를 지켜보는 마음이 이상했다. 그는 고통받고 있었다. 외로워했고 힘들어했으며 그의 마음은 온통 축축한 그늘뿐이었다. 나는 이제 때가 되었다고 생각했다. 그의 손목을 붙잡았고 귓가에 속삭였고 힘들지 않도록 그를 설득했다. 하지만 그는 내 말을 듣지 않았다. 저항했고 나를 증오했다. 끊임없이 고개를 저었다. 그는 당신과 달리 어리석고 무례한 남자였다. 나는 그에게 자유를 선물하려 했다. 지독한 구덩이에서 구원하려 했다. 그것은 너무도 간단하다. 머리에 총을 맞는다는 것은 아무것도 아니다. 감각도 없고 통증도 없고 때문에 고통도 없다. 나처럼 시간과 공간에 지배받지 않는, 불가능을 모르는 자유로운 존재가 되는 것이다. 나는 그의 손목을 움켜쥐고 끌어안았다.

우린 형제야. 같은 몸과 같은 정신으로 지금 당장 집으로 돌아가자. 아버지를 만나러 가자. 하지만 그는 끝끝내 내 말을 듣지 않았다.

나는 가끔 허공에 서서 어머니가 묻혀 있는 저곳과 당신이 살고 있는 이곳을 번갈아가며 생각하곤 한다. 나는 시간의 지배를 받지 않기에 과거와 미래가 없고 육체가 없기에 공간에 갇히지 않는다. 옛날의 일은 늘 오늘의 일처럼 생생하고 이곳의 풍경과 저곳의 풍경은 늘 겹쳐 있다. 당신이 잠든 방과 어머니가 묻힌 무덤이 함께 있다. 텅 비어 있는 허공에서 비가 내리고 아무것도 없는 흰 벽에 고무나무가 자라난다. 낮에는 지면을 비추는 태양처럼 증오심이 마음을 뜨겁게 만든다. 밤에는 그 열기가 모두 식고 지독하게 허무해진다. 그리고 반복된다. 끝이 없기에 이 반복은 영원하다. 젖은 몸은 마르지 않고 나는 한 치도 자라지 않은 상태로 영원히 떠 있다. 허공은 내 무덤이고, 내 집이며, 내 기억의 모든 것이다. 나에겐 당신이 갖고 있는 한계가 없고 불가능을 알지 못한다. 나는 망각을 알지 못하기에 희미해지는 기억도 없고 바뀌고 변화하는 생각도 없다. 감각은 언제나 같은 크기와 동일한 느낌으로 항상 되풀이되며 반복된다. 이게 얼마나 피곤하고, 이게 얼마나 쓸쓸한 일인지 당신은 알지 못한다. 안다고 생각하겠지만 아니다. 당신은 아직 슬픔이 무엇인지, 쓸쓸한 게 어떤 것인지, 모른다. 당신은 모른다.

7

그의 눈이 당신이 알고 있던 아들의 눈으로 돌아오고 있었다. 당신은 그의 마음속을 채우고 있는 감정과 혼란을 알고 있다. 붕대에 가려 보이지 않는 그의 표정과 얼굴을 본 것만 같아 당신은 마음이 아프다. 오랜 침묵 속에 그저 누워만 있던 그는 기력을 되찾았고 앞으로 살아가야 할 날들을 예감하면서 그래도 어떻게든 살아낼 것이라는 긍정적인 마음을 갖기 시작했다. 그는 당신의 손을 힘주어 잡았고 부드러운 눈길로 당신을 바라봤다. 그가 머리맡에 놓여 있던 메모지를 들고 펜을 움켜쥔 뒤 뭔가를 써서 당신에게 보여줬다.

죄송해요.

당신은 침을 삼키고 숨을 참는다. 그리고 부드럽고 흔들림 없는 담담한 음성으로 대답한다.

아니야.

죄송해요.

그는 같은 말을 한 번 더 쓰고 그 밑에 밑줄을 그었다.

죄송해요.

아니야. 네가 한 게 아니야. 내가 알아. 네가 한 게 아니야.

그가 당신을 바라본다. 당신은 그 순간 그에게 당신의 고통에 대해, 지나왔던 일들과 그로 인해 당신이 겪는 예감들에 대해 거의 말할 뻔했다. 하지만 압도적 크기의 두려움이 당신을 강하게 저지했다. 당신은 그의 머리를 쓰다듬고 병실 밖으로 나갔다. 당신은 나가기 전 뒤를 돌아봤다. 그가 가볍게 손을 들어 당신께 인사했다. 하지만 당신은 당신을 바라보는 그의 눈이 아닌 조금 더 높은 곳에 위치한 다른 눈을 응시했다. 너무도 오랜만에 당신은 나와 눈을 마주쳤다. 나는 감동했다. 당신은 지금 다른 누구도 아닌 나를 보고 있는 것이다. 나는 목소리가 없지만 큰 소리로 외친다.

오랜만이에요, 아버지.

당신은 말이 없다.

안부

1

일주일에 한 번 시위를 한다. 패널을 목에 걸고 정오부터 해가 질 때까지 서 있다. 광화문에도 나가고 청와대가 있는 종로 근처에도 나간다. 군부대 앞에 서기도 하고 명동의 인파 속에 서 있기도 한다. 평일에는 일주일에 세 번 친구가 운영하는 삼겹살집에서 허드렛일을 한다. 야채를 다듬고 양념을 만들고 설거지를 한다. 토요일엔 교회 봉사를 하고 주일엔 예배를 드린다. 한 달에 한 번은 국군수도병원에 들러 아들을 만나고 온다. 비가 오거나 이런저런 일들로 시위를 할 수 없는 날엔 구립도서관에 들러 신문을 본다. 혹시 아들에 관한 기사가, 그도 아니면 비슷한 다른 사건에 관한 기사라도 났나 싶어 구석구석 살핀다. 아들에 관한 기사는 몇 년째 없고 비슷한 내용의 기사도 거의 없다. 두 명의 대통령에게 열 통 이상의 편지를 보냈다. 두 명의 시장에게도 편지를 썼다. 판사님과 국방부장관님께는 셀 수도 없이 많은 호소문을 썼다. 답장을 받은 적은 없다. 이 패턴은 지난 육 년간 내 삶의 방식이 되었다. 하루도 거르지 않고 그중 하나도 빠뜨리지 않는다. 그것들은 기계처럼 반복되는 일들이다.

잠이 오지 않는다. 밤은 어둡고 마음은 그보다 더 어둡다. 안개 낀 해변처럼 앞은 보이지 않고 어디선가 첨벙첨벙 물소리만 들려온다. 난파된 배를 타고 바다를 헤매는 심정으로 침대에 누워 끊임없이 뒤척이고 있으면 죽음과 같은 잠이 어깨를 타고 스르륵 넘어오는 것이 느껴진다. 그때마다 나는 소스라치게 놀라며 눈을 번쩍 뜬다. 아들이 차가운 침대에 누워 있는데 어미라는 자가 무책임하게 죽을 수는 없는 법이다. 아침은 빨리 온다. 꿈조차 없다. 눈을 뜰 때마다 느껴지는 참담함을 누구에게도, 심지어 나 자신에게도 설명할 수 없다. 그것은 그냥 슬프고 쓸쓸한 일이라고, 그렇게 생각하기로 했다.

병원에 다녀왔다. 갈수록 병원이 멀게만 느껴진다. 한 달에 한 번 가는 것도 미안한데 그 마음이 힘들고 지치는 것이 죄스럽다. 오늘은 병원으로 들어가기 전에 우측 길로 올라가봤다. 충동적인 마음이었다. 길 끝에 장례식장이 있다는 것을 알면서도 이상하게 그쪽으로 발이 옮겨졌다. 예전엔 그쪽은 아예 쳐다보지도 않았다.

바람 없이 이슬비만 내리는 흐리고 고요한 오후. 나는 산보하듯 느릿느릿 걸어올라갔다. 한 사병의 장례식이 차분하게 진행되고 있었다. 나는 벤치에 앉아 연극을 관람하는 마음으로 그것을 바라봤다. 부모로 보이는 남자와 여자가 말없이 관을 쓰다듬었다. 단정하고 고상한 부부였다. 그들은 소리 없이 표정으로만 울었다. 세상이 그들의 소리를 모두 흡수한 것 같았다. 무성의 흑백영화처럼 색이 전혀 느껴지지 않는 기묘한 풍경이었다. 나는 그 얼굴을 지켜보며 자주 숨을 참았다. 자연스럽게 아들의 장례식과 그날의 나를 상상해봤다. 어미라는 자가 장례식 내내 눈물 한 방울 없이 있을 것만 같아 걱정이 되었다. 사람들이 내게 비정한 엄마라고 손가락질할 것만 같다.

오늘도 아들을 만났다. 백 번도 넘게 봤는데 볼 때마다 새롭다. 참 이상하지. 얼어 있어도 몸은 조금씩 변한다. 상하기도 하고 달라지기도 한다. 아들은 서서히 조금씩 다른 사람이 되어가고 있다. 피부색이 바뀌고 얼굴 윤곽이 점점 틀어지고 있다. 몸도 줄어드는 것 같고 키도 작아지는 것 같다. 사악한 자들이 내 아들을 다른 사람으로 바꿔치기 한 것은 아닐까. 고개를 크게 젓는다. 그런 식으로 생각하기 시작하면 끝이 없는 상상과 망상으로 마음이 엉망이 된다는 것을 알고 있다. 다른 무엇보다 마음을 지켜야 한다. 누워 있는 이자는 사람이다. 이 사람은 내 아들이다. 억울하게 죽은 내 아들이다.

잠들기를 포기하고 그냥 누워 있다. 잘 수 있을 거란 기대조차 하지 않았기에 불도 끄지 않았다. 나는 천장을 향해 크게 심호흡을 내뱉었다. 답답함이 쉬이 사라지지 않는다. 나는 웅크리고 앉아 두 손을 마주 잡았다. 기도를 하려다 말고 입술을 달싹이며 아들에게 말을 건넸다.

준아. 엄마가 요즘 부쩍 힘이 든다. 관절이 쑤시고 아프지 않은 곳이 없구나. 노인이 된 것 같다. 미안하구나. 그냥 다 미안해. 무엇이 미안한지도 모르겠는 이런 마음조차 죄스럽고 한심하다. 엄마는 모르겠어. 그 긴 시간 동안 밝혀낸 것이라곤 아무것도 없으니까. 무엇이 옳은 것인지, 무엇을 더 해야 하는지도 알 수 없구나. 엄마가 어리석은 걸까. 하루에도 수백 번씩 너를 냉동고에서 꺼내는 상상을 한다. 차갑게 얼어붙은 몸을 뜨거운 불로 녹여주고 싶다. 상하고 찢긴 몸을 곱고 부드러운 가루로 만들어 햇빛이 찬란하게 비치는 공중으로 날려주고 싶다. 푸른 물속에 서서히 풀어넣어 바다가 되게 해주고 싶고 땅속 깊이 묻어 망가진 몸을 남에게 보이는 수치에서 벗어나게 해주고 싶다. 정말…… 그러고 싶은데. 오늘도 나는 너를 그 차가운 철침대에 눕혀놓고 혼자 나왔다. 준아, 내가 잘하고 있는 걸까. 그들의 말처럼 내가 독종인 것은 아닐까. 나는 그 문제에 대해 육 년 전 그날부터 지금 이 순간까지 수천 번도 넘게 생각해봤다. 어쩌면 내 머릿속엔 이제 그 생각밖에 없는지 모른다. 하지만 아들아, 답은 언제나 같아. 그것만큼은 결코 변하지 않지. 다른 것은 다 몰라도 그것만큼은 이 애미가 아니까. 너는 절대 자살하지 않았어.

2

토요일. 아침 일찍 교회 예배실 청소를 했다. 틀어진 의자를 가지런히 맞추고 먼지를 닦았다. 강대상 양옆에 놓인 화분에 물을 줬고 시든 잎 몇 개를 따냈다. 주방팀과 시장에서 찬거리와 국거리를 샀다. 양파를 까고 마늘을 찧고 돼지고기를 양념에 재웠다. 이 사람들은 언제나 밝고 명랑하다. 화기애애한 분위기가 모닥불의 훈기처럼 주위를 에워싸고 있다. 교회에 있을 땐 잠시 시름을 잊는다. 아들이 죽은 첫 해에는 교회의 도움을 정말 많이 받았다. 그들은 나를 위해 기도해줬고 안아줬고 울어줬다. 하지만 그들의 마음은 아들이 아닌 나에게만 맞춰져 있었다.

힘을 주세요.

집사님의 마음을 위로해주세요.

이 시련을 이겨내고 정금처럼 나아가게 도와주세요.

믿음이 흔들리지 않게 해주세요.

고마웠다. 때론 그들의 기도가 내게 살 힘을 주기도 했다. 하지만 그들은 모두 약속이라도 한 듯 아들에 대한 언급은 하지 않았다. 내가 지금 무엇을 위해 싸우고 있는지 그 일은 어떻게 진행이 되고 있는지 묻는 이가 없었다. 억울한 마음을 갖고 의혹을 품고 실제적인 관심을 갖는 이들도 없었다. 누구도 아들의 이름을 입에 올리지 않았다. 교회에서 내 아들의 죽음은 불길한 소문과 같다. 믿는 사람이, 주님의 자녀가, 택한 백성이, 어떻게 자살할 수 있는가. 하나님의 사랑과 그분의 계획을 어떻게 감히 배신할 수 있단 말인가. 경건한 자들에게 내 아들은 가롯 유다이며 함부로 말할 수 없는 악령처럼 취급받고 있다.

망각은 모두를 편케 한다. 잊는다는 것은, 잊었다는 것은 좋은 일이다. 통증을 멎게 하고 나쁜 기억을 흐리게 한다. 아물지 않을 것 같던 커다란 상처도 부드럽고 맨질맨질한 흉터로 바꿔놓는다. 사람들은 그 일을 처음부터 없던 일처럼, 과거의 시시한 사건처럼, 철 지난 영화의 한 장면처럼 생각한다. 아들과 함께 초등부 교사를 했던 김집사도, 성가대에서 나란히 서서 베이스를 했던 박장로도, 한때 아랫집에 살았던 이권사도 내 아들을 모르는 것 같다. 그러면서 그들은 이 모든 세월을 은혜라고 했고, 더러는 치유라고 했으며, 어떤 이는 감사할 조건이라 했다. 몇 년 전에는 4월만 되면 내 눈치를 봤는데 이제는 꽃놀이를 가자 한다. 함께 모인 자리에서 서슴없이 자식 자랑을 늘어놓는다. 그들에겐 이제 감춤이 없고 숨김이 없다. 너무도 해맑고 건강해서 때론 겁이 난다. 나는 그들의 말에 웃어주고 호응하고 자주 고개를 끄덕인다. 애쓰는 그들을 실망시키고 싶지 않아 단합회도 따라가고 야유회도 참석하며 수다도 열심히 떤다. 이제 아무렇지 않게 그들과 어울려 웃고 떠들지만 가끔은 그 밝음과 맑음이 역겨워 숨이 꽉 막힌다. 그런 날엔 아들에 대한 죄책감과 미안함에 잠을 잘 수 없다. 불 끄고 누운 깜깜한 방이 아들이 누운 좁고 차가운 침대처럼 느껴져 오한이 들고 소름이 돋는다. 까만 어둠 속에서 냉동고 안에 누워 있는 아들의 얼굴이 떠올라 숨이 찬다. 퉁퉁 부은 얼굴과 이상한 방향으로 돌아가 있던 동공과 실핏줄에 뒤덮인 흰자위가 떠오른다. 그것이 너무도 생생해 이불을 입에 물기도 하고 때론 피가 날 때까지 손등을 물어뜯기도 한다. 몸부림치다 잠든 다음날엔 근육과 관절에 생생한 통증이 느껴져 한동안 일어날 수가 없다. 그들의 말에 대꾸하고 벚꽃이 좋은 곳에 놀러가는데 같이 가기로 했다. 그들에게 환하게 웃으며 손을 흔들며 내일 보자고 인사를 하고 돌아서려는데 주차장에서 목사님을 만났다. 목사님은 내 손을 마주잡고 자상한 음성으로 안부를 물었다. 요즘 어떻게 지내느냐는 말에 잘 지내고 있다고 웃으며 대답했다. 목사님은 걱정스런 얼굴로 말했다.

서집사님. 항상 몸을 생각하세요. 건강을 잃으면 다 잃게 되는 겁니다.

나는 고개를 끄덕이며 말했다.

네. 걱정 마세요. 늘 고맙습니다.

둘 사이에 짧은 정적이 흘렀다. 목사님은 무슨 말이든 더 해주고 싶은데 생각나는 말이 없는 듯 보였다. 웃는 표정으로 자꾸만 그래도 감사하네요, 감사해요, 라는 말만 되풀이했다. 나는 어떤 말을 하려다 만다. 이번주가 아들의 기일인데 추도예배라도 하고 싶다. 하지만 목사님은 기억하지 못하는 것 같다. 나는 더이상 목사님 앞에서 아들에 대한 이야기를 하지 말자고 다짐했었다. 목사님 앞에서 무례하게 굴고 싶지 않았기 때문이다. 언젠가 목사님은 내게 말했다.

준이를 그만 놓아주는 게 좋겠어요.

그땐 정말 화가 나서 하마터면 목사님께 화를 낼 뻔했다. 모든 사람들이 아들의 억울함을 풀어줄 생각보다 오랫동안 냉동고에 누워 있는 상황에 대한 걱정만 한다. 나는 목사님께 물었다.

목사님, 준이는 지금 주님의 품에서 쉬고 있겠죠?

목사님은 입술을 꾹 다물고 눈을 감았다. 나는 또 물었다.

천국에 있겠죠?

하지만 목사님은 말을 흐리며 그저 내 손만 꽉 잡는다. 그냥 기도하자고만 한다. 나는 오기가 생겨 재차 물었다.

목사님께서 세례 주셨잖아요. 준이가 성가대도 하고 유년부 교사도 했던 거 목사님께서 잘 아시잖아요. 주님의 자녀라고 하셨잖아요. 그러면 주님과 함께 있겠죠? 그렇죠?

목사님은 괴로운 듯 잡은 손에 힘을 주고 길게 숨을 내쉬며 말했다.

인간의 생사와 앞길은 오직 하나님만 아십니다. 모든 것은 하나님의 계획 아래 있으니까요. 그분의 생각은 우리의 생각보다 깊으십니다. 저 역시 집사님처럼 준이가 자살할 애가 아니라고 믿습니다. 그리고 하나님께서는 그때도 지금도 준이를 사랑하신다고 믿어요. 집사님. 이럴 때일수록 더욱더 주님 붙들고 힘을 내셔야 해요.

그렇게만 말했다. 나는 다시 물으려 했지만 목사님은 내 어깨를 두 번 토닥이고 더는 말하지 않았다. 목사님은 그렇게 한참 손만 잡다 목양실로 올라갔다. 나는 계단에 서서 목사님의 뒷모습을 바라보다 현기증을 느끼고 계단에 주저앉았다. 서운하고 화가 났다. 확신이 없더라도 혹여 빈말이라도 준이가 천국에 있을 거라고 대답해주길 바랐다. 내게는 확답과 확신이 필요했다. 자살하지 않았지만 혹 자살이라고 하더라도 주님의 자녀였으니까 당연히 주님의 품에서 쉬고 있다고 말해주길 바랐다. 목사님이 그런 것도 모르다니. 어미도 이토록 긴 시간 동안 품에 안고 있는데 직접 만들고 구원하기로 예정하셨다는 하나님께서 스스로 목숨을 끊었다는 이유만으로 자신의 아들을 버린다는 것은 상식적으로도 말이 되지 않는다. 만약 죽었다면 그것 역시 하나님의 뜻이 아닌가. 하지만 걱정 마라. 내 아들은 결코 자살하지 않았다. 그애는 천국에 있을 거다. 나는 믿는다. 하지만 왜 이 믿음은 자꾸만 나를 불안하고 괴롭게 만드는 걸까.

3

빨래를 널다 뉴스를 봤다. 옷걸이에 걸려던 옷을 움켜쥐고 티브이 앞으로 달려갔다. 자살한 이등병에 대한 기사였다. 가혹행위로 몇 개월 동안 고통을 받았고 어젯밤 옥상에서 투신했다는 내용이었다. 얼이 빠진 얼굴로 영정사진 앞에 주저앉은 어머니가 잠깐 나왔다. 뉴스는 그걸로 끝이었다. 나는 심장이 빨리 뛰는 것을 느끼고 주먹으로 왼쪽 가슴을 꾹 누르고 호흡을 골랐다. 문득 그날이 생각났던 것이다.

어느 봄밤. 자는 중에 전화 한 통을 받았다. 낯선 남자의 목소리가 아들의 이름을 불렀다. 그는 낮고 예의바른 음성으로 아들의 죽음을 알렸다. 일 분도 채 안 되는 짧은 시간이었지만 그는 많은 것을 말했다. 회식 후 흥에 겨워 가볍게 축구를 했는데 헤딩을 잘못해서 골대에 얼굴을 부딪쳤다고 했다. 그날 내내 우울해 보였는데 결국 관사에서 전투화 끈으로 목을 맸다고 했다. 남편과 병원에 갔다. 아들이 누워 있었다. 얼굴 절반이 검붉은 멍으로 물들었고 입 주위는 입술 윤곽을 알아볼 수 없을 정도로 망가져 있었다. 숨을 쉬지 않았고 흔들어도 깨지 않았으며 얼굴을 때려도 눈썹 하나 움직이지 않았다. 그때 정신을 잃었고 한참 뒤에 다시 깨서 울다가 또 정신을 잃었다. 그러다 누군가 와서 장례 절차를 물었을 때 나는 처음으로 손등으로 눈물을 닦고 물었다. 제 아들이 왜 죽었나요? 자살이라고 했다. 그것은 말이 안 된다고 했더니 목에 난 상처를 손가락으로 가리키며 목을 맸다고 했다. 그럴 리가 없다고 했더니 그들은 나와 남편이 병원에서 밤을 보내는 동안 새벽에 현장검증을 다 끝냈다고 했다. 다시 조사해달라고 했더니 초동수사에 문제가 없기에 불가하다고 못을 박았다.

초동수사에 문제가 없다.

이 말은 그후에도 수도 없이 들었던 한결같은 답변이었다. 남편은 아들의 얼굴에 난 상처는 왜 난 것이냐고 물었다. 평소에 아들은 자살 징후가 전혀 없었다고 항의했다. 가혹행위가 있었을 것이라고 이의를 제기했다. 그들은 그런 일은 결코 있을 수 없다고 단호하게 답했다. 어떻게 그렇게 단정할 수 있느냐고 물으면 그것은 원래 불가능한 일이라고 했다. 그들은 모든 의문에 불투명하게 답했고 사건을 은폐하고 축소하려고만 했다. '군경의문사 진상규명과 폭력근절을 위한 가족협의회'에서 나서서 우리들을 도왔지만 강경한 그들은 한 발자국도 움직이지 않았다. 남편과 나는 결국 냉동고에 있는 아들의 시신을 인수하지 않았다. 현장에 남은 증거가 없으니 몸에 남은 증거라도 남기기 위해서였다. 그게 벌써 육 년 전 일이다.

나는 온종일 티브이 앞에 앉아 있었다. 쭈그리고 앉아 채널을 돌려가며 뉴스만 봤다. 시간이 지날수록 이등병 사망 기사가 주요 기사로 변해가고 있었다. 가혹행위 전말이 밝혀졌고 전문가들의 진단과 의사의 소견이 나왔다. 모자이크 처리된 병사들의 증언도 이어졌다. 자대 배치를 받는 날부터 죽는 그 순간까지 갖은 방법으로 괴롭힘을 당했다고 했다. 언론에서는 이등병을 괴롭힌 선임병들을 '악마고참'이라고 칭했다. 앵커가 전하는 빠르고 정확한 말 한마디 한마디가 옆구리에 박히는 송곳처럼 날카롭고 아프게 느껴졌다. 나는 아슬아슬한 심정으로 두 손을 꽉 쥐고 방송을 지켜봤다. 다른 누구보다 이등병의 어머니가 신경쓰였다. 영정사진 앞에 주저앉은 뒷모습과 카메라와 기자의 마이크 앞에 아무 말도 하지 않고 침묵하는 모습이 반복적으로 나왔다. 그녀는 아무 말도 하지 않았다. 물음에도 답하지 않고 심경도 밝히지 않았으며 오열하거나 분노하지도 않았다. 나는 그녀의 차분함이 소름 끼칠 정도로 두려웠다. 곧 그녀의 내부에서 일어나게 될 일들이 예상됐기에 당장이라도 그곳으로 달려가 그녀의 어깨를 붙잡고 싶었다. 그녀는 곧 산산조각 나게 될 것이다. 발작 같은 떨림이 있을 것이고 마음이 폭탄처럼 터져 자주 주저앉게 될 것이다. 속이 뒤집히고 열이 날 것이다. 심장이 깨진 것처럼 가슴이 아픈 날도 있을 것이며 자신이 무슨 말을 하고 있는지 무엇을 보고 있는지도 인지하지 못하게 될 것이다. 어떤 날엔 허공을 향해 욕설을 내뱉고 어떤 날엔 아무도 없는 텅 빈 거리에 서서 어두운 골목 어딘가 아들이 있을 거란 착각에 밤새 헤매는 날도 있을 것이다. 그때마다 홀로 남았다는 것을 처절하게 깨닫고 울며 발악하다 잠들게 되겠지. 내가 그랬으니 그녀도 그럴 것이다. 그 시절의 기억은 완전히 부서져 앞뒤 좌우를 분간할 수 없고 짝을 맞출 수도 없다. 무엇이 먼저고 무엇이 나중인지조차 알 수 없다. 그저 하루종일 누군가를 만나러 다니고 서류를 제출하고 행인의 팔목을 붙잡고 억울함을 호소하며 도와달라고 매달렸다. 그렇게 지쳐 매일 죽은 듯 잠들었던 것 같다. 두 계절이 흐르고 낙엽이 지는 어느 날 남편도 사망했다. 눈감고 침대에 누워 있는 남편을 내려보는데 이상하게도 눈물이 한 방울도 나지 않았다. 간호사는 남편이 술에 취해 계단에서 굴러 뒷머리에 강한 타격을 받았다고 했다. 당시의 남편은 날이면 날마다 술을 먹고 군부대를 찾았다. 나중엔 근처에 여관을 잡고 틈날 때마다 쳐들어갔다. 경찰에게 붙잡혀 구류되기도 하고 지휘관들과 언성을 높이고 싸우기도 했다. 하지만 아무도 그 무엇도 남편을 멈추지 못했다. 남편은 어떤 날엔 몽둥이를 들고 가기도 했고 어떤 날엔 식칼을 들고 가기도 했다. 위병소 앞에서 매번 군인들에게 저지당했다. 한밤중에 몰래 들어가려다 초병이 공포탄을 발사하기도 했다. 그는 외출하는 군인들과 부대에 출입하는 사람들을 붙잡고 아들의 억울함을 호소하고 그날 무슨 일이 있었는지 알려달라고 집요하게 캐묻기도 했다. 그러던 어느 날 여관 계단 앞에 남편이 엎드려 쓰러져 있었고 신고를 받고 구급대원들이 출동했지만 남편은 이미 죽어 있었다고 했다. 여관과 근처 거리에 CCTV가 없어서 당시 상황에 대해 아무것도 밝혀낼 수 없었다. 이상하리만치 의사와 경찰은 이 일을 빠르고 신속하게 처리했다. 남편이 죽기 전까지 알아낸 것들은 아들은 절대로 자살할 사람이 아니라는 동료들의 증언이었다. 부대 내에 일어나는 암묵적인 가혹행위의 부당함에 대해 언급했다 했다. 관습에 저항하다 다른 지휘관들에게 외면당했다는 것도 알아냈다. 선임 장교들이 아들을 없는 사람 취급했고 심지어 사병들에게 아들의 지시에 따르지 못하게 했다고 했다. 하지만 아무도 증언하려 하지 않는다고 분노하며 소리를 질러댔다. 죽은 남편은 편해 보였다. 그가 부럽다는 생각이 들 정도로 나는 제정신이 아니었다. 그후로 아무것도 못했다. 아니, 아무것도 할 수 없었다. 아니, 그 어떤 힘도 남아 있지 않았다. 나는 타버려 연기만 피어오르는 잿더미에 누워 있는 마음으로 침대에 모로 누워 시간을 보냈다. 그렇게 몇 날 며칠이 지나 정신을 차려보니 내 곁엔 아무도 없었다. 남편의 유골이 담긴 작은 도자기가 선반에 놓여 있었다. 나는 그것을 어딘가에 뿌리지도 못하고 그냥 오랫동안 쳐다보기만 했다.

마음이 심란하여 아무것도 못하고 거실을 서성거렸다. 광화문광장에 나가는 날이었는데 그것도 관두고 계속 티브이 앞에만 앉아 있었다. 지루하게 반복되는 뉴스와 함께 해가 지고 밤이 깊었다. 마감 뉴스에서 변화가 있었다. 이등병의 어머니가 인터뷰를 한 것이다. 내내 침묵 속에 울기만 했던 그녀는 깨끗하게 눈물을 닦고 카메라 앞에 서서 애써 울음을 참으며 말했다.

아들의 죽음이 억울합니다. 부대에서 일어났던 일이 엄중한 조사를 통해 명백하게 밝혀지길 원합니다.

그녀의 인터뷰는 거기에서 끝났지만 앵커는 그녀의 주장을 몇 가지로 요약해서 설명했다. 가혹행위가 누구에 의해 어떻게 이루어졌는지를 밝혀야 한다. 유족들은 박이병의 사인이 자살이라는 것을 받아들일 수 없다. 은폐되고 축소된 당시의 정황에 대해 정확하게 재수사를 요구한다. 그리고 그것이 밝혀지기 전까지 결코 장례를 치르지 않겠다. 나는 그녀의 담담하고 의연한 얼굴을 보고 덜컥 겁이 났다. 그녀가 겪게 될 일들과 흐르는 세월, 그 속에서 조금씩 잊히고 마모될 것들에 대한 생각에 가슴이 답답해졌다. 나도 육 년 전엔 저런 얼굴이었을까. 새삼스레 눈물이 흘렀고 그 밤엔 그 여자가 가여워 오랜만에 많이 울었다.

4

국회의사당에 나왔다. 이곳엔 나와 비슷한 모습의 사람들이 종종 눈에 띈다. 피켓을 들고 서 있거나 나처럼 목에 패널을 걸고 서 있다.

행인들에게 인쇄물을 나눠주는 사람들도 보인다. 꼭 읽어주세요. 감사합니다, 라는 말을 수도 없이 외쳐댄다. 서 있으면 사람들이 내 얼굴을 쳐다본다. 대부분 감정을 읽어낼 수 없도록 무표정한 얼굴을 하고 있지만 나는 그들의 얼굴에서 미세하게 떠올랐다 사라지는 경멸의 빛을 본다. 나를 미친 자 취급하거나 집도 없는 거지로 생각하는 사람들도 있다. 많은 이들이 그저 나를 한심하게만 혹은 불쌍하게만 바라본다. 패널에 적힌 글을 읽지 않고 아들의 얼굴도 보지 않는다. 나는 정면을 응시하며 되도록 아무것도 보지 않고 눈을 뜨고 있으려 애를 쓴다. 사람들은 스쳐 지나가고 하늘의 해는 서서히 기운다. 그림자가 시침처럼 느리게 움직이며 길어진다.

4월. 며칠 있으면 아들이 죽은 지 딱 육 년이 지난다. 잠시 아들 생각을 하고 희미하게 웃었다. 바람이 불고 벚꽃이 날린다. 바람의 결대로 휘도는 꽃잎들. 벚나무 너머로 보이는 파란 하늘과 크고 통통한 구름이 보인다. 문득 아들의 말이 생각난다. 갱년기에 접어들어 만사가 귀찮고 우울해 돌침대 위에 모로 누워 웅크리고 있던 어느 날, 아들이 옆구리를 손가락으로 간질이며 손을 잡고 끌어당겼다. 나는 성가신 마음에 귀찮게 굴지 말라고 소리를 질렀다. 아들은 말했다.

엄마. 봄이면 봄답게 살아요. 나이가 들면 들수록 봄을 좋아하는 사람이 되어야 해요.

허공에 아들의 얼굴이 보인다. 가지런한 이빨을 환하게 보이며 장난기 많은 얼굴로 실실 웃고 있다. 현기증이 난다. 무릎이 쑤시고 허리가 휜 것처럼 아프다. 벤치에 앉아 긴 숨을 내뱉는다. 무릎을 손으로 꾹꾹 누르고 어깨를 주무른다. 주머니에서 면수건을 꺼내 이마와 관자놀이의 땀을 닦아내고 엉킨 머리카락을 손질한다. 옆자리에 앉은 초로의 남자가 말없이 비타민 드링크 한 병을 준다. 나는 고개를 살짝 숙이고 그것을 받아들었다. 남자는 빈병을 들고 앉아 우두커니 국회의사당을 바라보고 있다. 움직임도 없고 말도 없다. 남자는 위아래로 까만 글씨가 빼곡하게 적힌 하얀 옷을 입고 있었다. 목엔 나처럼 패널을 걸었다. 합판에 붓글씨로 뭔가가 두서없이 적혀 있다. 무슨 말인지 전혀 모르겠다. 맞춤법도 틀리고 알아보기도 힘들다. 그것이 슬프다. 아무리 큰 소리로 외쳐도 아무도 듣지 않는다. 아무리 글을 써도 아무도 읽지 않는다. 당사자가 아닌 사람들은 결코 알지 못하고 이해하지 못할 어떤 진실. 나는 물끄러미 내 목에 걸려 있는 패널을 내려다봤다. 바래고 희미해진 글씨. '억울합니다'라는 글자만 매직으로 몇 번 덧칠했다. 나 자신도 무엇인지 분간하기 힘든 사진. 이것은 오래전 아들의 후배가 만들어준 것이다. 처음엔 아들의 친구들과 후배들이 곁에서 도와줬다. 학교에 대자보를 붙이고 유인물을 만들고 행인들에게 나눠주고 재수사를 촉구하는 서명도 받아줬다. 몇몇 일간지 기자들이 기사도 내주었고 뉴스에도 몇 번 나왔다. 아들의 후배는 컴퓨터 앞에 나를 앉히고 기사에 달려 있는 수많은 댓글을 일일이 읽어주면서 사람들이 얼마나 분노하고 있는지 알려줬다. 그때 나는 굉장히 큰 힘을 얻었다. 금방이라도 아들의 억울함이 풀려 많은 이들의 애도 속에 장례를 치를 수 있을 거라 믿었다. 그렇게 한 달이 지나고 반년이 지났다. 주위를 둘러싼 크고 견고한 담이 소리 없이 무너지는 것을 느꼈다. 언론에서는 더이상 아들에 대한 언급이 없었고 함께 싸워주고 옆에서 응원해주던 사람들이 썰물처럼 빠져나갔다. 돕는 자도 상황에 대해 묻는 자도 하나둘 사라지더니 결국 남편까지 사라지고 말았다.

두 계절이 흐르고 낙엽이 지는 10월의 어느 날, 나는 세상에 나 혼자 남겨졌다는 사실이 뼈저리게 느껴져 덜컥 겁이 났다. 그땐 상상조차 못했다. 그후로 이토록 긴 시간 동안 혼자 이렇게 거리에 서 있을 것이라고는. 나는 옆에 앉아 있는 남자에게 동질감을 느끼면서 동시에 멀고 먼 거리감을 느낀다. 그와 나 사이에 나란히 놓인 빈병 두 개를 쳐다본다. 그때 말끔하게 장교 제복을 차려입은 중령이 눈앞에 지나갔다. 처음 보는 사람이었으나 나는 순간적으로 숨이 가빠졌다. 턱이 떨리고 당장이라도 달려가 그의 모자를 벗기고 머리카락을 움켜쥐고 싶은 충동에 손가락이 저린다. 무릎 꿇고 앉아 눈물을 흘리던 소령이 생각났다. 이준 소위의 억울한 죽음이 가슴이 아프다며 어떻게든 명예를 회복시키고 순직 처리에 힘쓰겠다며 조금만 기다려달라던 아들의 상관이었다. 그는 이 년 동안 아무것도 하지 않았다. 그리고 다시 나를 찾아왔을 땐 장대처럼 꼿꼿하게 서서 나를 내려보며 말했다.

죄송합니다. 애썼으나 엄밀히 조사한 결과 이준 소위는 일반사망으로 결론이 났습니다. 원래부터 가벼운 정신병 증세가 있었는데 사고 당시에는 꽤 심각했었다는군요. 미리 알았다면 사고를 예방할 수 있었을 텐데…… 지휘관이었던 저의 불찰이 큽니다. 약소하지만 군에서 주는 위로금이 있습니다. 그것을 수령해가시지요.

나는 그가 무슨 말을 하는지 한마디도 알아듣지 못했다. 일반사망. 정신병. 위로금. 나는 그가 말한 몇몇 단어를 소리 없이 중얼거렸다. 그는 잠시 침통한 표정으로 내 앞에 서 있다가 몸을 돌려 떠나려 했다. 나는 그의 손목을 잡고 다급히 말했다.

일반사망이라니요. 그게 무슨 뜻인가요.

그는 잠시 말을 멈추고 한참 뒤에 말을 이었다.

일반적인 사망이란 뜻입니다.

그러니까 그게 무슨 뜻이냐고요.

그는 입을 다물고 말을 고른 후 단호하고 빠르게 말했다.

말 그대로입니다. 누군가 이 죽음에 개입한 것도 아니고 군의 입장에서는 특별한 공헌이나 의미를 갖는 사망이 아니라는 것입니다. 이 경우엔 이준 소위의 죽음에 군의 책임이 없다는 것을 뜻합니다. 다시 말해 사망의 원인과 책임이 모두 이준 소위 개인에게 있다는 것이지요.

나는 그의 얼굴을 뚫어져라 쳐다봤다. 떨고 싶지 않았지만 울고 싶지 않았지만 나는 덜덜 떨며 눈물을 뚝뚝 흘리고 있었다. 그리고 생각했다. 아들을 떠올렸고 남편을 생각했다. 건강했던 아들은 군대에 가서 죽었고 남편은 죽은 아들의 사인을 추적하다 실족사했다. 그들의 죽음 중에 일반사망이 어디 있는가. 그들은 모두 혼자 저절로 자연스럽게 죽지 않았다. 누구 때문에, 무엇 때문에 죽었다. 나는 무슨 말이든 해보려고 했지만 혀가 뒤로 말리고 턱이 떨려 아무 말도 할 수 없었다. 그는 내 어깨에 손을 올리고 말했다.

어머님. 힘을 내세요. 산 사람은 살아야죠. 몸을 돌보세요.

그후로 그를 다시는 볼 수 없었다. 찾아가도 만날 수 없었다. 부대를 옮겼고 소령에서 중령으로 진급했다고만 들었다. 나는 방금 지나간 장교가 그때의 그자가 아니란 것을 알면서도 달려가 그의 뺨을 때리고 싶다. 그때 바보처럼 아무 말도 하지 못한 것이 떠올라 분노가 치민다. 산 사람은 살아야 한다니. 내가 그 말을 얼마나 싫어하는지 아는

가. 내가 그 말에 얼마나 치를 떠는지 아는가. 산 사람은 살아야 한다니. 그러면 죽은 사람은 죽어야 한다는 뜻인가. 걱정 마라. 나는 절대 죽지 않는다. 살 거다. 어떻게든 살아서 아들의 억울함을 풀어낼 것이다. 남자가 끙, 하는 소리를 내며 벤치에서 일어나 서 있던 자리로 돌아가 다시 선다. 퀭한 두 눈을 뜨고 허공을 응시하는 깡마른 남자의 모습에서 나의 미래를 본다. 나도 일어선다. 그 옆에 서려다 말고 집으로 가는 길 쪽으로 발길을 돌린다.

날씨가 청명하고 어디선가 꽃내음이 난다. 나는 패널을 옆구리에 끼고 앞으로 걷는다. 예쁜 옷을 입은 행인들이 환하게 웃으며 내 곁을 지나가고 그들의 웃음소리가 바람처럼 귓가를 간질인다. 이제 아무도 나를 상대해주지 않는다. 걱정도 하지 않고 동정조차 하지 않는다. 제발 그만하라고 내게 욕을 하는 사람이 있다. 내가 악으로 버틴다고 했다. 아들을 냉동고에 내버려두는 비정한 어미라고 몰래 손가락질했다. 아들 팔아서 팔자를 고치려는 독종이라고 눈을 흘겼다. 아들아. 내가 가는 모든 곳에서 모든 사람들이 나를 모욕하는구나. 그것은 아무것도 아니다. 내가 두려운 것은 나도 그들처럼 너를 잊어버리는 것이다. 갑자기 치매가 온다거나 기억력이 떨어져 너의 얼굴을 잊을까봐 겁이 난다. 어느 날 문득 모든 일이 덧없고 무의하게 느껴질까봐 두렵다. 하지만 반대로 영원히 이렇게 고통받아야 할까봐 두렵기도 하다. 아들아. 나는 어찌해야 하는 걸까.

5

내일은 아들의 기일이다. 병원에 다녀온 뒤 마트에 갈 생각이다. 뭐든 맛있는 음식을 만들고 싶었다. 아들이 좋아했던 음식을 헤아리다 갈비찜 생각이 났다. 그날엔 평소보다 즐겁게 보내고 싶다. 음악도 듣고 성경도 읽고 오래전 앨범들도 보고 싶다. 그 순간 전화 한 통을 받았다. 처음엔 누구인지 몰랐으나 곧 알게 됐다. 오랜만이다. 반가운 목소리. 가족협의회에서 오랫동안 일을 하고 있는 여직원이다. 늘 미안한 듯 머뭇거리는 애잔하고 낮은 음성. 우린 잠시 이런저런 안부를 주고받았다. 지금은 너무 오래된 일이라 더는 매달리지 않지만 당시에 그녀는 나의 분신과도 같았다. 어렵고 복잡한 일들을 대신해줬고 필요할 땐 나를 대신해 화내고 소리질러줬다. 그녀는 자신의 남편이 의문사한 뒤로 십 년째 싸우고 있는 중이다. 나는 그녀와 이야기를 하는 도중 내심 기대를 갖는다. 어쩐지 그녀가 좋은 소식을 전해줄 것만 같다. 그녀가 말했다.

어머님, 병원엔 언제 오세요.

아마 내일 갈 것 같아요.

아, 그러세요. 다행이네요. 혹시 며칠 전 뉴스 보셨어요?

나는 잠시 아무 대답도 하지 않고 가만히 있었다. 뉴스에 나온 이등병과 그의 어머니 얼굴이 반사적으로 떠올랐다. 나는 작은 소리로 알고 있다고 답했다. 그녀는 한참 뜸을 들이다가 말했다.

박이병의 어머님께서 한번 뵙기를 원하셔요.

나는 뭐라고 말해야 할지 몰라 가만히 있었다. 그녀가 조심스럽게 물었다.

어떠세요?

글쎄요, 라고 답하려다 말고 왜요, 라고 답하려다 말고 결국 괜찮다고 말했다. 그리고 전화를 끊고 곧바로 그렇게 대답한 것을 후회했다. 그 사람을 만나서 내가 무슨 말을 할 수 있을까. 그 사람이 나를 보면 내가 그동안 어떻게 살아왔는지 알게 되면 얼마나 절망하게 될까. 나는 아무것도 이룬 것이 없다. 거울 앞에 섰다. 엉망이다. 머리는 푸석하고 정수리 부분은 거의 빠져 속이 휑하게 보인다. 얼굴엔 기미와 주근깨로 덮여 있고 눈가엔 주름과 함께 깨알 같은 물사마귀가 퍼져 있다. 까맣게 탄 얼굴이 거칠다. 나는 크림을 손에 덜어 얼굴에 발랐다. 어떻게든 그 사람 앞에서 좋은 모습을 보여주고 싶었다.

박이병의 어머니는 휴게소 의자에 앉아 있었다. 어깨를 움츠리고 고개를 숙인 자세로 손수건을 움켜쥐고 있었다. 나는 창문을 통해 잠시 그녀를 관찰했다. 가만히 있었다. 너무 어린 여자다. 40대를 갓 넘은 듯 보였다. 나는 문을 열고 들어가 그녀를 마주할 자신이 없었다. 그녀가 나를 만나고 싶어하는 마음이 이해가 되면서도 그녀가 내게 얻을 수 있는 게 하나도 없다는 생각에 마음이 위축된다. 그 순간 그녀가 고개를 돌려 나를 바라봤다. 나는 순간 얼어버린 듯 그녀의 눈빛에 사로잡혔다. 그녀는 자리에 일어서서 고개를 푹 숙이며 인사했다. 우리는 한참 동안 말없이 앉아 있었다. 예상과 달리 그녀는 별로 말이 없었다. 질문도 하지 않고 하소연도 하지 않았으며 오열하지도 않았다. 하지만 내 눈엔 보였다. 그녀가 애써 참고 있는 것이 느껴졌다. 손끝이 떨리고 있었다. 움츠린 어깨가 위태롭게 흔들리고 있었다. 나는 한 손으로 그녀의 손을 잡고 다른 손으로 어깨를 토닥였다. 이제까지 손끝을 통해 그런 것을 느껴본 적은 처음이었다. 마치 손끝에 귀가 달린 것처럼 유리병이 산산조각 나 깨지는 것 같은 강한 파열음이 들렸다. 이윽고 그녀는 괴음을 내며 울기 시작했다. 나중엔 바닥에 엎드려 개처럼 기어다니며 울었다. 복도에 있던 사람들이 무슨 일인가 싶어 창가에 서서 안을 들여다봤다. 나는 반쯤 열려 있는 입구를 닫고 바위처럼 웅크리고 흐느끼고 있는 그녀의 둥근 등에 손을 얹고 가만히 있었다. 그녀는 울 만큼 울었는지 하아, 소리를 내며 손으로 얼굴을 닦고서 말했다.

시원하네요.

우리는 이런저런 이야기를 나누다 각자의 아들 사진을 보여줬다. 박이병은 정말 잘생긴 청년이었다. 나는 아들이 너무 잘생겼다고 칭찬을 했고 그녀는 눈을 반달 모양으로 접으면서 좋아했다. 나도 지갑 깊숙이 넣고 다니는 아들의 사진을 보여줬고 핸드폰에 저장된 오래된 사진 몇 장을 보여줬다. 우린 맘먹고 아들 자랑을 하기 시작했다. 아들 이야기를 이렇게 기분좋게 해본 적은 그날 이후로 처음인 것 같았다. 우린 긴 시간 동안 아들과의 추억에 대해 수다를 떨었다. 그녀는 결국 아들 자랑 하는 거 외에는 끝까지 아무것도 묻지 않았다. 그냥 뵙고 싶었다고 했다. 그리고 봬서 정말 힘이 되었다고 했다. 나는 뭐라고 해줄 말이 없어 그냥 희미하게 웃었다. 힘을 내야 한다, 다 잘될 거다, 같은 희망적인 말을 해주고 싶었지만 남들이 내게 했던 그런 위로가 얼마나 쓸데없는지 잘 알기에 그냥 침묵했다. 헤어지기 직전 그녀가 물었다.

앞으로 가장 힘든 게 뭘까요.

나는 말했다.

곧 사람들은 다 잊을 거예요. 그것에 대해 서운해하거나 화내면 힘들어져요. 그리고 다른 무엇보다 아들을 믿으세요.

집에 들어가는 길에 돼지갈비를 한 대 샀다. 갈비찜을 하기엔 시간이 늦었지만 나는 천천히 그것을 조리했고 정성껏 만들었다. 아홉시가 넘었다. 나는 식탁에 앉아 아들의 늠름한 임관식 사진을 꺼내 티브이 위에 올려놓고 그것을 쳐다보고 밥을 먹었다. 육 년이 지났구나. 육 년. 너무 아득해서 우주 같고 어찌 보면 그저 짧고 소소한 한 날 같다. 아직 끝나지 않은 새벽. 지지 않는 정오의 태양. 변화 없이 흐르지 않고 고여 있는 세월. 스물네 번 계절이 바뀌었지만 내겐 그저 변덕스런 오후의 기이한 날씨처럼 그렇게 단순하게만 느껴진다. 사진 속의 잘생긴 내 아들이 나를 바라보고 있다. 금방이라도 입술을 열어 엄마, 라고 말할 것 같다. 단 한 번만이라도 아들의 목소리가 듣고 싶어 새삼스럽게 마음이 시렸다. 미쳐도 좋으니 환청이 들리고 환상이 보였으면 싶었다.

그 밤 소파에 누워 아들을 바라보며 밤새 혼잣말을 중얼거렸다. 졸린 눈을 느리게 뜨고 감는 동안 나는 꿈인지 환상인지 모를 몽롱한 풍경 하나를 마주했다. 나지막한 언덕을 향해 느리게 걸어올라가는 나이든 여자의 뒷모습이 보였다. 저 사람은 나구나, 나는 지금 내 뒷모습을 보고 있구나, 중얼거렸고 나는 그 사람과 함께 언덕을 향해 걸어

올라갔다.

나는 잎이 하나도 없는 고목 꼭대기에 앉아 있다. 손과 발에 커다란 못이 박혀 있다. 누가 내게 이런 짓을 한 걸까. 기억이 나지 않는다. 나는 왜 그곳에 앉아 있는 걸까. 언제부터 있었던 걸까. 나는 모른다. 지나가는 사람들이 한 번씩 날 쳐다본다. 해가 지고, 별이 뜨고, 달이 지고, 다시 해가 뜨길 반복했다. 어깨 위로 비가 내리고 눈이 쌓이고 바람이 불었다. 폭풍이 왔고 어떤 날엔 태풍이 지나갔다. 봄이 오고 여름이 가고 어느새 가을이 지나가고, 겨울은 너무도 길었다. 시간은 모든 것을 변하게 하는구나. 황량하기만 했던 언덕에 풀이 자라고 귀엽고 예쁜 동물들이 찾아오고 잔디밭에 사람들이 동그랗게 모여 노는 모습은 즐거워 보인다. 작은 나무들이 자라 어느새 울창한 숲이 되었다. 내가 앉아 있는 죽은 나무에도 푸른 이끼가 끼어 마치 살아 있는 나무처럼 보인다. 사람들은 이제 아무렇지도 않게 내게 말을 걸고 농담을 하고 먹을 것을 주고 그만 내려오라고 웃는데 나는 그저 그들을 바라본다. 그것이 힘들다. 주변을 둘러싼 생생한 생명력과 왕성함을 도저히 견딜 수 없다. 어떻게 세상은 이토록 아름다울까. 그들의 환한 웃음과 호의와 싱그러운 살아 있음이 나를 더욱더 비참하게 하는구나. 푸른 이끼로 뒤덮인 이 나무는 죽었다. 나도 여기에서 내려가고 싶다. 나도 저들처럼 그렇게 잘살고 싶다. 하지만 내 손목과 발등엔 오래전부터 큰 못이 박혀 있다. 내려갈 수 있는 유일한 방법은 내 손과 발에 못을 박아넣은 자가 이 못을 빼주는 수밖에 없다. 아니면 기다려야 한다. 이 나무가 썩어 쓰러지거나 아니면 내가 죽거나.

내게 더는 안부를 묻지 말기를. 나는 아직 괜찮다.

내려

1

어느 날 내 모든 행위를 이인칭으로 서술하는 목소리가 찾아왔다. 그때 나는 쓰러진 아버지를 물끄러미 내려보다 병실을 떠나려던 참이었다.

'너는 병실을 떠나고 있다.'

누군가 귓가에 속삭이듯 목소리는 또렷했다. 나는 당황했으나 아무 일도 없는 것처럼 병실 문을 열었다. 그 순간 목소리는 또 말했다.

'문을 연다.'

문고리 잡은 손을 꽉 움켜쥐고 숨을 삼켰다. 그리고 천천히 등 뒤를 돌아봤다. 아무도 없었다. 병상에 누운 아버지가 흐린 눈으로 천장을 응시하고 있을 뿐이었다.

대수롭지 않게 생각했다. 스트레스가 심해서 그래. 순간적으로 떠오른 생각을 바깥의 소리로 착각하고 있는 거야. 그러나 그게 시작이었고 다음날도 그다음 날도 목소리는 쉬지 않고 말을 했다. 그 음성이 너무도 생생했기에 도저히 무시할 수 없었다. 환청, 분열, 섬망 같은 단어들을 검색하고 증상과 사례를 읽어봤다. 초조하고 불안해졌다. 가장 큰 두려움은 목소리가 미지의 존재라는 것이었다. 그는 자신의 얼굴을 감추고 성격을 드러내지 않는다. 하지만 나를 알고 내가 보고 있는 모든 것들을 지켜본다.

이것은 자아일까. 아니면 무의식일까. 내심인가. 본심인가. 그는 대체 어디에 있는 누구란 말인가. 목소리를 두려워해야 할지 그 목소리를 듣고 있는 나를 두려워해야 할지 판단하기 힘든 불길한 나날이 이어졌다. 해변으로 산책을 나가거나 읍내의 상점을 돌며 볼일을 볼 때, 심지어 슈퍼마켓에서 담배 한 갑을 사고 구겨진 지폐 몇 장을 내밀 때조차 무의식적으로 주위를 둘러보는 버릇이 생겼다. 그러지 않으려고 노력해도 누군가 내 동선을 따라다니는 것 같은 강박에서 좀처럼 벗어날 수 없었다. 나는 갑자기 뒤를 돌아보거나 일상의 사각을 향해 눈을 돌리며 어두운 구석구석을 노려보았고 그를 찾으려 애를 썼다. 하지만 허사였다. 목소리가 들리는 쪽으로 고개를 돌리면 그것은 언제나 어둠 저편으로 사라졌다.

처음엔 호전적 태도를 취했다. 목소리를 무시하거나 적대감을 드러냈다. 때론 위악적인 태도로 수평선을 노려보며 소리를 질렀다. 하지만 이내 혐오감은 나 자신에게 되돌아왔다. 아무도 없는 백사장에 서서 고함을 치는 내 모습이 우스꽝스러운 모노드라마처럼 느껴졌다.

두려웠다. 자아가 산산조각 날 것 같았다. 정체불명의 목소리가 나를 미친 사람으로 만들 것 같았다. 하지만 우려와 달리 시간이 갈수록 점점 안정되었다. 그는 나의 태도에 반응하지 않고 자신이 하고 싶은 말만 했다. 먼저 말을 걸어보고, 몇 번이나 대화를 시도했으나 그는 내 말이 들리지 않거나 관심이 없는 듯 아무 대꾸도 하지 않았다. '너는 알 수 없는 행동을 하며 중얼거리고 있어'라는 식으로 이따금씩 내 모습을 묘사할 뿐이었다. 그는 나에 대해 말하는 것 외에는 조용한 존재였다. 중립적이었고 감정을 읽어낼 수 없는 차분한 어조를 갖고 있었다. 그의 존재를 자연스럽게 받아들이기만 하면 갈등이 없는 비교적 평온한 상황이었지만 마음을 놓을 수는 없었다. 목소리는 단순한 화자가 아니었다. 서서히 개성을 드러내는 나 아닌 다른 인격이었다.

2

아버지와 내가 살고 있는 이 집은 해변이 보이는 언덕에 위치한 단층 건물이다. 오래된 여인숙을 펜션으로 개조한 것으로 'ㄷ' 모양으로 이어져 있는 여덟 개의 방은 흰 자갈이 깔린 마당을 마주하고 있다. 기차역과 가깝고 해변이 보이는 풍광, 낡은 건물이 주는 특유의 고풍스러운 분위기 탓인지 성수기에는 제법 사람들이 찾는다. 하지만 에어컨이 없는 방과 야외 화장실, 조악한 수도 시설을 경험하고 나면 누구도 이곳을 다시 찾지 않는다. 때문에 그녀가 이곳에서 장기 투숙하겠다고 했을 때 반가운 마음보다 두려운 생각이 앞섰다. 게다가 지금은 눈이 펄펄 쏟아지는 1월 중순이었다. 그녀는 커다란 자주색 캐리어를 끌고 대문을 두드렸다. 문턱을 밟고 서 있는 그녀의 등뒤로 바퀴 자국 두 줄이 길게 나 있었다. 그녀의 표정은 밝았다. 뭐라고 설명할 순 없지만 나는 그것이 불길했다. 그 얼굴엔 단순한 이들이 갖는 멍청함과 운명적 체념이 서려 있었다. 죽을 곳을 찾고 있는 게 분명해 보였다. 그녀가 당분간 방을 쓰겠다고 했을 때 미지근한 태도를 보이며 꺼려했던 까닭은 어떤 식으로든 귀찮은 일에 휘말리고 싶지 않았기 때문이다. 나는 어떻게 해야 할지 결정하지 못하고 잠시 멍하니 있었다. 아버지가 휠체어에 앉아 고개를 길게 빼고 여자를 쳐다봤고 간병인은 나와 눈이 마주치자 바로 부엌으로 들어갔다. 그녀는 대문에서 가장 가까운 방문을 열고 들어갔다.

나흘이 지난 늦은 밤, 우리는 마루에서 만났다. 그녀는 투숙객들이 으레 그러듯 그것이 대단한 풍경이라고 믿는 멍청한 눈으로 담장 너머로 보이는 바다를 바라보고 있었다. 나는 맞은편에 앉아 담배를 피우며 그 모습을 바라봤다. 어떤 감정을 갖고 그녀를 본 것은 아니었고 그냥 내 앞에 그녀가 있어서 보는 것뿐이었다. 기분이 좋아 보였다. 군청색 나이트가운을 걸치고 미소를 띤 채 여기저기 살피며 마루를 돌아다녔다. 움직일 때마다 오래된 나무가 어긋나며 삐걱거리는 소리가 들렸다. 여동생의 사진이 들어 있는 액자를 손가락으로 만지고 바닥에 놓여 있는 오래된 주전자의 손잡이를 들어보기도 했다. 나는 잠자코 있었다. 그녀는 아버지 방 앞에 걸려 있는 새장에 흥미를 보였다. 새장엔 새가 없었다. 바닥의 좁은 틈새에 붉은 깃털 몇 개가 박혀 있을 뿐이었다. 그녀는 들고 있던 캔맥주를 내밀며 말을 걸어왔다.

새장에 새가 없네요.

나는 그녀의 어깨 너머로 새장을 쳐다보곤 눈썹을 살짝 위로 올렸다 내리며 말했다.

그렇군요.

새장에 새가 없다니 참 이상하네요. 새가 없는 새장이라, 뭔가 근사해요.

나는 잠시 생각에 잠겼다. 뭐가 근사하단 소리지! 정확히 기억나지 않지만 그 새는 앵무였을 것이다. 그 녀석은 내가 놓아줬는데 새장을 떠나려 하지도 않고 날려고도 하지 않았다. 그후에 내가 어떻게 했는지는 잊어버렸다. 그녀는 어느새 내 옆자리에 앉아 자신의 무릎을 인형처럼 껴안고 비극적인 얼굴로 밤바다를 바라봤다. 나는 캔맥주 뚜껑을 따고 한 모금 마신 뒤 그녀가 보고 있는 쪽으로 시선을 돌렸다. 그 순간 마루 중앙에 걸려 있는 괘종시계가 한시를 알리는 종소리를 울렸다. 우린 동시에 등뒤를 돌아봤고 곧 눈이 마주쳤다. 그녀는 어색하게 웃으며 깜짝 놀랐다고 계속 중얼거렸다. 그리고 한동안 조용히 있다가 말했다.

추워서 더 못 있겠어요. 내 방에서 한잔 더 할래요?

그제야 나는 그녀의 얼굴을 제대로 쳐다봤다. 그리고 빠르게 몸을 훑어봤다. 나이가 많아 보였지만 그런대로 괜찮아 보였다. 나는 좋다 싫다 대꾸 없이 맥주를 한 모금 더 마셨다. 그녀는 내 손을 잡고 일어섰다. 그 밤, 나는 그녀와 잤다.

그녀는 자신이 에세이스트라고 했다. 손바닥 크기의 노트를 손에서 놓지 않았고 대화중에도 뭔가를 기록하고 종종 그림도 그렸다. 어깨 너머로 몇 문장 읽어봤는데 형편없었다. 이런 수준이면 수입도 거의 없을 듯 보였다. 뭔가 예술적인 작업을 하고 있는 것처럼 보이길 원하는 것 같지만 내가 보기엔 그냥 정서적으로 불안정하고 허영심이 많은 사람이었다.

그녀와 나는 열두 살 나이 차가 난다. 나는 스물아홉이고 그녀는 마흔하나다. 이렇게 나이 많은 여자와 잠을 잔 것은 처음이었다. 하지만 그녀와의 섹스는 나쁘지 않았다. 적어도 읍내의 돼지 같은 여자들보다 나았다. 나는 그날 이후 밤마다 그녀의 방에 들어가 아침에 나왔다. 생각해보니 근 몇 년간 한 여자와 주기적으로 반복해서 자고 이야기하는 것은 정말 오랜만이었다. 따분하기 짝이 없는 곳이라, 누구라도 좋으니 사람이 있으면 무슨 말이든 하거나 듣고 싶었다. 그것이 주는 위안이 있었고 뜻 모를 초조함도 있었다. 그녀는 기혼이었지만 내게는 아무 문제도 아니다. 어쨌든 그녀가 이 집을 떠나면 끝날 관계니까. 하지만 반대로 그녀가 떠나지 않으면 끝날 수 없는 관계이기도 했다.

그녀의 두 눈 중 하나는 사시였다. 주의깊게 보지 않으면 알아차리지 못할 정도로 미세하게 균형이 어긋났다. 하지만 섹스를 할 때는 두 눈이 확연한 차이를 보였다. 그것을 위에서 내려보고 있으면 섬뜩한 기분이 들었지만 동시에 기이한 매력에 빠져들었다. 기형적인 에로티시즘이라고 해야 할까. 그것은 나를 흥분시켰고 신경을 날카롭게 만들었다. 우리는 별다른 갈등도 사건도 없이 잘 지냈다. 주로 그녀가 이야기를 했고 나는 들었다. 그녀가 입을 맞추면 자연스럽게 옷을 벗었다. 그녀는 수다를 떨다 힘이 빠져 내 팔을 껴안고 서서히 잠드는 것을 좋아했다.

그녀는 자신에 대한 궁금증이 많았다. 무의식을 온전하게 알고 싶어했고 트라우마가 자신에게 미치는 영향력을 이해하길 원했다. 정신에 인생의 진리와 신비가 모두 들어 있다고 믿는 사람처럼 자신이 겪었던 경험과 기억에 집중했다. 꿈을 꾸면 그것에 대해 꼭 말해야 했고 자신이 왜 그런 꿈을 꾸게 되었을지에 대해 온종일 생각했다. 그리고 내게 생각한 것을 말해줬는데 대부분 자신의 경험 일부와 그것이 꿈에 어떻게 투사되었는지에 대한 지극히 자의적인 해석이었다. 내가 보기에 그것은 너무 심한 비약이었고 어떻게 보면 누구든지 적용할 수 있는 일반적인 접근이었다. 목소리도 비슷한 의견이었다.

'너는 이 대화에 지루함을 느끼며 그녀를 한심하게 바라보고 있다.'

하지만 나는 마음을 숨기고 고개를 끄덕이며 최선을 다해 들어줬고 동조하는 척했다. 한 번씩 그녀는 나에 관해 물었다.

그런데 자기는 자기 얘기는 통 안 하네?

글쎄 나는 별로 할말이 없어. 나는 나한테 관심이 없거든.

그래도 뭐든 이야기해봐.

뭐가 궁금한데.

옛날 일이나 안 좋았던 기억 같은 거.

잠시 생각했다. 그녀가 좋아할 만한 일이 뭐가 있을까. 아버지와 관계된 몇몇 사건을 말해줬다. 그리고 유년 시절에 겪었던 수치스러운 일과 그것을 경험할 때 느꼈던 감각 같은 것을 말했다. 그녀는 눈을 반짝이며 대단한 흥미를 보였다. 그녀가 관심을 보이는 것들은 이를테면 아버지가 나를 죽이려고 했다는 것, 기절할 정도로 많이 맞았다는 것 같은 거였다. 그녀는 내 손을 꼭 쥐며 물었다.

아버지가 진짜 죽이려고 했어? 아니면 자기가 그냥 그렇게 느낀 거야?

그게 중요해?

응. 그게 중요해.

나는 잠깐 입을 다물고 일 분 정도 시간을 보냈다. 그리고 말을 이었다.

아버지는 나를 진심으로 죽이려고 했어.

그녀는 한동안 가만히 있었다. 무슨 말을 해야 할지 몰랐던 것 같다. 그러다 이내 피식 웃으며 말했다.

그래도 다행이네. 지금의 아버지 상태로는 불가능할 것 같은데?

그렇겠지. 하지만 힘만 생기면 나를 죽이려들 거야. 아마 지금 이 순간에도 옆방에서 나를 죽이고 싶다는 생각을 하며 천장을 노려보고 있을지도 몰라. 뭐, 나도 그러니까 상관은 없어.

내 대답이 다소 직설적이고 충격적이었는지 그녀는 당황한 듯 보였다. 그리고 그것에 대해 부드럽게 설명하기 위해 애를 썼다. 그것은 모두에게 있는 지극히 일반적인 감정이라고 했다. 나는 고개를 끄덕였지만 속으론 다르게 생각했다. 글쎄. 다른 아버지들은 그러지 않을 텐데. 하지만 노력하는 그녀를 민망하게 하고 싶진 않았기에 수긍이 가는 표정을 지었다. 그리고 이제 그만 됐다는 뜻으로 그녀의 입술에 입을 맞췄다. 그냥 섹스나 했으면 좋겠다 싶었던 것이다.

평온한 날들이었다. 목소리에 대해서도 더는 민감하게 반응하지 않았다. 싸워봐야 허깨비와 씨름하는 꼴이니 이게 최선의 방법이었는지도 모른다. 나는 그를 자연스럽게 받아들였고 일상의 한 부분으로 인정했다. 실은 그럴 수밖에 없었다. 인정하든지 인정하는 척이라도 할 방법을 찾지 않으면 도저히 이 혼란을 견딜 수 없었던 것이다. 그러니까 편해졌다. 당당하고 담담하게 때론 존중하는 태도로 목소리를 경청했다. 어떤 면으로 그는 내게 도움이 됐다. 그는 단순히 내 행위를 진술하는 것을 넘어 감정의 이면을 설명해주기도 했다. 그의 말엔 혼란이 담기는 법이 없었다. 언제나 정확하고 확신에 차 있었다. 나는 그 단호함이 좋았다. 내 감정을 정확하게 이해할 수 있었다. 그는 직관의 근원이었다. 그의 판단은 내 모호한 느낌을 보다 분명하게 만들어줬다.

3

열아홉이 되던 해 집을 떠났다. 독립을 하겠다는 거창한 포부 같은 것은 아니었고 그냥 아버지와 함께 있고 싶지 않았다. 그것은 너무도 확고하고 분명한 감정이었기에 시간이 흘러도 변하지 않았다. 20대를 혼자 힘으로 보내는 게 쉽진 않았다. 하지만 어떤 순간이 와도 집으로 돌아가지 않았다. 그러던 어느 날 병원에서 연락이 왔다. 아버지가 쓰러졌다는 것이다. 오래전 어머니는 떠났고 여동생은 죽었고 가족이라곤 나밖에 없었다. 팔 년 만에 만난 아버지는 아주 희한한 사람으로 변해 있었다. 오른쪽을 전혀 통제하지 못했다. 부들부들 떠는 앙상한 손가락은 종이컵 하나 쥐지 못했다. 한쪽 얼굴이 완전히 뒤틀려버린 모습을 위에서 물끄러미 내려보자니 기분이 참 묘했다. 의사의 말로는 뇌혈관에 문제가 생겨 이전처럼 돌아가는 것이 불가능하다고 했다. 나는 물었다.

정신도 이상해졌나요?

글쎄요. 일부분은 그렇죠. 하지만 기억력이나 사고력은 큰 변화가 없을 겁니다. 다만 그것을 표현하는 데 문제가 있겠지요.

정신은 온전한데 몸만 이상해졌다는 뜻인가요?

그렇다고 볼 수 있겠습니다.

병원에 있을 땐 아버지를 관찰하는 게 유일한 일이자 낙이었다. 혈관이 막혀 병신이 된 아버지를 보고 있는데 또 목소리가 들려왔다.

'너는 아버지를 바라보고 있다. 망가진 그의 모습을 감상하고 있다. 그리고 이 모습이 아주 오래전부터 보고 싶었던 장면이었음을 깨달았다.'

나는 주먹으로 내 오른쪽 관자놀이를 소리나게 때렸다. 그땐 목소리의 출현에 익숙하지 않아 신경이 날카로웠다. 더구나 그의 의견을 인정할 수가 없었다. 아니다. 이 상황은 내가 원했던 것이 아니다. 나는 결코 아버지가 이렇게 되는 것을 바라지 않았다. 대체 귓가에 속삭여대는 목소리는 누구인가. 목소리가 무의식이라는 것을 의심했다. 그는 내 욕망을 잘못 이해하고 있다.

아버지의 소식을 들었을 때 마침 일을 그만둔 참이었다. 두 달 동안 단 하루도 짜증이 나지 않는 날이 없었는데 그날은 정말 화를 참을 수가 없었다. 나는 파지를 모아놓은 재활용 쓰레기통에 불을 지르고 사무실을 뛰쳐나왔다. 그동안 많은 일을 했지만 오래 버텼던 일은 없었다. 안 해본 일이 없었으나 그 어떤 일도 내게 맞지 않았고 재능도 없었다. 갈등과 스트레스가 생길 때마다 발작적인 분노를 조절하지 못했다. 의자를 들어 모니터를 부수고 도망친 적도 있었다. 20대가 끝나가는 시절의 내 삶은 에너지가 거의 바닥을 드러내고 있었고 그것을 되살려보려는 의욕조차 없었다. 차라리 이제 죽어버리자는 생각도 많이 했다. 오랜만에 집에 돌아와 천천히 주위를 둘러봤다. 어쨌든 누군가는 펜션을 운영해야 하고 아버지도 돌봐야 했다. 아버지는 자신에게 지급되는 보험금을 사용할 수도 없다. 나는 허탈하게 웃었다. 나중엔 끅끅 소리를 내며 한참 웃었다. 나는 아버지와 함께 살기로 했다.

아버지는 하루의 대부분을 휠체어에 앉아 해변을 바라본다. 그는 오른쪽 전부를 잃어버렸다. 오른쪽으로 기울게 걷고 오른쪽 손은 의지와 무관하게 계속 떨린다. 쇠뭉치처럼 크고 단단했던 주먹이 지금은 두부 하나 으깨지 못하게 되었다는 것이 새삼스럽다. 간병인은 아버지를 보살피고 살림을 돕는다. 매일 씻기고 기저귀를 갈아주고 밥을 떠먹인다. 하루에 두 번 주전자에 깨끗하고 신선한 물을 갈아놓고 추울 땐 모포를 둘러주고 가끔 따뜻한 찻잔을 손에 쥐여주기도 한다. 깔끔하고 성실한 사람이다. 아버지뿐만 아니라 나도 많은 도움을 받는다. 하지만 딱 거기까지다. 할 일만 하고 아버지에게 아무 온기도 전하지 않는다. 모든 행위는 단정하고 분명하나 그 이상도 그 이하도 하지 않는다. 선 앞에 서서 절대로 선을 밟지 않는다. 간병인은 무슨 이유에서인지 나를 두려워한다. 내 눈치를 보고 기분을 살핀다. 나는 그 같은 태도가 싫지 않다. 이렇게 함께 지낸 지도 일 년이 넘어간다. 그동안 우리는 각자 서로에 대해 알 만큼 알았다. 상대가 무엇을 좋아하는지는 몰라도 무엇을 싫어하고 견딜 수 없어하는지 정도는 알 수 있는 시간이다. 간병인은 내가 원치 않는 일을 절대 하지 않고 내 심기를 거스르는 일도 하지 않는다. 아는 것이다. 아버지에게 다정하게 굴지만 않는다면 다시는 내가 소리를 지르거나 물건을 벽에 던지는 일은 없으리라는 것을.

나는 대부분의 시간을 그냥 보낸다. 그 어떤 생산적인 일도 하지 않고 해야 할 필요성도 느끼지 못하며 그것으로 인한 모종의 압박도 받지 않는다. 오래도록 녹지 않는 까만 얼음과 잔설이 깔린 해변을 걷고 끝없이 밀려들고 부서지는 파도를 하염없이 바라보다 공중을 선회하는 갈매기를 셈하고 몇 대의 배가 내 앞을 지나갔는지를 헤아리다보면 나도 모르게 웃음이 나곤 한다. 이 얼마나 편한 삶인가. 목소리는 내가 보는 것들을 함께 감상하며 묘사하고 때론 그것으로 인해 느끼는 감정에 대해 설명해준다. 종종 대화를 시도하지만 여전히 그는 대꾸하지 않는다. 겨울의 해변에 서서 수평선을 바라본다. 눈과 모래가 섞인 바람, 물거품 속에 뒹구는 죽은 생물들. 그것은 세계의 끝과 같아서 기묘한 느낌을 준다. 절망과 무력함이 주는 쓸쓸함이 수면을 구기며 부는 바람처럼 사방에서 불어온다. 그게 참 좋다.

모든 게 다 좋은 것은 아니다. 아쉬운 것도 있고 화나는 것도 있다. 아버지가 망가지면서 내 안에 도사리고 있던 작은 불꽃 하나가 꺼진 것 같다. 언젠가 아버지를 내 손으로 죽이고자 했던 은밀한 욕망과 분노가 거품처럼 사라지고 말았다. 덧없다. 모든 게 다 무의미해진 것이다. 아버지는 더이상 아버지가 아니다. 그저 병든, 이미 죽었어야 마땅한 고장난 육체일 뿐이다. 아무 말도 못하고 눈만 껌벅이며 기저귀에 똥과 오줌을 지리는 삶. 겨우 연명하는 하루하루. 생각한다. 정말 나는 목소리의 말대로 그것을 원했던 것인가. 열 번도 백 번도 넘게 생각해봤지만 아니다. 나는 기쁘지 않다. 도리어 분노가 치민다. 몹시 무너뜨리고 싶었던 벽이 무너졌다. 그런데 나는 왜 이토록 허탈한 것인가. 다른 것은 몰라도 이 부분만큼은 분명히 안다. 내가 원했던 것은 벽의 무너짐이 아니라 내가 벽을 무너뜨리는 것이었다. 무너진 것을 다시 세울 수는 없다. 재로 변한 것을 다시 불태울 수도 없다. 목소리가 정말로 유능한 무의식이라면 이런 부분을 서술해줘야 한다. 아버지의 고통에 내가 아무것도 기여하지 못했다는 것, 앞으로도 참여하지 못한다는 것에 대해 화가 나는 이 복잡한 심리를 말이다. 지금의 몰락이 나와 무관하게 발생한 것을 견딜 수 없다. 이것은 이전의 분노와는 다른 느낌으로 존재한다. 벽을 뚫고 안쪽으로 파고들어 마치 광물처럼 깊숙하게 자리잡았다. 그것은 점점 단단하고 어둡게 반짝거리고 있다.

권태를 이길 수 없을 때가 있다. 발기한 성기는 풀리지 않고 눈은 빨갛게 충혈되며 손발이 뜨겁게 달아오른다. 그럴 땐 읍내로 달려가 여자 몇을 사서 응급 섹스를 한다. 하지만 대부분 엉망진창이 된다. 내가 망치기도 하지만 이곳의 여자들이 하나같이 별로인 탓도 있다.

화대를 치르고 하는 것인데도 뻣뻣하게 군다. 애썼으나 중간에 죽어 버려 사정하지 못한다거나 조금 거칠게 다뤘다고 겁을 먹고 방을 뛰쳐나갈 때, 그런 날엔 술 없이도 취한다. 기분이 진짜 더러워진다. 평소엔 열지 않는 방문을 열고 들어가 아버지의 머리맡에 앉는다. 그리고 말한다. 새벽 내내 생각나는 대로 지껄인다. 저주를 퍼붓고 협박을 한다. 아버지가 내게 했던 일들을 하나씩 하나씩 떠올리며 그때 당신이 내게 어떻게 했는지 그때마다 내가 무엇을 느끼고 어떤 생각을 했는지 말한다. 그는 천장을 바라보고 들리지 않는 척한다. 바보 멍청이 흉내를 내고 곧 죽을 사람처럼 숨을 가쁘게 내쉰다. 아버지의 이마를 손바닥으로 가볍게 때린다. 주먹을 둥글게 쥐고 머리를 두어 번 내려친다. 그의 머리가 침대 위에서 탁구공처럼 탁탁 소리를 내며 좌우로 꺾인다. 아버지의 턱을 한 손으로 움켜쥐고 눈을 맞춘다. 그의 눈빛은 흐리고 청회색 유기물로 오염되어 있다. 아무것도 맺히지 않는 망막은 내 얼굴을 통과하여 천장을 보고 있다. 아버지는 과거를 보고 이 세계가 아닌 다른 세계를 응시하는 죽은 생물이다. 저 작고 볼품없는 머리통을 납작하게 밟아 으깨고 싶은 기분이 든다. 그쯤 되면 목소리가 끼어든다. 차분하게 이 상황을 진술하며 동시에 지금 느끼고 있는 감정이 별거 아니라는 식으로 해석한다. 그는 아버지를 시시하게 묘사하고 뜨겁고 날카로운 감정을 미지근하고 둥글게 만들어버린다. 나는 그에게 저항하고 싶지만 결국엔 목소리의 말대로 행한다.

'너는 숨을 크게 내쉬며 흥분을 가라앉혔다. 그리고 문을 열고 밖으로 나간다.'

4

그녀는 아버지 곁에 쭈그리고 앉아 그가 입에 물고 있는 담배의 재가 길게 타들어가는 것을 지켜보고 있다. 아버지는 그것을 스스로 털어내지도 못한다. 그녀의 두 눈동자엔 연민이 서려 있다. 적당한 때에 손톱으로 담배를 건들어 바닥에 재를 떨어뜨린다. 휠체어 바퀴를 만지작거리고 대답도 없는 사람 곁에서 두서없이 이야기를 떠들어댄다. 마치 자신의 아버지라도 된다는 듯 살갑게 대하고 있다. 내가 그것을 좋아하지 않는다는 것을 알면서도 개의치 않는다. 최근의 그녀는 불안해 보인다. 가벼운 우울증이 있다고 했지만 그녀의 우울은 단순히 컨디션이 다운되는 것과는 달랐다. 저조한 상태로 내내 흥분되어 있다고 해야 할까. 그녀에 대한 인내심이 사라지고 있다. 뭔가 지루해지고 빤해지고 있다. 내 마음은 무엇일까. 좋다든지 나쁘다든지 하는 감정으로 규정할 순 없다. 이렇겐 말할 수 있을 것 같다. 그녀가 없으면 아쉬울 것 같고 그녀가 계속 있는 지금은 번거롭다. 그녀와 이야기를 하다가도 어느 순간부터 다른 생각을 하게 된다. 눈을 감고 있으면 옛날에 있었던 기분 나쁜 일이 하나둘 떠오른다. 좋지 않은 조짐이다. 그녀는 나와는 반대로 점점 나를 애인 같은 느낌으로 대한다. 늘 감정이 고조되어 음성이 높고 비음이 섞여 있다. 할말 안 할말을 구분하지 못하고 부끄러움과 망설임도 사라지고 있다. 둔한 그녀는 이런 내 생각을 짐작조차 못하는 것 같다. 그녀가 두꺼운 코트를 걸치고 아버지의 어깨에 모포를 두르며 말했다.

산책 좀 다녀올게.

나는 아무 대꾸도 하지 않고 그녀를 물끄러미 쳐다봤다. 그녀는 내 겨드랑이에 손을 집어넣고 손가락을 움직여 간질이며 말한다.

지루해죽겠어. 자기가 놀아주지도 않고. 아버지랑 요 앞에 다녀올게.

나는 휠체어를 밀고 대문을 빠져나가는 그녀의 뒷모습을 보고 낮게 숨을 골랐다. 부엌문에서 이 모습을 지켜보던 간병인이 급히 몸을 돌려 부엌으로 들어갔다. 나는 손가락으로 이마를 만지작거리며 마루를 서성거렸다. 바닥에서 계속 삐그덕 소리가 났다. 괘종시계가 종을 세 번 때린다. 오후 세시. 그 소리가 들리자 몸에서 거짓말처럼 열이 빠져나간다. 시계 옆에 걸려 있는 여동생 사진이 보인다. 나는 그 앞에 서서 오랜만에 찬찬히 봤다. 그애는 아홉 살이다. 그후로 이십 년이 흘렀으나 그애는 여전히 아홉 살이고 앞으로도 그럴 것이다. 녹색 체크무늬 원피스를 입고 포니테일 머리를 하고 단정하게 서서 정면을 응시하는 소녀. 왼쪽 머리에 체리 모형 핀을 꼽았다. 능소화가 만개한 담벼락에 기대고 서 있다. 어깨까지 내려온 주황색 꽃들과 원피스 목에 물결 모양으로 접힌 프릴이 서로 어울린다. 사진 속 소녀는 정면을 향하고 있지만 눈동자는 살짝 비틀어 왼쪽을 보고 있다. 정면에는 사진기를 든 아버지가 서 있고 그 뒤편엔 내가 서 있다. 나는 오 초쯤 숨을 참고 후, 소리를 내면서 천천히 뱉어낸다. 소녀가 보고 있는 나는 아홉 살이다. 붉게 부푼 맷자국을 온몸에 새기고 벌거벗은 채 웅크리고 있다. 벌벌 떨고 있다. 달라붙은 작은 성기를 두 손으로 가리고 있다.

'개새끼.'

여동생은 나보다 오 분 늦게 태어났다. 우린 이란성이었지만 일란성처럼 똑같이 생겼다. 어머니는 우리가 비슷하게 생겼다는 것을 좋아했다. 동생이 머리를 길렀을 땐 나도 머리를 길렀고 내가 머리를 잘랐을 땐 동생도 머리를 잘랐다. 어머니는 우리에게 옷을 똑같이 입혔다. 어떤 날은 사람들이 나를 여자아이라고 착각했고 어떤 날은 동생을 남자아이라고 착각했다. 어머니는 양팔에 우리를 하나씩 껴안고 번갈아가며 입을 맞췄다. 하지만 아버지는 아니었다. 똑같이 생기고 똑같이 꾸며도 동생만 예뻐했다. 나는 만지지도 않았다. 어느 날 그는 반쯤 풀린 눈으로 하루종일 나를 노려보더니 갑자기 달려들어 바리캉으로 머리를 밀어버렸다. 그땐 내가 동생처럼 머리를 길렀었는데 어깨까지 내려왔던 긴 머리카락이 바닥에 떨어졌다. 그 모습은 죽은 동물이 바닥에 얼굴을 대고 엎드려 있는 것처럼 보였다. 설거지를 하던 어머니는 무심코 그 모습을 보고 비명을 지르며 들고 있던 잔을 바닥에 떨어뜨렸다. 나는 어리둥절한 마음으로 머리카락과 깨진 유리를 쳐다봤다. 그 순간 아버지가 주먹으로 내 눈을 때렸고 손목에 수갑을 채워 문고리에 묶었다.

어느 날부터 아버지는 이상 증세를 보였다. 처음엔 일시적인 공황 증세라고 생각했지만 날이 갈수록 정도는 심해져 나중엔 정상생활이 불가능할 지경에 이르렀다. 떨고 소리지르고 화를 냈다. 꼬리를 말고 이빨을 내보이며 으르렁대는 병든 개처럼 공포에 질린 눈으로 주위를 두리번거리며 혼잣말로 알 수 없는 말을 중얼거렸다. 어머니 말에 따르면 아버지는 어떤 사건 이후부터 변했다고 했다. 철로 근처 작은 마을 하나가 재개발 계획에 들어갔고 일대의 주민들이 모두 이주를 해야 하는 상황이 생겼다. 아버지는 그것이 순조롭게 진행되도록 작전을 지휘하는 경찰이었다. 대화를 시도하고 더러는 설득을 시켰으며 그것이 안 된 대다수를 협박했고 몇몇은 사냥하듯 궁지에 몰았다. 일이 거의 마무리되려던 어느 날 울분을 품은 소년 하나가 그의 허벅지를 과도로 찌르고 도망갔다. 그 순간 아버지는 이성을 잃고 말았다. 우습게 본 사냥감을 장난감처럼 데리고 놀다가 기습적으로 코를 물어뜯긴 맹수의 마음 같은 것이었다. 그는 자존심이 상했고 분노가 치밀었다. 아버지는 골목 안쪽으로 숨으려는 뒤통수에 대고 권총을 발사했다. 쓰러진 것은 소년이 아닌 소녀였다. 소년은 눈에 불을 뿜고 아버지에게 달려들어 그의 팔뚝을 물어뜯었다. 아버지는 팔을 흔들어 소년을 떨어뜨리고 다시 총을 쐈다. 총알은 소년의 왼쪽 얼굴을 스치고 지나갔다. 총성을 듣고 달려온 경찰들이 아버지와 소년을 각각 붙잡았다. 한쪽 귀와 턱 일부를 잃은 소년은 정신을 잃지 않고 아버지를 노려보며 목이 터져라 외쳤다고 한다.

죽여버릴 거야. 죽여버릴 거야.

그후로 아버지는 이상한 악몽과 환각 증세에 시달렸다. 꿈에선 뒤통수가 터진 소녀가 방으로 들어오고 현실에선 그 소년이 문틈에 기대고 서서 자신을 향해 칼끝을 겨누고 있는 모습이 보였다. 약을 먹고 치료를 받아도 나아지지 않았고 아버지의 두려움은 커져만 갔다.

아버지는 벽에 등을 기대고 앉아 있다가 갑자기 몸을 떨며 두리번거리다 옆에서 티브이를 보고 있는 나를 노려보며 말했다.

시끄러워.

나는 티브이를 끄고 구석에 숨어 떨었다.

시끄럽다고. 이 새끼야.

아버지는 소리를 질렀다.

나는 고개를 푹 숙이고 어금니를 꽉 물고 입술이 안 보일 정도로 말아넣는다. 아버지가 달려들며 말했다.

악마 같은 새끼. 뭐라고? 또 말해봐.

내 입술은 한 번도 열리지 않았는데 그는 내가 말을 했다고 했다. 주먹으로, 허리띠로, 빗자루로, 의자로, 발로 닥치는 대로 때렸다. 나는 본능적으로 얼굴과 복부를 보호하려 몸을 둥글게 말았다. 탄창이 없는 권총을 내 관자놀이에 대고 계속 격발했다. 그러다 갑자기 아버지는 정신이 든 듯 멍하니 서서 자신이 한 모든 일을 낯설게 인지했다. 그러나 동생은 때리지 않았다. 어느 순간부터 그는 나를 때려놓고 놀란 동생에게 사과를 했다. 동생은 늘 아버지의 팔에 안겨 미안한 눈으로 나를 바라봤다. 그애는 가끔 내게 다가와 아무 말도 없이 손을 잡았다. 손이 축축하게 젖을 때까지 계속 잡고 있었다. 동생의 표정은 늘 어두웠고 내가 맞는 것이 자신의 탓이라는 듯 내내 내 눈치를 살폈다. 하지만 난 동생이 내 편이라고 생각하지 않았다. 어떤 날은 나를 가장 생각하는 사람은 동생이라는 생각을 했다가 어떤 날엔 아버지와 동생이 작당하고 나를 괴롭힌다고 생각했다. 그것이 주는 양가적 감정 속에서 나는 혼란스러웠고 맞을 때와는 다른 종류의 고통을 느꼈다. 처음에 어머니는 나를 품에 안고 보호하며 아버지와 대립했다. 아버지가 소리를 지를 때 함께 소리지르고 주먹을 휘두르면 대신 맞기도 했다. 신고도 여러 번 했지만 출동한 경찰은 집안에도 들어오지 않았다. 아버지와 현관 앞에서 몇 마디 이야기를 나누다 그냥 돌아갔다. 안부를 주고받는 여유롭고 친근한 모습이었다. 내 몸이 폭력에 익숙해지는 것처럼 어머니도 이런 집안 분위기에 익숙해졌고 싸움을 결국 포기했다. 그것은 끝이 없는 반복이었고 그 속에서 우리 모두는 마모되고 병들었다. 아버지가 흥분할 때 나를 밖으로 내보내거나 총과 수갑을 장롱 깊숙한 곳에 숨기는 정도로 내 편을 들었다. 어머니는 찢어진 상처에 밴드를 붙이고 피멍이 든 부위에 바셀린을 발라주면서 말했다.

네 아버지가 아파서 그래. 곧 괜찮아질 거야.

하지만 어머니 말은 틀렸다. 아버지는 변하지 않았고 어머니는 나를 지켜주지 않았다. 그녀는 나를 버렸다. 정확히 말하면 아버지를 버린 것이고 나는 포기했다고 해야 옳을 것이다. 어머니를 이해할 수 있다. 그 사람 역시 지칠 대로 지쳤을 것이다. 열차 사고로 동생이 죽는 일이 생기자 어머니는 완전히 탈진했고 아버지와 관련된 모든 것을 손에서 놓았다. 아니, 쥘 힘이 없었을 것이다. 내겐 어머니를 용서할 수 없다거나 서운하다거나 하는 감정조차 없다. 다만 시간이 많이 흘렀는데도 나를 한 번도 찾아오지 않는 점은 이해되지 않았다. 아버지가 이렇게 된 모습을 어머니가 보게 된다면 그 사람은 어떤 표정을 지을까. 실은, 그게 궁금하다. 몇 번 상상해봤는데 어려웠다. 어머니의 얼굴이 잘 생각나지 않았다.

레일 위에 죽어 있는 여동생을 보고 아버지는 완전히 미쳐버렸다.

술잔을 정확하게 내 얼굴에 정조준해 집어던지며 차라리 너였어야 했다고 소리를 질러댔다. 나는 지금도 그애가 왜 죽었는지 그 이유를 잘 모른다. 팔다리가 다 꺾이고 얼굴을 반쯤 잃은 그런 모습으로 왜 죽었어야 했는지.

그들이 산책에서 돌아왔다. 뭘 하고 왔는지 둘은 즐거워 보였다. 휠체어에 앉은 아버지의 왼쪽 얼굴이 희미하게 웃고 있었다. 나는 그 얼굴을 보자마자 피가 솟구치는 것을 느꼈다. 더러운 표정이었다. 그가 웃는 것을 처음 봤다. 심장이 찢어져 혈액이 피부와 근육 사이로 스며들 듯 온몸이 뻐근했다. 그 순간 목소리가 말을 걸어왔다. 다급한 음성이었다.

'너는 고개를 돌려 바다를 바라본다.'

나는 고개를 돌려 바다를 바라봤다.

'숨을 크게 마시고 길게 내뱉는다.'

나는 바다를 바라보고 심호흡을 했다. 숨이 가빠 잘 되지 않았다. 나는 충동을 누르기 위해 주먹으로 명치를 꾹 누르며 서둘러 밖으로 나갔다. 이빨이 위아래로 탁탁 소리를 내며 부딪혔다.

다음날 오후 그녀의 방문을 열고 들어갔다. 그녀는 자고 있었다. 약을 먹고 잠든 그녀의 모습은 전에 없이 추해 보였고 나이들어 보였다. 그녀가 이 집에 투숙한 지 한 달쯤 되었다. 그녀에겐 문제가 있었다. 단순히 감정기복이 심하고 좀 우울한 사람이라고만 생각했는데 조울증이었다. 조증이 시작되면 나쁘지 않았다. 쉴새없이 떠들긴 하지만 가만히 앉아 들어주면 되는 일이었다. 또한 이야기를 듣다보면 내가 무척 친절하고 따뜻한 사람이라는 착각이 드는데 그 기분이 나쁘지 않았다. 하지만 울증이 시작되면 어려워졌다. 정말 딱, 소리를 내며 스위치가 돌아가듯 감정이 달라졌다. 그녀는 그 상태가 되면 자신이 위험하다는 것을 알고 있었다. 바로 알약을 먹었다. 때문인지 며칠 새 눈에 띄게 다른 모습을 보이고 있었다. 거의 잠만 자거나 깨어 있을 땐 축 처져 있었다. 그 모습을 보고 있는 게 너무 짜증이 난다. 그럴 때 그녀는 사람도 아니고 동물도 아닌 그냥 의욕 없는 사물 같았다. 말도 안 하려 했고 섹스도 하지 않으려 했다. 나는 생각을 떨치려 의식적으로 고개를 흔들고 방을 둘러봤다. 조악한 연필화 몇 점이 벽에 붙어 있었다. 새장. 해변. 자화상으로 보이는 여자의 얼굴. 나는 인상을 찌푸리고 고개를 돌려 그녀의 머리맡에 놓여 있는 노트를 펼쳐봤다. 바다와 눈과 관련된 짧은 메모가 적혀 있었다. 무심코 뒷장을 넘겨봤다. 레일 위를 달리는 기차가 그려져 있었다. 순간 나는 숨을 멈췄다. 목소리가 무슨 말을 하려는 것 같았다. 그런데 아무 말도 들리지 않았다. 하지만 목소리가 곁에 있는 것이 느껴졌다. 느닷없이 여동생이 생각났다. 나는 고개를 젓고 숨을 고르려 애썼다. 기분이 안 좋아지려고 했다. 목소리 역시 그림을 지켜보면서 불규칙적으로 호흡하고 있었다. 그때 그녀가 몸을 뒤척였다. 나는 재빨리 그림을 뜯어내 주머니에 구겨넣었다. 그녀는 눈을 비비고 몽롱한 눈으로 나를 쳐다보더니 묘한 표정을 지으며 말했다.

왔어? 잘 왔어.

그리고 다시 잠들었다. 흰 종이 위에 나무 부스러기와 흑연 가루가 수북하게 쌓여 있었고 그 옆에 보기 좋게 깎인 연필이 놓여 있었다. 나는 연필을 들어 송곳처럼 날카로운 끝을 손가락에 대고 꾹꾹 눌러 봤다. 그 순간 목소리가 말했다.

'너는 그녀의 옆모습을 바라보고 있다. 반쯤 떠진 눈동자가 물속에 잠긴 생물처럼 부드럽게 움직이고 있다. 너는 짝이 맞지 않는 두 개의 눈동자 중 한 개가 유독 맘에 들지 않는다. 연필을 들고 그녀의 눈을 찌를 것처럼 위에서 아래로 몇 번 움직였다.'

나는 깜짝 놀라 내 손을 쳐다봤다. 목소리의 서술처럼 연필을 그녀의 눈 위에서 쥐고 있었다. 나는 연필을 바닥에 집어던지고 뒤에 아무도 없다는 것을 알면서도 뒤를 돌아봤다. 헷갈렸다. 내가 정말 그렇게 느끼고 있는 것인가. 아니면 목소리가 나를 그렇게 이끈 것일까. 그런 생각을 한 번도 의식적으로 해보지 못했다. 하지만 그 생각이 나와 완전히 무관한 의견이라고 주장할 확신도 서지 않았다. 실제로 연필을 쥐고 그녀의 눈꺼풀 위에 대고 있었지 않았나. 나는 내가 목소리의 서술처럼 행동할까봐 겁을 내며 발가락을 웅크렸다. 그동안 목소리는 이상할 정도로 말이 없었다. 그는 내 삶을 거의 기계적으로 진술하곤 했는데 그녀와 함께 있을 때는 침묵했다. 목소리는 그녀에게 그다지 관심이 없어 보였다. 때문에 이야기의 대상조차 되지 않는 것이다. 하지만 나중엔 그녀를 불편해한다는 것을 알았다. 이따금씩 들리는 음성이 묘했다. 목소리에 미세한 유리 가루가 박혀 있는 듯 싸늘했다. 나는 방에서 나와 직전의 행동에 대해 생각하며 부엌으로 걸어갔다. 의자에 앉아 있던 간병인이 자리에서 벌떡 일어섰다. 나는 잠시 그 사람을 말없이 응시했다. 그는 눈을 피해 고개를 푹 숙였다. 주머니에서 그럼을 꺼내 가스레인지에 올리고 레버를 돌렸다. 타오르는 불꽃을 바라보며 중얼거렸다.

네가 시킨 거야? 아니면 진짜 내가 그렇게 하려고 했던 거야?

그녀는 달라졌다. 나를 피하기 시작했다. 방에 들어가면 늘 누워 있었고 억지로 자려고 하는 사람처럼 너무 많이 잤다. 말수도 줄었고 웃지도 않았다. 키스를 하려고 하면 고개를 돌렸고 옷을 벗기려 하면 냉정한 얼굴로 손을 잡으며 말했다.

자기야, 요즘 기분이 별로야. 이해해줘. 나 약 먹고 있잖아.

약을 먹는 것은 아무래도 상관없다. 약을 먹은 여자와 자는 것은 더 좋을 것 같았다. 제정신이 아닌 여자 위에서 움직이는 기분은 어떤 걸까. 나는 어두운 호기심을 충족시키지 못해 병이 날 지경이었다. 나는 분노를 누르기 위해 침을 몇 번 삼키며 방에서 나왔다. 벽에 등을 기대고 바닥에 앉았다. 노랗고 건조한 맨발이 보였다. 그 순간 목소리가 말했다.

'너는 어떤 충동을 애써 참고 있다. 하지만 그것은 곧 지나갈 단순한 감정이라는 것을 잘 알고 있다.'

나는 말했다.

참고 있다고?

아니다. 나는 참지 않았다. 할 수 없어서 못한 것뿐이다. 이건 단순한 감정이 아니다. 왜 목소리는 내가 화가 날 때만 참견하는 것인가. 처음에 나는 목소리가 내 마음을 손바닥에 올려놓고 보듯 다 아는 줄 알았다. 하지만 지금은 아니다. 너는 나를 잘 모르고 있다. 나는 걸레로 발을 덮어버렸다. 목소리가 그것을 쳐다보고 있을 것 같았기 때문이다. 집안의 공기가 전에 없이 팽팽하게 당겨지고 있었다. 누군가 긴장하고 있었고 누군가 두려워하고 있었다. 나는 목소리를 들었을 때 느꼈던 두려움을 다시 느꼈다. 하지만 묘하게 달랐다. 내가 아니라 목소리가 두려워하는 것 같았다. 구멍을 뚫어 그것을 꺼내고 싶었다. 나는 내 방에 들어가 벽을 보고 누워 관자놀이 근처를 손가락으로 꾹꾹 누르며 말했다.

이쯤일까? 아니면 여기? 어디에 있어? 응?

5

늦은 아침에 일어나 바닥에 떨어진 핸드폰을 확인해보니 밤사이 그녀에게 전화가 왔었다. 통화 목록을 보니 새벽에 두 번 전화가 걸려왔고 그중 첫번째 수신 기록은 삼 분 가량 통화한 것으로 기록되어 있었다. 순간 지난밤의 모든 기억이 아득해졌다. 그녀와의 통화가 전혀 기억나지 않았다. 삼 분이면 꽤 많은 이야기를 할 수 있는 시간인데 어떻게 아무 기억이 없을까. 나는 그녀를 마루로 불러내 말했다.

새벽에 전화했었어?

통화했잖아.

이상하네. 잠결이라서인지 잘 기억이 안 나.

잠결? 자기 어제 목소리 멀쩡했는데?

나는 잠시 시간을 두고 다시 물었다.

무슨 이야기했어? 정말 기억이 안 나서 그래.

그녀는 약간 두려운 표정으로 말했다.

기억 안 나? 내가 진지하게 말했잖아.

다시 말해봐.

그녀는 입술을 꾹 다물고 한참 동안 서 있었다. 그리고 뭔가 결심했다는 듯 말했다.

그것보다…… 자기 좀 이상했어.

뭐가?

뭐라고 해야 할까. 좀 달랐다고 해야 할까. 어투? 뉘앙스? 암튼 평소에 자기는 아니었어. 묘하게 음성이 높았어. 여성스러웠다고 해야 할까. 게다가…… 날 잘 모르는 것 같았어. 요즘 이상해진 거 알아? 너무 예민해진 것 같고. 가끔 무서워. 눈이 다른 사람 같아. 목소리도 가끔 달라지는 것 같고. 언젠가 잠꼬대를 했는데 그랬어.

내가 잠꼬대를 했다고?

응.

뭐랬는데?

기억 안 나. 그런데 이상한 목소리였어.

녹음기를 베개 옆에 놓고 잠들었다. 다섯 시간쯤 자고 일어나 그것을 재생했다. 미세한 기계음과 함께 이상한 정적이 흘렀다. 정적도 소리가 있었다. 습도 높은 바람 같은 것이 스피커를 통해 들렸다. 뒤척이는 소리가 있었고 반복적이고 기묘한 템포로 내쉬는 숨소리가 있었다. 한동안 아무 소리도 없었다. 축 가라앉은 침묵만이 계속 흐르고 있을 뿐이었다. 졸음이 쏟아졌다. 괜한 짓을 한 것인가. 순간 서늘한 기운이 등줄기를 훑었다. 소름이 돋았다. 목소리가 들렸다. 그것은 바깥을 경계하며 서서히 굴 밖으로 머리를 내미는 작은 동물처럼 어둡고 날카로운 모습을 하고 있었다. 목소리가 말했다. 그것은 내 목소리였지만 여성적인 목소리로 잔뜩 위장한 소름끼치는 목소리였다. 뭔가 할퀴는 소리가 들려왔다. 손톱이 없는 손가락 끝으로 벽을 긁는, 집중하지 않으면 들을 수 없을 만큼 희미한 소리. 우는가? 웃는가?

그녀는 노골적으로 날 피했다. 나와 있으면 불안해 보였다. 이제 집에 가야겠다는 말만 반복해서 했다. 그럴 때마다 나는 캐리어 손잡이를 잡고 알았으니까 내일 가라고 했다. 나는 간신히 화를 참고 있었다. 자꾸 호흡이 꼬여 헛기침을 했다. 내가 때리지도 않았는데 화를 낸 적도 없는데 대체 왜 그러는 것인가. 그런데 갑자기 그녀가 내 손에서 캐리어를 빼어들고 소리를 질렀다. 더는 참을 수 없었다. 나는 그녀의 배를 발로 걷어찼다. 그녀는 배를 움켜쥐고 바닥에 쓰러졌다. 그녀는 두 손을 바닥에 짚고 개처럼 기어다니며 울고 소리질렀다.

미친놈. 너 진짜 이상하다고 생각했어. 약을 먹어야 할 사람은 내가 아니고 너야. 아주머니가 말해줬어. 너 안 좋은 사람이라고. 빨리 이 집을 떠나라고 했어. 처음부터 알아봤어야 했는데.

어떤 의미에서는 그녀의 말이 옳았다. 아니, 전부일지도 모른다. 그런데 그게 다는 아니다. 하지만 나는 설명을 포기했다. 나는 엎드려 있는 그녀의 얼굴을 축구하듯 발등으로 올려찼다.

그 밤은 잠이 오지 않았다. 나는 마루에 서서 까만 밤바다를 바라봤다. 지겨운 바다. 지겨운 파도. 끝이 없어도 끝없이 반복되는 저 파도 소리. 반복 속에 마모되고 깎여가는 모든 것. 거대한 해일이 여기까지 넘어와 흔적도 없이 싹 쓸어가버렸으면 좋겠다. 그동안 괜찮아졌다고 생각했던 모든 것들이 일제히 고개를 쳐들고 일어서고 있다. 관자놀이가 툭툭 뛰고 주먹에 힘이 고인다. 벌거벗은 맨발이 빨갛게 얼어도 통증조차 느껴지지 않는다. 지금 나는 위험하다. 위험한 게 두려워서 미칠 것 같다. 그때 방문이 열리고 그녀가 나왔다. 한 손엔 천가방을 다른 한 손은 캐리어 손잡이를 잡고 있었다. 한쪽 눈이 검게 부어 완전히 감겨 있었다.

진짜 갈 거야.

나는 아무 말도 하지 않고 쥐고 있던 주먹을 슬며시 풀었다.

내가 왜 여기에 있었는지 알아?

글쎄.

죽으려고 했어. 여기가 죽기에 좋은 것 같아서.

알고 있었어.

그런데 여긴 좋은 곳이 아닌 것 같아. 자기야, 제발 나 보내줘.

늦었는데 자고 내일 아침에 가지 그래.

아냐. 막차 탈 거야.

나는 더는 대꾸하지 않고 옆으로 비켜섰다. 나는 마당 한가운데 우뚝 서서 대문을 나서는 그녀의 뒷모습을 오랫동안 지켜보다 뒤를 돌아봤다. 반쯤 열린 창문으로 아버지의 얼굴이 보였다. 그는 말없이 밖을 내다보고 있었다. 눈이 평소와 달랐다. 흐리지 않고 명확했다. 분명하게 나를 응시하고 있었다. 공포에 질린 눈이었다. 나는 한참 고민했다. 그녀를 따라갈 것인가 아니면 아버지의 방으로 들어갈 것인가. 목소리가 말했다.

'그녀는 떠났지만 너의 마음속엔 그 어떤 감정도 생기지 않았다. 다만 담배 한 대를 태우고 싶었을 뿐이다.'

나는 점퍼를 껴입고 역으로 향하며 말했다.

시끄러워.

새벽 기차는 기묘하다. 이상한 시공간을 뚫고 미지의 세계로 달려가는 것 같다. 나는 그녀의 뒷모습이 보이는 좌석에 자리를 잡고 앉아 고개를 옆으로 꺾고 잠이 든 그녀를 바라보고 있다. 창밖은 아무것도 보이지 않고 창유리만 거울처럼 내 얼굴을 반사하고 있다. 밤의 우물을 들여다보는 것처럼 표정이 희미하게 일렁거린다. 앞좌석에 앉은 중년의 신사가 갑자기 소리를 질렀다.

불 좀 꺼줘.

대꾸하는 사람이 없고 다가오는 사람도 없다.

불 좀 꺼달라고.

그리고 이내 넥타이를 눈에 두르고 입을 벌렸다. 그 모습은 집행을 기다리는 사형수 같았다. 차내의 사람들은 모두 잠들어 있다. 고단한 얼굴로 방심한 표정을 짓고 무방비하게 좌석에 늘어져 있다. 살찐 몸을 뒤척이며 이를 가는 아주머니. 미라처럼 물기 없는 얼굴로 입을 벌리고 잠든 할머니. 하얗게 마른 혓바닥 옆에 까맣게 충 먹은 어금니가 드문드문 박혀 있다. 좌석 두 개에 반듯하게 누워 있는 아이는 플라스틱 인형처럼 생명이 없게 느껴진다. 잠든 이들의 얼굴을 백색 형광등이 잔인하게 비추고 있다. 누군가 오열해도 창문을 때리고 발을 굴러도 눈꺼풀 하나 떨지 않을 것 같다. 역무원도 보이지 않고 음식을 실은 수레도 보이지 않는다. 지금 이 시간, 기차의 모든 사람이 다 잠들어버린 것은 아닐까. 그들은 모두 같은 꿈을 꾸고 있는 것은 아닐까. 모두 같은 세계에서 만나 이야기하고 있는 것은 아닐까. 문 뒤에 뭔가가 서 있다. 그것이 창문 틈으로 이쪽을 바라보고 있다. 내가 잠들기를 기다리고 있는 것이다. 잠이 드는 순간 저 문을 벌컥 열고 복도를 빠르게 지나 내게 다가오겠지. 내가 모를 줄 아느냐. 어디선가 입냄새가 나고 오래된 생선 냄새가 난다. 한시 방향에 앉은 소년은 깨어 있다. 아니 확신할 순 없다. 눈을 감고 있다. 그애는 토끼탈을 쓴 남자가 그려진 티셔츠를 입고 알 수 없는 노래를 허밍으로 부르고 있다. 플라스틱병을 손에 쥐고 소리나게 우그러뜨리고 있다. 낯설고 섬뜩한 멜로디는 기묘한 자장가처럼 나를 졸리게 했다. 입술이 부르르 떨린다. 소리내어 노래를 부르고 싶다. 처음 듣는데 왜 나는 저 멜로디를 기억하고 있나. 왜 저애의 입을 막고 싶나. 나는 잠들 수 없다. 내 꿈이 공유될까봐, 발각될까봐, 내 꿈의 이미지가 그들에게 보일까봐 두렵다. 내 귓가에 들리는 목소리 때문에 그들의 잠을 깨울 것 같아 두려움이 엄습한다. 소년의 앞에 있는 그물망 속에 피 묻은 솜뭉치들이 처박혀 있다. 아직 응고되지 않은 선연하고 축축한 붉은 피. 누구의 피일까. 누가 닦아준 것일까. 소년은 옆자리에 앉아 잠든 이의 낡고 딱딱한 의수를 길고 더러운 손톱으로 톡톡 때리며 리듬을 맞추고 있다. 그러다 갑자기 허밍을 그치고 고개를 돌려 나를 쳐다봤다. 그리고 묘한 미소를 띠며 소리 없이 입을 벌려 네 음절을 말한다.

응? 뭐라고?

그게 무슨 말인지도 모르면서 왜 나는 그 말이 무섭나. 그애는 사람이 아닌 것 같다. 그는 잠든 이들의 수명을 빨아먹고 사는 악마일지도 모른다. 모두 같은 꿈을 꾸게 만들고 그 꿈속에 들어가 마음 약한 이들을 조롱하고 괴롭힌다. 잠이 쏟아진다. 두렵다. 숨이 찬다. 나는 벌떡 일어나 복도를 뛰어 문을 열었다.

너는 6호차와 7호차를 잇는 연결부에 서서 작은 창을 통해 바깥 풍경을 보고 있다. 빠르게 스쳐지나가는 밤풍경을 바라보면서 오래전 비슷한 풍경 하나를 떠올렸다. 그때는 창문이 없고 문이 있었다. 누구나 마음만 먹으면 밖으로 나갈 수 있는 커다랗고 자유로운 문이. 우리는 그날 아버지 어머니와 함께 기차를 타고 있었다. 여느 때처럼 아버지는 화가 많이 난 것 같았다. 너는 잘못도 없이 그에게 얼굴을 맞고 코피를 흘렸다. 나는 너에게 화장지를 건넸다. 너는 받지 않았다. 화장지를 동그랗게 말아 피를 닦고 코에 끼워넣었다. 너는 꿈적도 하지 않았다. 그때도 겨울이었다. 눈이 많이 내렸고 나는 하얀 프릴이 달린 원피스를 입고 눈 오는 풍경을 바라봤다. 그림 같았다. 맹렬한 속도가 모든 풍경을 한 방향으로 짓뭉개며 사선을 그리고 있었다. 그때 너는 내 곁에 서서 같은 풍경을 바라봤었다. 우리는 그때 같은 생각을 했다. 같은 감정을 느꼈고 같은 충동을 느꼈다. 그 속도에 파묻혀 그림이 되고 싶었다. 강한 타격으로 깔끔하게 해체되고 싶었다. 너는 한 발 뒤로 물러섰고 나는 한 발 더 내디뎠다. 한 발은 계단에 한 발은 허공에 떠 있었다. 한쪽 발밑으로 바람과 그림이 밀려들며 사라지고 있었다. 우리는 잠깐 눈이 마주쳤다. 너는 표정 하나 바꾸지 않고 내 등을 떠밀었다. 마지막 순간에 나는 한마디했고 너는 미소를 띠었다. 그것은 정말 멋진 미소였다.

나는 아무 저항 없이 목소리가 들려주는 말을 그대로 말하고 있다. 그래. 너의 말이 맞다. 내가 그랬다. 하지만 나는 지금도 왜 내가 그랬는지 모르겠다. 네가 원했던 것 아니었나. 내가 도와준 것 아니었나. 만약 내가 너의 등을 밀지 않았다면 너는 내 등을 밀었을 것이다. 나는 레일 위에 부서져 있는 너의 모습을 보고도 무슨 일이 있었는지 전혀 몰랐다. 기억이 나지 않았던 것이다. 단지 주머니에 들어 있던 네가 입었던 옷의 일부라고 확신할 수 있는 찢겨진 프릴 한 조각이 내가 했던 일을 떠올리게 했을 뿐이다. 그것은 내게 남겨진 너의 유일한 흔적이었기에 버릴 수 없었고 오열하는 아버지와 어머니에게 그것을 보여줄 수도 없었다. 나는 그것을 입에 넣고 삼켰다.

그만해, 이제 됐어.

목소리를, 그것이 마치 씹어 삼킬 수 있는 것이라도 되는 것처럼 입안에 머금고 있다가 꿀꺽 삼켰다. 무겁고 불길한 공기가 소리도 없이 밀려들어오기 시작했다. 그 순간 깊은 곳에서부터 차갑게 차오르는 기이한 감정이 치솟았다. 너무도 압도적이었기에 이미 어떤 성취감 같은 것을 느낄 정도였다. 죽거나 죽이거나 둘 중 하나를 해야 한다는 강렬한 욕망에 팔목이 시큰거렸다. 나는 문을 열고 좌석으로 돌아갔다. 그때 목소리가 들려왔다. 먼 곳에서 소리치는 함성처럼, 언덕을 휘도는 메아리처럼, 발밑에서 잘게 부서지며 터지는 물거품처럼 아득하게 들린다.

'너는 이번 역에서 내릴 거야.'

나는 그 말이 들렸지만 개의치 않는다. 기차에서는 이번에 정차할 역에 대한 방송을 내보내고 있다. 내릴 사람이 한 명도 없는 작은 간이역, 이곳에서 내릴 사람은 아무도 없다. 내 눈엔 오직 잠든 그녀의 모습만 보인다. 그녀는 이미 죽은 것처럼 방심한 얼굴로 잠들어 있다. 주름이 진 목덜미, 하얀 피부 속에 묻혀 있는 동맥, 규칙적으로 툭툭 뛰며 꿈틀거리는 목숨. 나는 지금 그것을 움켜쥐려 한다.

'너는 지금 내려야 해.'

그녀가 뒤척이며 자세를 바꾼다. 나는 몸을 숙여 그녀의 머리카락을 귀 뒤로 넘기고 잠시 숨을 참는다. 그 순간 비명 같은 소리가 들린다.

'내려.'

여기는 어디일까. 어둡고 적막한 플랫폼, 텅 비어 바람만 휘도는 사방. 혼자 서서 주위를 둘러봤다. 아무도 없었다. 역무원도 불빛도 없는 새벽 두시. 아무짝에도 쓸모없는 시간이 있다면, 구멍 같은 시간이 있다면, 아무도 깨어 있지 않은 시간이 있다면, 고속도로에 차가 한 대도 없는 시간이 있다면, 세계의 노인들이 갑자기 모두 죽어버리는 시간이 있다면, 바다에 물고기가 배를 뒤집고 떠오르는 시간이 있다면, 딱 지금 같을 것이다. 이상했다. 아무도 없으나 외롭지도 두렵지도 않았다. 화가 나지도 않았고 슬프지도 않았다. 나는 차가운 의자에 앉아 호주머니를 뒤져 두 번 접혀 있는 껌 하나를 찾아 껍질을 벗기고 씹었다. 여긴 어디지. 도대체 뭐지. 뭐지. 중얼거렸다. 고요했다. 목소리는 아무 소리도 내지 않고 있었다. 침묵이 아니었다. 곁에 없는 것 같았다. 죽어버린 것은 아니겠지. 레일 끝에 둥근 우물처럼 어둠이 잠겨 있었다. 나는 천천히 집이 있는 방향으로 걸어가기 시작했다. 눈이 내리기 시작했다.

새들에게 물어보는
사람이 있네

1

누나가 집에 돌아왔다는 연락을 받았다. 이 년 만이다. 그동안 누나는 말도 없이 집을 떠났다가 느닷없이 돌아오곤 했다. 하루 만에 들어올 때도 있었지만 반년이 넘도록 소식도 없이 사라지기도 했다. 집에 돌아온 누나는 기운이 다 빠진 얼굴로 벽에 등을 기대고 앉아 '알고 있으니까 아무것도 묻지 마'라는 듯 입을 꾹 다물고 완고한 표정을 지었을 것이다. 그런데 이번엔 양상이 달랐다. 아빠를 알 수 없는 구 개월 된 딸을 안고 나타난 것이다. 미치겠으니까 집에 들어와서 누나랑 이야기 좀 해보라는 엄마의 전화를 받고도 집에 가지 않았다. 적당할 때 가겠다고 애매하게 말해놓고 한 달이 지나도록 머뭇거렸다. 그런데 엄마에게 문자가 왔다.

네 누나가 차에 치였다.

그리고 한참 뒤에 문자 하나가 더 왔다.

죽었단다.

사고사. 혼란스러운 와중에도 의외라는 생각이 들었다. 내심 나는 언젠가 누나가 자살할 것이라고 생각했던 것이다. 엄마와 나는 장례식장에서 만났다. 엄마는 퉁퉁 부은 눈을 하고 처음 보는 아이를 품에 안고 있었다. 나는 엄마와 아이를 번갈아 바라봤다. 아무 말도 떠오르지 않았다. 영정사진은 고등학교 졸업사진이었다. 그때보다 지금은 십 년도 더 늙었을 텐데. 사진 속 여자는 다른 사람 같다. 빈소는 고즈넉하고 한가했다. 숨죽여 울다 조용히 떠나는 몇몇이 있었지만 문상객은 드물었다. 최소 인원으로 시킨 음식이 거의 줄지 않았다. 누나의 핸드폰 전화번호부에는 열다섯 명밖에 저장되어 있지 않았다. 그중 다섯 개는 소아과와 보건소 같은 아이와 관련된 번호였다. 엄마는 새벽에 한 번씩 오열했다. 그렇게 엄마가 울어주지 않았다면 너무 민망한 빈소가 됐을 것이다. 나는 기어다니는 아이를 지켜보다가 탁자에 올라가려고 하거나 신발을 들고 입으로 가져가려 하면 잡아 제자리에 옮겨놓았다. 발인을 앞둔 아침 엄마에게 물었다.

아이를 어떻게 할 거야?

재인이야. 이씨란다. 이재인.

어떻게 할 거냐고.

뭘 어째. 키워야지.

엄마가 어떻게 키워?

왜 못 키워. 둘이나 키웠는데.

엄마는 가슴도 없잖아.

누가 요즘에 젖으로 키우냐. 분유 먹이면 된다. 그리고 하나 남았다.

엄마는 가슴을 앞으로 쑥 내밀며 말했다. 그 말은 농담이 아니라 진짜 그렇다. 엄마는 몇 년 전 유방암으로 왼쪽 가슴 전부를 들어냈다. 아이를 키우기엔 너무 늙었고 병들었고 치매기도 있다. 한마디로 정상이 아니다.

네가 좀 도와줘라. 너 일도 없잖아.

말도 안 되는 소리 하지 마.

하지만 그날 집에 들어갔다. 짐 정리도 해야 했고 사망신고 같은 번거롭고 귀찮은 일을 누군가 해야 했다. 그렇게 며칠이 지났다. 어느새 나는 아이의 아빠 역할을 맡고 있었다.

2

집으로 가는 길은 복잡하고 힘들다. 차가 없으면 그야말로 섬 같은 곳이다. 서울에서 경기도 외곽으로 빠지는 광역버스를 타고 종점에서 내린다. 배차 간격이 삼십 분에 하나씩 있는 마을버스로 갈아탄다. 정거장 다섯을 지나는 동안 작은 언덕 두 개를 넘는다. 버스에서 내리면 비닐하우스와 밭 사이에 난 이면도로가 나오는데 언뜻 보면 버려진 황무지처럼 보이는 곳이다. 십 분쯤 걸으며 야트막한 야산이 서 있다. 이곳에 뜬금없이 두 동의 초록색 건물이 있다. 청솔빌라다. 지반이 약하고 붕괴되는 중이라 건물들은 벽면에 금이 갔고 주차장도 한쪽이 푹 꺼져 틈이 벌어져 있다. A동과 B동 중 엄마의 집은 A동의 201호다.

낮잠에서 깼다. 정신이 들자마자 날카로운 매미 소리가 들렸고 똥 냄새와 상한 분유 냄새가 났다. 아이가 침 묻은 손바닥으로 내 이마와 코를 때렸다. 나는 반대편으로 몸을 돌려 웅크렸다. 눈을 감고 몇 분 쯤 버티다 일어나 아이를 안고 거실로 나왔다. 엄마는 웃통을 벗고 선풍기 바람을 쐬며 발톱을 깎고 있었다. 왼쪽 유방이 없는 묘한 상체. 유방이 사라져 밋밋하게 변한 자리를 보고 있으면 기이한 기분이 든다. 절개해서 들어낸 것이 아니라 안쪽에서 뭔가가 살점을 빨아먹은 것 같다. 어쩌면 심장 바로 위에 밀도 높고 단단한 둥근 근육 한 조각이 얇은 유리처럼 박혀 있을지도 모른다. 엄마는 유방 한쪽을 잘라내면서 감각과 정신의 반쪽도 잃어버린 듯하다. 헐거워진 수도꼭지에서 계속 물이 새는 것처럼 엄마의 몸 어딘가에 구멍이 뚫렸다. 그 틈새로 수치심과 부끄러움이 줄줄 새어나가고 있다. 엄마는 갈수록 이상하게 변해갔다. 하고 싶은 것은 다 해야 하고 하기 싫은 것은 절대 하지 않는다. 할말 안 할말 구분하지 못하고 행동에 있어 망설임이 없다. 엄마는 끊임없이 이웃들과 다투고 갈등을 일으켰다. 윗집 아주머니와 층계참에 서서 계단 청소 때문에 싸웠고 아랫집 남자와는 층간소음 문제로 싸웠다. 엄마는 늘 이긴다. 정상적인 사람이라면 무조건 소리 지르고 우기는 사람을 이길 수는 없는 법이다. 마음껏 퍼붓고 들어온 엄마의 얼굴은 표독스럽다. 눈동자에는 불꽃이 이글거리고 있다. 그렇게 예민하고 섬세하고 소심했던 엄마가 이렇게 변하다니 믿을 수가 없다. 나는 일부러 비난하는 듯한 목소리로 말했다.

기저귀 안 갈았어? 무겁잖아.

밭에 다녀왔다.

엄마는 발로 호박 네 개와 상추가 담긴 비닐봉지를 한번 툭 쳤다.

그거 먹을 사람 없으니까 그만 따오고 애 좀 봐.

썩게 두냐 그럼.

엄마는 발톱을 엄지손가락으로 두어 번 꾹꾹 눌러 베란다에 집어 던지고 내 품에 안겨 버둥거리는 재인의 머리를 쓰다듬으며 불쌍한 것, 이라며 중얼거렸다. 그리고 긴 숨을 세 번 내쉬고 안방으로 들어갔다. 엄마는 기분이 왔다갔다한다. 기분이 반대쪽으로 돌아가면 매일 운다. 재인을 안고 온종일 우는 소리를 한다. 과거에 일어났던 일들을 대단한 사건이라도 되는 듯 변사처럼 이야기하고 서럽고 화났던 경험을 지금 겪고 있는 듯 생생하게 말한다. 그러다 갑자기 소리를 지르며 울어댄다. 그럴 땐 답이 없다. 그쪽보단 차라리 냉랭하고 공격적인 이쪽이 낫다.

거실에 서서 창밖을 바라봤다. 군용 헬기가 공중을 선회하고 있다. 오후 두시에서 네시 사이, 공수부대에서 낙하훈련을 한다. 한참 뒤 낙하산 열 개가 순서대로 떨어졌다. 일정한 간격으로 하나씩 떨어지는 둥근 점들을 바라보면서 말했다.

낙하산이야. 낙하산.

우유를 먹고 잠든 아이는 내 어깨에 뺨을 대고 코를 골았다.

똥, 똥, 똥, 떨어지네.

나는 혼잣말을 하듯 중얼거렸다. 그것은 이 집에서 볼 수 있는 유일한 근사한 풍경이다. 내가 시를 쓰는 사람이었다면 저것에 대해 뭐든 썼을 것이다. 시선을 내리고 밑을 바라보다 나도 모르게 한 걸음 뒤로 물러섰다. 202호 여자가 있었다. 그녀는 버려진 의자 중 하나에 앉아 태양을 마주하고 앉아 있었다. 햇빛에 빨강머리가 밝은 분홍색으로 보인다. 주근깨 가득한 얼굴로 태양을 쳐다보고 있으면서 찡그리지도 않는다. 나는 아래에선 위를 볼 수 없지만 위에서는 아래를 볼 수 있는 곳에 서서 그녀를 찬찬히 관찰했다. 답답하고 마음이 가라앉는다. 잠에서 깬 아이가 그녀를 발견하고 몸을 꼬며 보채기 시작했다. 밖에 나가고 싶은 것이다. 나는 아이의 등을 두드리며 앉았다 일어섰다 하며 아이를 달랬다. 그녀는 여느 때처럼 오랫동안 멍하니 앉아 있다가 담배 한 대 피우고 가글을 한 뒤 제자리뛰기를 다섯 번 정도 하고 집으로 올라갔다. 그녀는 외국인이다. 엄마는 다른 사람하고는 다 싸워도 옆집 여자에게는 순했다.

마디나야.

마리나?

리가 아니고 디. 마디나. 우즈베키스탄에서 시집왔단다.

엄마는 그녀가 불쌍하다는 듯 한숨을 길게 내쉬며 말을 덧붙였다.

얼마나 힘들겠니?

엄마는 그녀의 처지와 자신이 첩으로 지냈던 서러웠던 경험 사이에 뭔가 공통점을 발견한 것 같다. 엄마는 옆집 여자에게 잘해준다. 호박이나 고추 같은 것을 주고 계단에서 마주치면 괜히 오버하며 인사를 하며 살갑게 대하고 친한 척을 했다. 애들을 보면 호들갑을 떨며 예쁘다고 했다. 그 말은 맞다. 202호 아이들은 예쁘게 생겼다. 태호는 다섯 살 남자아이고 미지는 세 살 여자아이이다. 국적이 다른 두 피가 섞여 만든 오묘한 이목구비. 특히 눈이 크고 깊다. 그 눈을 한참 본 적이 있는데 기분이 이상했다. 어딘지 모르게 비현실적이었다.

3

분유를 타고 소화를 시키고 기저귀를 갈고 이틀에 한 번은 목욕시킨다. 동화책을 몇 권 읽어주고 집 주위를 돌며 산책한다. 이 패턴이 날마다 반복된다. 이것들 중 익숙해지는 것은 하나도 없다. 이 반복은 나를 지치게 한다. 멍청한 육아 기계의 단순하고 무식한 기관처럼 나는 계속 기계적으로 움직이기만 한다. 하루에도 몇 번씩 마음이 돌덩이처럼 굳어지고 짜증은 실금처럼 근육 곳곳에 퍼져나갔다. 아이가 새벽에 깨어 울어댈 때, 나는 그 이유를 알 수 없고 울음을 그치게 할 수도 없을 때, 너무 졸려 미칠 것 같은데 아이는 발악을 하고 눈물과 침과 콧물을 흘리며 발버둥칠 때, 나는 어두운 충동을 느꼈다. 손하나에 가볍게 쥐여지는 작고 말랑말랑한 머리통을 꽉 움켜쥐고 싶은 마음이 손끝을 저리게 한다. 아무리 소리를 질러도 안방에서 잠든 엄마는 깨지 않았다. 울음소리가 들리지 않는 척 이불을 둘러쓰고 밤새 아이를 방치도 해봤지만 딱딱하게 굳은 기저귀에 엉덩이가 붉게 짓무른 모습을 보면 이기기 힘든 어떤 감정에 휩싸였다. 나 자신이 아주 몹쓸 인간이라는 생각이 드는데 그건 정말 더러운 기분이었다. 그런 상상을 했다는 것 때문에 죄책감과 공포심이 생겼다. 잠깐이라도 한 순간이라도 미칠까봐 두려웠다. 그때마다 분노의 칼끝을 누나에게 돌렸다. 우회전으로 들어온 트럭에 치였다. 횡단보도였고 초록색 신호였다. 명백한 운전자 과실이다. 하지만 트럭기사는 우회전할 때 누나와 눈이 마주쳤다고 했다. 신호가 바뀐 직후였고 브레이크를 밟으면 횡단보도 전체를 침범할 상황이었다. 증명할 순 없지만 누나는 분명히 멈출 것 같은 얼굴을 하고 있었다고 했다. 누나가 뛰어든 것이라고 했다. 심지어 숨을 몰아쉬고 눈을 질끈 감은 것까지 봤다고 했다. 궁지에 몰린 가해자의 말을 모두 믿을 순 없지만 나 역시 누나를 의심한다. 사고였나. 고의였나. 실은 그것은 별로 궁금하지 않다. 정말 궁금한 것은 이것이다.

다치려고 했는가. 죽으려고 했는가.

나는 그것이 덧없다는 것을 인지하면서도 하루의 많은 시간을 누나의 죽음에 대해 생각하는 데 쓴다. 사고의 장면과 누나의 이면을 오고갔을 수많은 생각을 상상한다. 그것은 내게 매우 중요하다. 만약 죽으려 했다면 누나를 용서할 수 없다. 어떻게 이렇게 무책임할 수 있단 말인가. 누나는 우울했을 것이다. 무기력했을 것이고 혹은 어떤 견딜 수 없음에 다 관두고 싶었을 수도 있다. 많은 이들이 겪는 것들이고 실제로 많은 이들이 스스로 죽는다. 하지만 그것이 나와 아이를 이토록 괴롭혀도 된단 말인가.

모두 잠든 고요한 새벽, 식탁에 앉아 글을 쓴다. 틈날 때마다 소설을 쓰고 있다. 이것을 소설이라고 할 수 있을지 잘 모르겠다. 내게 일어난 일과 내 감정에 대해 쓰지 않으니 일기라고 할 순 없지만 그렇다고 일기가 아니라고도 할 수 없다. 나는 누나의 일기를 상상하며 쓰고 있다. 처음에는 누나에 대한 분노와 무책임을 힐난하는 문장으로 노트를 가득 채웠다. 나중엔 누나가 왜 그랬을까, 어떤 기분이었고 무엇을 느꼈을까, 를 상상하며 글을 썼다. 나는 학부에선 외국어를 전공했지만 공부한 것과는 전혀 상관없는 일들을 해왔다. 최근엔 엄마의 보험금을 헐어 쓰며 일을 하지 않고 소설을 썼다. 공모전에 몇 번 투고했지만 연락 온 적은 없다. 곧 누나의 보험금도 나올 테니 당분간은 그럭저럭 살 수 있을 것 같다. 한심한 일이지만 지금의 나로선 이렇게 사는 것 외에는 달리 살 방법도 능력도 없다. 누나의 마지막날에 대해 묘사하려 한다. 나는 누나를 상상한다. 누나의 시선과 감정, 기분을 옮겨오려고 애를 쓴다. 재인을 오랫동안 쳐다봤을 것이고 아무렇지도 않게 집에서 정상적으로 행동했을 것이다. 가벼운 복장으로 길을 걸었을 것이고 횡단보도에 서서 많은 생각을 했을 것이다. 정면을 응시하며 일상을 사는 이들의 지루한 표정과 마주했을 것이고 몇 번이나 왼쪽을 쳐다봤을 것이다. 트럭을 발견했을 때 어떤 기분이었을까. 손바닥에 열이 나고 손끝이 저렸다. 나는 싱크대 수도꼭지를 틀고 쏟아지는 찬물에 손을 댔다. 손 두 개가 물속에서도 꺼지지 않는 붉은 숯불처럼 뜨겁다. 내 것이 아닌 것 같다.

오래전 누나는 나를 방해했다. 열차가 플랫폼에 들어왔을 때 난 어떤 충동을 느꼈는데 그 순간 누나가 내 목을 팔로 감싸안았다. 형이 남동생에게 장난을 치며 껴안는 것처럼 그렇게 했다. 그런 식의 스킨

십은 우리 사이에 없던 일이었다. 아버지를 만나고 온 길이었다. 처음 봤고 그것이 마지막이었다. 그는 사경을 헤매고 있었다. 우리를 꼭 한 번 만나고 싶다고 했다. 그 거지 같은 인간은 죽기 전에 아쉬웠던 것을 다 해결하고 갈 생각이었다. 기차를 타고 남쪽의 작은 도시로 내려갔다. 엄마는 양손에 하나씩 누나와 나를 붙잡았다. 엄마의 손은 땀이 나서 축축했지만 빼지 않았다. 그는 뼈와 가죽만 남은 앙상한 몸으로 침대에 누워 사지를 가늘게 떨고 있었다. 백내장 낀 두 개의 눈동자가 나를 쳐다보는데 소름이 돋았다. 나와 누나는 그곳에서 이상한 용서를 강요받았다. 엄마는 그를 아빠라고 부르라고 했다. 편히 가실 수 있도록 도와주라고 했다. 누나와 나는 엄마의 말대로 했다. 아버지를 위해서가 아니라 엄마를 위해서였다. 엄마는 금방이라도 쓰러질 것처럼 위태로워 보였다. 돌아오는 길에 나는 혼란스러운 감정을 느꼈다. 분노, 무력, 비참, 짜증, 치욕, 환멸이 마음속에서 혼잡하게 뒤섞였다. 토할 것 같았다. 호흡을 빨리해도 계속 숨이 찼다. 나는 안다. 그날 누나도 나와 같은 것을 느꼈을 것이다. 누나의 피에도 내 것과 같은 것이 흘렀을 것이다. 뭐라도 하지 않으면 심장이 깨질 것 같았다. 그때 기차가 플랫폼에 들어왔다. 죽고 싶다는 생각 같은 것은 없었다. 그냥 생각을 관두고 싶었고 강한 타격에 번거로운 몸뚱이가 분쇄됐으면 좋겠다는 생각이 들었다. 하지만 그 순간 누나는 내 목을 감싸안았다. 마치 발목에 족쇄를 채우듯 철컥 소리를 내며 나는 그 자리에서 움직일 수가 없었다. 정신을 차리고 보니 기차가 빠르게 내 앞을 지나가고 있었다. 기차에서 바람이 불었고 발밑에서 땅이 흔들리는 강한 진동이 느껴졌다. 살아 있다는 감각이 너무 강력해서 하마터면 울 뻔했었다. 그래놓고 누나는 혼자 죽어버렸다. 플랫폼에 선 누나와 나, 벤치에 앉아 바닥을 내려보고 있는 엄마, 레일 끝에서 달려오는 기차. 해가 지는 어슴푸레한 사방과 어두워지는 사물들. 어둡고 뜨거운 무엇인가가 혈관을 타고 온몸에 퍼지려 했다. 불길한 조짐이었다. 노트를 덮었다.

4

거실에 누워 저무는 태양을 바라보고 있는데 옆집에서 어떤 소리가 들렸다. 우는가. 웃는가. 나는 벽에 기대서서 귀를 기울였다. 누군가 노래하고 있었다. 낮고 굵은 중성적인 여자의 음성. 러시아어인가. 우즈베크어인가. 두 언어는 내게 거의 비슷하게 들렸다. 노래는 혁명가 같았고 어떻게 들으면 멜로디와 가사가 반복되는 주문 같았으며 나이 든 노인이 낭송하는 시처럼도 들렸다. 나는 벽에 귀를 대고 한 단어라도 건져보려고 애를 썼다. 들리는 대로 종이에 받아 적고 몇몇 단어를 물끄러미 쳐다봤다. 모두 모르는 단어다. 받아 적은 것이 정확한 단어인지도 확신할 수 없다. 나는 종이를 손에 쥐고 어두워지는 거실 중앙에 서서 십 분 정도 노래를 들었다.

바깥에서 노는 소리가 들린다. 202호의 아이들이다. 이 아이들은 서로 대화도 하고 자전거도 타고 비눗방울도 직접 불 줄 안다. 재인은 저들을 동경하는 눈치다. 그들의 소리가 들리면 흥분한다. 같이 어울리고 싶어서 우어우어 소리를 질러댄다. 막상 만나면 다가가지도 못하고 소심하게 쳐다보기만 할 텐데. 나는 재인의 그런 모습을 보는 게 불편하다. 형제를 갖고 싶은 바람, 놀이에 대한 갈망, 이런 것들은 내 능력 밖의 일이다. 그 순간 마디나와 눈이 마주쳤다. 그녀는 환하게 웃으며 재인의 이름을 부르고 밑으로 내려오라고 손짓을 했다. 뒤에서 마늘을 까던 엄마가 신경질적으로 말했다.

애 심심해하니까 내려갔다 와.

나는 짜증이 나서 엄마가 데리고 나가라고 말하려 했지만 엄마의 더러운 손을 보고 더는 말하지 않았다. 밭에 나갔다 온 흙 묻은 손으로 마늘을 까고 있었다. 엄마는 아무리 손을 씻으라 해도 씻지 않는다. 흙은 더러운 게 아니라며 허벅지에 몇 번 털고 만다. 저 손으로 아이를 만지고 기저귀를 갈게 하느니 차라리 내가 하는 게 낫다. 나는 일부러 까놓은 마늘을 발로 밟고 거실을 가로질러갔다. 엄마가 빽 소리를 질렀다.

저 쌍놈의 새끼가.

태호와 미지 사이에 있는 재인의 얼굴이 환하다. 평소엔 거의 보지 못한 표정이다. 재인이 마디나를 향해 손을 내밀었다. 그녀는 내게서 자연스럽게 재인을 넘겨받고 품에 꼭 안는다. 재인은 크고 부드러운 가슴에 볼을 대고 가만히 눈을 감고 있다. 전에도 그랬었다. 처음 마디나의 품에 안겼을 때 내게 오지 않으려 했다. 집에 들어와서도 계속 울었다. 엄마가 필요해 보였고 외로워 보였고 불쌍해 보였다. 내가 이렇게 잘해주는데, 노력하는데, 짜증을 견디고 애를 쓰는데, 네가 왜 불쌍해. 화가 났다. 심드렁하게 생각하려다가도 한계가 느껴졌다. 지금도 재인은 편안하고 행복한 모습으로 마디나의 품에서 안식을 누리고 있다. 그녀가 나를 보며 말했다.

걱정 마요.

나는 어색하게 웃으며 뒤로 물러선 뒤 의자에 앉았다. 우즈베키스탄에서 태어난 이 여자는 한국말을 잘한다. 어조와 말투가 약간 어색하긴 하지만 단어와 문장을 구사하는 게 아주 자연스럽다. 남의 나라에서 몇 년을 살다보면 누구라도 다른 나라 말을 저렇게 잘하게 되는 것인가. 마디나가 재인의 머리를 묶어줬다. 앞머리를 뒤로 넘겨 핀으로 꼽고 양쪽으로 묶었다. 이마가 둥글고 매끈했다. 나도 모르게 웃음이 나왔다. 나는 재인의 머리를 묶어준 적이 없다. 묶을 줄도 모르고 묶어야겠다고 생각한 적조차 없다. 옆집 남자가 주차장에 나왔다. 그는 내 쪽을 힐끗 보고 주차장에 모여 있는 이들을 곁눈으로 훑어봤다. 마디나의 품에 안긴 재인의 뺨을 손가락으로 살짝 쥐곤 혓바닥을 빠르게 움직이며 징그럽게 웃었다. 재인은 웃었으나 나는 열을 받았다. 그는 잠시 그녀와 나를 번갈아 쳐다본 뒤 어깨를 으쓱거렸다. 별것도 아닌 이 상황에 나는 왜 긴장을 느끼는가. 그는 태호와 미지의 머리를 두어 번 쓰다듬고 차의 보닛을 열었다. 그는 화물차를 운전한다. 억센 어깨와 짧은 목을 갖고 있고 턱과 뺨에는 정돈되지 않은 수염을 기르고 있다. 집에 있을 때 그는 정비만 하는 사람이다. 항상 뭔가를 고치거나 수리한다. 멀쩡해 보이는 차의 내부를 렌치로 조이고 풀기를 반복한다. 고장난 전기제품들, 이를테면 전자레인지나 오디오 같은 것을 주워와 수리한다. 조명 기구나 심지어 프레임이 구부러진 자전거까지 고친다. 그는 늘 주차장에 자신의 공구함을 늘어놓고 오후 내내 뭔가를 만지고 있다. 그렇게 고친 물건은 필요한 사람을 위해 현관 앞이나 길거리에 그냥 놓아둔다. 그의 취미는 주차장에 난 균열을 들여다보는 것이다. 주먹을 넣었다 뺐다 하면서 크기를 측량하고 종종 걱정스러운 눈으로 팔짱을 끼고 서서 틈새와 건물의 균열을 보고 있다. 남자가 차를 수리하자 주차장의 공기가 묘하게 가라앉는다. 뛰어다니던 아이들이 걸어다니고 큰 소리를 내지 않는다. 나는 마디나에게서 재인을 받아들고 집으로 올라갔다. 그리고 생각했다. 이제 가급적 그녀와 마주치지 말아야겠다.

그동안 우리는 종종 마주쳤다. 주차장에서 애들과 함께 만나기도 했지만 집 근처를 산책하다 마주치기도 했다. 처음 마주쳤을 때 꽤 많은 이야기를 했다. 극심한 가뭄이었다. 비가 내리더라도 금방 그쳤고 바람 불고 어두워져도 물방울 몇 개만 떨어지고 다시 해가 났다. 주변은 바삭바삭 메말랐다. 보고만 있어도 숨이 턱턱 막히는 풍경이었다. 우리는 일정한 간격을 유지하며 천천히 걸었다. 옥수수, 가지, 호박, 고추, 토마토가 익어가는 것을 하나씩 지켜봤다. 농작물들은 생기 없이 잎을 떨구고 축 처져 있었다. 그녀가 보면 나도 그것을 보고 그녀가 다른 것에 눈을 돌리면 나도 그것에 눈을 돌렸다. 땅은 푸석푸석했고 기어나온 지렁이가 마른오징어처럼 구부러져 죽어 있었다. 새끼를 낳은 어미 개가 혀를 빼물고 누워 있고 강아지들이 어미의 몸을 밟고 부산스럽게 돌아다녔다. 들판에선 나쁜 냄새가 났다. 퇴비 냄새와 개 냄새, 밭에 버린 음식물쓰레기 썩는 냄새가 났다. 지루하고 지저분한 풍경이었지만 누군가와 함께 걸으니 나름 볼 만한 풍경처럼 느껴졌다. 나는 그녀의 티셔츠에 적힌 단어가 계속 신경쓰였다. 학부를 졸업하고 거의 팔 년 만에 만난 러시아 단어였다. 나는 그것에 대해 말할까 말까 고민하다가 그냥 입을 다물었다. 그녀는 자신에 대해 말하기 시작했는데 말할 때마다 옅은 담배 냄새가 났다. 지금 검정고시를 준비하고 있고 나중에 국문학과에 입학하는 게 꿈이라고 했다. 나는 의아한 마음에 물었다.

국문학과는 왜요?

그녀는 잠시 머뭇거리더니 작게 말했다.

한국말 더 잘하고 싶어요.

빌라 입구로 들어설 때 옆집 남자를 만났다. 남편이 있다고는 들었지만 처음 대면하는 것이었다. 남자는 손에 들고 있는 감자칩 봉투를 내밀고 먹겠느냐는 듯 쳐다봤다. 나는 고개를 젓고 사양했다. 그는 한 걸음 뒤에 서 있는 마디나를 쳐다보고 한쪽 입꼬리를 비틀어 웃었다. 그녀는 웃지 않았다. 그가 부드러운 목소리로 말했다.

집 이야기는 들었어. 어머님이 힘드시겠네.

나는 아무 말도 하지 않고 입을 꾹 다물었다. 그는 뒷머리를 검지 손가락으로 긁으며 말했다.

어려 보이는데, 애엄마 동생이지?

그가 반말을 하는 게 거슬렸다. 하지만 딱히 시비를 걸려는 의도는 없어 보였으므로 가볍게 웃으며 대꾸했다.

네.

빨리 장가가야겠네. 집에 젊은 여자가 있어야 돼. 애 키우려면.

마디나는 먼저 집으로 올라갔다. 그는 마디나가 걷는 방향으로 고개를 움직이며 말했다.

어때?

네?

내 마누라.

난 그 말의 의도를 파악하지 못했다.

아…… 좋으세요. 예쁘시네요.

그는 실실 웃으며 말했다.

그래? 예쁘면 한번 만나보던가.

난 더이상 웃지 않았다. 하지만 그는 계속 웃으며 말을 이었다.

그런데, 만나는 것은 상관없는데, 나한테는 알려야 돼.

갑자기 불쾌해졌고 마음을 숨길 수 없어 정색했다.

농이야, 농.

그는 손바닥으로 내 어깨를 툭 치더니 주차장에 금이 가 갈라진 틈새를 손가락으로 가리켰다. 그리고 장난기가 가신 얼굴로 말했다.

작년보다 이만큼 더 벌어졌어.

남자는 검지와 엄지를 쫙 벌렸다. 그는 틈새 사이로 빗물을 받는 슬레이트를 집어넣으면서 말했다.

곧 장마가 올 텐데. 걱정이야. 여기에 물이 차면 큰일난다고, 큰일. 무너져. 물 차서 속이 쓸리면 그냥 끝나는 거야, 다.

틈새를 가리키던 그의 손가락은 서서히 건물을 타고 올라가 갈라진 외벽을 향했다. 나는 그의 손가락을 따라 시선을 옮기며 금의 진행 방향을 쳐다봤다. 그렇게 들으니 정말 심각해 보였다. 그는 공중에서 딱

소리나게 손가락을 부딪치며 말했다.

결혼은 별거 없어. 말이 통해야 돼. 알아? 말이 통해야 한다고.

그는 공구상자를 들고 집으로 올라갔고 나는 의자에 앉아 한참 동안 건물을 바라봤다. 아주 미세하게 왼편으로 기울어진 것 같은 느낌이 들었다. 그 밤 샤워하다 옆집 여자를 생각했다. 느닷없이 발기했고 손으로 정액을 빼냈다. 알 수 없는 수치심과 짜증에 눈을 질끈 감았는데 어둠이 하얗게 금이 가며 찢겨졌다. 그것은 건물 외벽에 난 금이었다. 너무도 또렷하게 생각났다. 금들의 길이와 어디서 어떻게 꺾이는지도 다 그려졌다. 말이 통해야 한다는 옆집 남자의 말이 생각났고 한국말을 더 잘하고 싶다는 마디나의 말도 생각났다.

5

계단에서 남자아이가 우는 소리가 들렸다. 오후 네시 무렵이었고 나는 젖병을 씻고 있었다. 현관문을 열어보니 202호 현관문을 두드리며 태호가 울고 있었다. 문 안쪽에서는 여자아이가 우는 소리도 들렸다. 미지였다. 태호가 일층 입구에 있는 고무공을 가지러 문을 연 사이에 문이 닫혔고 자동으로 도어락이 잠긴 것이다. 미지는 버튼이 손에 닿지 않는지 할 줄 모르는지 문을 두드리고 울기만 했다. 나는 난감한 상황에 어떻게 해야 할지 몰라 태호를 달래기만 했다. 그때 엄마가 밭에서 돌아왔다. 비닐봉지 속에는 상추와 가지가 들어 있었다. 엄마는 흙 묻은 손으로 대뜸 태호의 손을 잡고 집으로 데리고 들어갔다.

엄마는 화장지를 뜯어 눈물을 닦아주고 과자와 요구르트를 태호의 손에 쥐여줬다. 요구르트에 빨대를 꽂아넣자마자 거짓말처럼 태호는 울음을 뚝 그쳤다. 엄마는 말했다.

애가 울면 일단 먹을 것을 주는 거야.

우유 투입구를 열어 미지에게도 과자와 요구르트를 줬다. 나는 바닥에 쭈그리고 앉아 우유 투입구에 얼굴을 대고 계속 말했다.

금방 문 열어줄 테니까 요구르트 먹고 있어.

미지는 처음엔 계속 울기만 하더니 과자를 들고 거실로 돌아갔다. 티브이 소리가 들리는 것을 보니 만화를 보는 모양이었다. 잠에서 깬 재인은 태호를 발견하고 좋아서 소리를 질러댔다. 태호는 제법 어른스럽게 재인의 뺨을 어루만져줬다. 태호는 진정이 되었는지 이런저런 말을 하기 시작했다. 엄마는 오후에 나갔다가 해가 지기 전에 돌아온다고 했다. 일주일 중 보통 이삼 일은 밖에 나간다고 했다. 태호는 큰 눈을 껌벅이며 묻지도 않았는데 집안 이야기를 여과 없이 막 해댔다. 어떤 것은 듣기에 불편했고 민망한 것들도 있었으며 어떤 이야기는 매우 가슴이 아팠다. 그애는 그것이 무슨 뜻인지 어떤 상황인지 전혀 인지하지 못한 채 집에서 있었던 일을 아무렇지도 않게 상세히 말했다. 나는 옆집 남자가 그러는 것처럼 태호의 머리를 헝클어뜨리며 쓰다듬고 어깨를 어루만졌다. 다섯 살 남자아이의 골격이 제법 튼실하고 묵직했다. 나중에 재인의 몸도 이렇게 크겠지. 말도 하고 대화도 하겠지. 재인은 남에게 나와 엄마의 이야기를 어떻게 할까. 태호의 말대로 마디나는 해가 질 무렵 돌아왔다. 당황한 얼굴로 집에 들어오더니 다급히 태호를 껴안았다. 그리고 엄마와 내게 고개를 숙이며 죄송해요, 미안해요, 라는 말을 계속 했다. 그녀는 머리를 풀었고 평소에는 본 적 없는 화려하고 예쁜 옷을 입었다. 비즈가 달린 귀걸이를 했고 색조화장도 했다. 정말 외국인 같았다. 그게 낯설고 어색했다. 마디나가 태호를 데리고 나가자마자 엄마는 혀를 차며 말했다.

불쌍하다. 불쌍해.

뭐가 불쌍해.

남편이 지랄 맞잖아. 지 아내 팔아먹고 사는 새끼가 사람 새끼야. 여자는 별거 없다. 남자 잘못 만나면 망하는 거야.

아이가 일찍 잠들었다. 나는 식탁에 앉아 글을 쓰다 말고 노트를 덮고 안방으로 들어갔다. 엄마는 드라마를 보며 빨래를 개고 있었다. 나는 리모컨으로 티브이를 껐다. 엄마는 고개를 홱 돌려 나를 노려봤다.

뭐야?

엄마, 얘기 좀 해.

무슨 얘기. 빨리 켜.

누나한테 무슨 일 있었어?

무슨 소리야.

누나 왜 죽었냐고. 애는 누구 애고 누나는 대체 왜 그런 거야?

교통사고 났잖아. 재수가 없었던 거지. 어쩌겠어. 그런 걸. 우리가.

엄마는 말끝을 흐리며 빨래를 갰다. 나는 문턱을 밟고 서서 엄마가 말을 할 때까지 기다렸다. 엄마는 중얼거렸다.

그걸 내가 어찌 아냐. 옛날부터 네 누나 속을 아는 게 내 원이었다. 모르겠다. 내가 매일 그것만 생각한다. 네 누나가 왜 그렇게 됐을까

하고. 내가 그렇게 만든 것 같기도 하고.

우리는 한참 아무 말도 하지 않고 가만히 있었다. 밤인데도 매미가 울었다. 엄마와 나 사이에 놓인 투명한 벽에 쩡쩡 금이 가는 기분이었다. 나는 말했다.

애는 어떻게 할 거야. 엄마가 키운다며. 엄마 지금 정상 아닌 거 알지? 내가 언제까지 이렇게 지낼 수 있을 것 같아? 뭔가 대책을 세워야 할 것 아냐.

어쩌겠냐. 그래도 키워야지.

그러니까 누가 키우냐고!

나는 화가 나 주먹으로 방문을 때렸다. 퍽 소리가 났고 나무로 된 문이 부서졌다. 나는 거실로 나가 거실에 어질러져 있는 장난감과 물티슈와 기저귀를 하나씩 발로 걷어찼다. 집안에 있는 모든 물건들과 공기를 떠다니는 냄새가 다 역겹게 느껴졌다. 나는 밖으로 뛰쳐나갔다.

밤길을 걸었다. 가로등도 없는 사방은 한 치 앞도 보이지 않았다. 장님처럼 두 손을 앞으로 내밀어 휘젓고 발끝으로 돌멩이를 톡톡 차며 무작정 앞으로 걸어갔다. 이름 모를 풀과 나뭇가지가 발목과 팔뚝에 휘감겼다. 더는 할 수 없다. 내일 이 집을 나갈 것이다. 누구 새낀지도 모르는 애를 내가 어떻게 키우나. 돌보는 것도 한계가 있다. 애에게는 젖가슴이 있는 엄마가 필요하고 머리를 묶어줄 사람이 필요하다. 만약 이대로 하루하루 지난다면 나는 자연스럽게 이애를 내 애로 키워야 할 것이다. 하지만 나는 이 아이에 대해 아무것도 모른다. 아버지가 누구인지, 아버지와 어머니 사이에 어떤 일이 있었는지, 이름은 왜 재인인지. 무슨 뜻으로, 무슨 의미로, 무슨 마음으로 그렇게 지었는지. 그 이름을 지을 때 상상했던 미래는 어떤 것이었는지 모른다. 나중에 자신의 근원에 대해 물어보면 어떻게 설명해야 할까. 왜 내가 자기를 키우고 있느냐고 물어보면 뭐라고 대답해야 할까. 모른다, 해야 하는 걸까. 아니면 그럴듯한 과거와 이야기를 만들어줘야 하는 걸까. 나는 그저 똥기저귀나 치우고 분유나 타다가 나중에 좋은 아빠가 되지 못했던 것에 대해 아이에게 죄책감을 갖게 되겠지. 다 큰 아이는 내게 증오심을 품고 나를 미워할 것이다. 나는 가망 없는 일에 매달리고 있는 것이다. 나는 모른다. 이제 한계에 이르렀다. 키우다보면 애정이 생길 줄 알았다. 사랑이 생길 줄 알았다. 분명 정은 생겼다. 예쁠 때도 있고 귀여울 때도 있다. 하지만 불쑥 분노가 치솟곤 한다. 기저귀를 갈다 손가락에 똥이 묻거나 어깨 위에 토한 분유가 역겨운 냄새를 풍길 때 나는 생각한다. 이애가 내 애가 아니어서 이런 기분이 드는 건가. 내 애라면 다른 마음이 생기는 것인가. 정말 친부모는 이런 과정들이 순조로울까. 나중에 이런 일이 얼마나 많아질까. 나는 언제까지 이것을 견딜 수 있을까. 언제까지 이렇게 살 수 있을까. 참을 수 있을까. 그저 물티슈로 손가락을 감싸고 닦아내듯 그렇게 넘길 수 있는 걸까. 나는 적막한 산과 깜깜한 어둠을 향해 소리를 질렀다. 개들이 짖었고 놀란 밤새가 하늘로 날아갔다.

집에 들어오니 거실에서 마디나가 재인를 안고 있었다. 마디나는 손가락을 입술에 대고 조용히 하라는 신호를 보냈다. 엄마는 거실에서 엎드려 잠들어 있었다. 마디나는 엄마 옆에 재인을 눕혔다. 나는 민망한 마음에 무슨 말을 해야 할지 몰랐다. 마디나는 재인의 이마에 붙은 머리카락을 귀 뒤로 넘기고 손바닥을 펴 흔들며 바람을 일으켰다. 애가 너무 울기에 무슨 일 있나 해서 와봤다고 했다. 할머니가 아무리 안고 달래도 울음을 그치지 않았다고 했다. 나는 조심스럽게 물었다.

태호 아빠는요.

일 나가요. 밤에 물건 받아야 해요.

그제야 나는 마디나의 얼굴을 찬찬히 볼 수 있었다. 오후와는 다른 모습이었다. 평소와 똑같았다. 머리를 묶었고 러시아 단어가 적힌 티를 입고 있었다. 마디나는 자연스럽게 식탁 의자에 앉았다. 그녀는 한쪽 손으로 턱을 괴고 거실을 바라보다 오랫동안 재인을 응시했다.

재인은 맑은 사람이래요. 재인 엄마가 그랬어요. 이름이 예뻐요. 태호는 커다란 호랑이에요. 난 태호가 커다란 호랑이 되는 거 싫어요.

마디나는 허공을 바라보며 말을 이었다.

재인 엄마. 미안해요. 슬퍼요. 생각을 하면 더 슬퍼요. 재인을 볼 때마다 계속 슬퍼요. 좋은 사람이었는데 죽어서 이상해요.

누나와 친했나요?

많이 도와줬어요. 동사무소 가주고. 세금 내주고. 착한 사람인데. 왜 죽었는지.

나는 잠시 착한 사람이 죽어서는 안 되는 이유가 무엇일지 생각했다. 둘 사이에 긴 정적이 흘렀다. 그녀는 장례식장에서 누나의 사진을 바라보는 것처럼 거실의 어둠을 오랫동안 바라봤다. 나는 물었다.

옆집에서 가끔 노래 부르는 소리가 들려요.

그녀는 눈을 동그랗게 뜨고 입을 가리며 놀란 목소리로 말했다.

소리가 컸나요? 미안해요.

아니에요. 듣기 좋아요. 그냥 노래가 무슨 내용인지 궁금해요. 특히 중간에 반복되는 후렴 부분이요.

나는 생각나는 대로 발음하면서 멜로디를 흥얼거렸다. 그녀는 눈을 가늘게 뜨고 내 입을 응시하다가 몇 군데를 고쳐서 짧게 노래를 불러줬다.

이거요?

네, 그거요.

그녀는 눈을 내리깔고 미간을 좁히고 생각에 잠겼다. 그리고 더듬더듬 말했다.

> 파란 하늘에 새가 날아가면
> 새들에게 물어보는 사람이 있네.
> 나쁜 이는 누구인가. 좋은 이는 누구인가.
> 모두에게 좋은 일이 있길 바라요.

그녀는 한국말로 말하고 한참 뒤 자신의 모국어로 조용히 낭송했다.

나는 '새들에게 물어보는 사람이 있네'라는 부분을 작게 따라했다.

마르쉬.

네?

나는 손가락으로 마디나의 티셔츠를 가리켰다.

그녀는 아, 소리를 내며 자신의 티셔츠를 마치 처음 보는 것처럼 바라봤다. 그녀는 좀더 분명하고 센 발음으로 다시 말했다.

마르쉬. 좋아하는 단어예요.

어떻게 알아요? 한국말로 무슨 뜻이지요?

행진. 대학교 때 러시아어를 조금 공부했었어요.

그녀는 다시 한번 티셔츠를 쳐다보고 나지막한 목소리로 행진, 이라고 중얼거렸다.

그 밤은 잠이 안 왔다. 재인도 엄마도 곤히 자는데 나는 어두운 거실을 계속 서성였다. 옆집에서 무슨 소리라도 나길 바랐지만 빈집처럼 고요했다. 잠든 재인은 예뻤다. 자는 모습을 보고 있으면 남은 시간이 막막했고 견딜 수 없이 미안했다. 엄마는 죽은 사람 같았다. 혼이 나간 듯 얼굴엔 아무 표정도 없었다. 지독한 피로만 그림자처럼 얼굴을 덮고 있었다. 가끔 자는 동안 감당할 수 없는 재앙 같은 게 일어났으면 좋겠다고 생각한다. 자는 동안 우리 모두 죽어버렸으면 좋겠다. 죽는구나, 인식도 없이. 아프구나, 느낌도 없이. 갑자기 전구에 불이 나가듯 삶이 단번에 소멸되길 바랐다. 지진에 땅이 갈라지고 쪼개진 틈으로 주택 전체가 삼켜지는 것도 좋겠다. 뒷산이 무너져 흔적도 없이 건물이 흙더미에 깔리는 것도 좋겠다. 남겨진 이들이 없이, 죽은 자에 대해 생각할 자들이 없이. 모두 죽어 깨끗하게 사라지면 좋겠다. 하지만 끔찍한 상상이 뒤따랐다. 나만 죽고 엄마와 재인만 남게 된다면, 혹은 엄마와 내가 죽고 재인만 남게 된다면. 나는 고개를 가로젓고 재인의 옆에 누웠다. 피곤했다.

6

비가 내리기 시작했다. 기상청에서는 대형 태풍을 예보했고 이 지역이 태풍의 직접적인 영향권 안에 들어갈 것이라고 했다. 빗줄기는 약했지만 바람이 심하게 불었다. 작은 나무가 빨대처럼 날아다녔고 흙먼지가 일고 쓰레기들이 낙엽처럼 공중에 빙빙 돌았다. 비닐하우스는 철근이 휘어져 한쪽이 찌그러졌고 어떤 차에서는 계속 오작동된 경고음이 울려댔다. 나는 창가에 서서 불길한 눈으로 바깥을 바라봤다. 먹구름이 먼바다에서 밀려오는 파도처럼 빠르게 이쪽으로 다가오고 있었다. 선명하고 날카로운 번개가 지면에 내리꽂혔고 일이 초 뒤에 귀가 얼얼할 정도로 큰 천둥이 울렸다. 러닝셔츠만 입은 옆집 남자가 주차장으로 뛰어나왔다. 그는 주차장 구멍에 달라붙어 망가진 배수로를 고정시키려 애를 썼다. 다급한 얼굴로 자꾸만 하늘을 올려다봤다. 마늘을 까던 엄마가 말했다.

준아, 몇 년이 지났냐?

뭐가?

나 가슴 수술한지.

글쎄, 한 사 년쯤 된 거 같은데.

음……

엄마는 묘한 표정을 지으며 남아 있는 오른쪽 유방을 손가락으로 꾹꾹 눌렀다. 누를 때마다 인상을 찌푸리며 눈을 움찔 움직였다. 그리고 말했다.

뭐가 잡히네. 아프고 이상하네. 비가 와서 그런가.

나는 엄마를 바라봤다. 엄마도 나를 바라봤다. 엄마는 허탈하게 웃었고 나는 웃을 수 없었다. 그때 비가 내리기 시작했다. 앞이 보이지 않을 정도로 폭우였다. 나는 창문을 열고 고개를 빼고 주차장을 내려봤다. 옆집 남자가 비를 맞고 웅크리고 있었다. 나는 큰 소리로 아저씨, 아저씨, 하고 불렀다. 아무 소리도 들리지 않았다. 빗소리가 모든 소리를 삼켜버렸다. 그 순간 왼쪽으로 고개를 돌려 옆을 보니 마디나의 얼굴이 보였다. 마디나도 주차장을 바라보고 소리를 지르고 있었고 나를 보면서도 무슨 말을 했다. 아무것도 들리지 않았다. 천둥소리에 놀라 잠에서 깬 재인의 울음소리만 등뒤에서 들릴 뿐이었다.

해설

닮은 삶의 냄새로 말하다

김나영(문학평론가)

죄와 죄의식과

소설에 과연 구구절절한 해설이 필요한가 싶기도 하다. 무슨 말을 덧붙이는 것이 주어진 이야기를 읽는 데에 도움이 될 수 있을까. 작품 자체로 완벽한 이야기를 전달할 수 있거나 하나의 이야기가 모든 독자에게 공평하게 이해가 되는 경우는 거의 없다. 하지만 그것이 작품에 대한 객관적이고 공정한 관점을 유지하는 동시에, 주관적이고 편견을 드러내는 해설이 필요하다는 데에 전적인 근거가 될 수도 없다. 정용준의 소설을 읽고 나면 절로 이런 생각이 든다. 소설에 대한 어떤 말을 덧붙이는 게 사족처럼 여겨진다는 말이다. 이 말이 소설에 덧붙어서 누군가의 호의를 유발하거나 흥미를 자극할 수 있을지를 스스로 의심하게 된다는 말이다. 그런 점에서 정용준의 소설은 좀 유별난 데가 있다. 백 년 동안 거듭되며 다르게 읽히는 한 편의 시처럼, 그의 소설 역시 요약이 가능한 줄거리 이외의 사건과 인물과 배경을 독자가 스스로 그려볼 만한 시간적 여유와 감정적 배려가 있어야만 충분히 읽을 수 있는 이야기다. 이렇게도 말해볼 수 있겠다. 정용준의 소설을 아우르는 단 한 명의 화자를 떠올린다면, 그의 이미지는 재기발랄한 입담을 가진 이야기꾼의 그것과는 상반된다. 그는 마치 하루종일 한 자리에 앉아서 눈앞의 풍경을 공들여 그리고 한 폭의 그림을 한 계절이 지나서야 완성하는 거리의 화가처럼, 거의 침묵하듯이, 느리지만 신중하게 말하는 자이다. 그런 그의 이야기는 당장은 무엇을 말하는지, 왜 말하는지 모르게, 하지만 이야기가 다 끝난 후에 그 이야기를 이루고 있던 사소한 문장들이 낙수처럼 나에게 떨어져내리고 있었다는 것을 마침내 알아차리게 한다. 그런 그의 이야기를 듣고 나면 몸이든 마음이든 나를 둘러싸고 있는 세계든, 어딘지 모르게 조금은 변한 듯한 기분에 휩싸이게 된다.

누구도 풀지 못한 문제

사실 이 소설집에 실린 몇 편의 단편들은 드러내놓고 어떤 종류의 불편함을 조성한다. 가령 아버지라는 이름만으로, 훈육을 빙자하여, 아들을 때리는 장면이 그렇다. 우리가 그 장면 앞에서 말할 수 없이 불편한 감정을 갖게 되는 것은 단순히 아비가 자식을, 강한 자가 약한 자를, 설사 합당한 근거가 있다 해도 부당하다 할 만큼 무자비하게 때리기 때문만은 아니다. 인간이 인간을 때리고 맞는 관계를 묘사하는 장면에서 흔히, 그리고 무심하게 떠올리게 되는 말, 그 순수한 자신의 말 앞에서 우리는 참혹해진다. 일방적이고 몰이해적인 폭력이 난무하는 장면에서 흔히 우리는 너무도 쉽게 '개 패듯 하다'는 말을 떠올리지 않았나. 하지만 어떤 폭력은 개를 사육하는 농장에서 벌어지고, 우리가 바라보는 구타는 인간이 인간에게 가하는 경우와 인간이 개에게 가하는 경우로 다시 나뉜다. 두 경우를 한 자리에 불러모음으로써 작가가 명백하게 구분해놓은 그들 폭력의 양상 앞에서 인간의 언어는 너무나 빈약하고 가식적이다. 인간이 다른 인간을 때린다. 그 장면에서 우리는 폭력이 보여주는 무자비함을 인간이 개를 때리는 상황에 태연히 비유하는 염치없는 상상력, 무감하고 습관적인 말에 깃든 언어의 잔혹함을 문득 느끼게 된다. 그리고 이같은 무거운 질문들을 상기하게 된다. 인간은 인간을 개처럼 대해도 되는가. 과연 폭력으로 인한 고통에 앞에서 개와 인간이 다르다고 할 수 있는가. 도대체 인간의 인간다움은 어디에 있는가. 정용준 소설의 많은 장면들은 그런 새삼스럽고도 사소한 느낌에서 비롯하는 의심을 유발하는데, 그것은 목에 걸린 가시의 끝처럼 우리의 내면을 내내 불편하게 만든다.

이웃의 남자가 외국인 아내의 몸을 돈과 맞바꾸는 것을 알면서도, 아무것도 모르는 듯 그와 일상적인 대화를 나누고 농담을 하며 조화롭게 지내는 게 인간적인 삶일까. 이런 의문도 앞의 불편함과 다른 맥락에 놓인 게 아니다. 그런데 반대로, 우리를 불편하게 만드는 것에 대해서 즉각 반응하고, 이웃과 척을 지더라도 그 문제를 시정하기 위한 조치를 강력하게 요구하거나 몸소 행할 수 있다면 그것은 진정 인간적인 삶일까. 정용준의 소설은 이런 문제를 직접적으로 발언해서 독자를 곤란하게 만들지는 않지만, 책을 덮고 나면 왠지 풀지 못한 문제를 그 속에 남겨놓은 듯 찜찜한 기분이 들게 한다. 내가 겪는 갈등을 타인의 문제로 돌리고 그것에 대한 해소를 직접 요구하고 나서지 못하는 이유는, 인간의 내면이 그렇게 단순하지만은 않기 때문일 것이다. 그의 소설에서 모든 인물은 문면에 드러나지 않은 이전의 어떤 일들로 이미 충분히 허약하고 병들어 있다. 그것이 서로가 자신의 상처를 줄이기 위해 상대에게 칼을 겨눌 수 없는 이유다. 이 인물들은 서로를 향해 칼을 들 여력도 없거니와 그럴 이유를 스스로 찾지 못한다.

가령 혈육에 관해 생각해보자. 부모와 자식이라는 뗄 수 없는 관계는 부정 불가능하다는 그 하나의 이유만으로도 단절에 관한 욕망을 일으키며 무수한 사연의 주제가 된다. 정용준 소설의 인물들은 그 관계의 특성을 애증이라는 말로 간단히 설명할 수는 없다는 점을 보여준다. 그의 소설 속 어떤 부모와 자식도 서로를 지극히 사랑하지도, 극도로 증오하지도 않는다. 오히려 혈육을 대하는 그들의 내면은 서로에 대한 사랑이나 증오와 같은 열정적인 감정을 담아본 기억조차 없다는 듯 차갑게 그려지는 편이다. 「우리는 혈육이 아니냐」에서 '나'는 자신을 찾아온 아버지라는 인물보다 누추한 몸에서 흘러나오는 눈물에 더 격한 감정의 동요를 느낀다. 아마도 나에게 있어서 늙고 병들고 차림까지 추레한 남자가 오래전 자신의 어머니를 죽인 아버지이자 살인자라는 사실은, 굉장히 차갑고 단단한 팩트로서 긴 시간을 두고 무감하게 받아들이게 되어버린 삶의 한 부분일 것이다. 이전의 사건이 그에게 잊지 못할 상처를 주었을지라도 이제와 그의 현실은 굳은 흉터가 된 상처를 간직한 채로도 평온하게 지속되고 있다. 그런데 돌연 아버지의 눈물이라는 즉물적인 요소가 그의 삶에 스며들어 그 자신이 지속해온 삶의 형태를 어떻게든 변형시킬 수도 있다는 위기감을 초래한다. 그 불편한 예감의 순간에 그는 자신의 눈앞에 줄지어 가는, 머리가 없는 벌을 나르는 개미떼를 보고, 그 삶의 행진에 침을 뱉고자 하는 충동을 강하게 느낀다. 먹이를 실어나르는 개미떼가 보여주는 것은 단단한 콘크리트 계단 어딘가에 있을 미세한 균열이며, 그 속으로 깊이 길을 내고 만들어졌을 하나의 견고하고 거대한 세계일지도 모른다. 처음에는 스스로도 놀라울 정도로 태연했으나, 아버지로부터 쏟아져나온 눈물과 타액을 보고, 이루말할 수 없이 불안해하며 동요하는 아들의 양가적인 내면 상황을 어떻게 달리 설명할 수 있을까. 아버지가 아들에게 삶의 토대를 침범하겠다고 경고한 것도, 같이 살아달라는 애원을 한 것도 아니다. 또한 아들 스스로 과거의 불행한 사건에 대해서는 다행히도 별다른 기억이나 감정조차 없다고 자신했지 않은가. 그런 아들이 문득 느껴버린 그 이상한 불편함이야말로 궁극에서 이 소설이 말하려 했던 내용인지도 모른다. 혈육이라는 말이 주는 불편함은 정용준의 소설 속에서, 말 그대로 피와 눈물의 물질성에 기입되어 있다. 아무리 정이 없는 부자간이라지만, 혹은 잊었다고 힘주어 말하면서도 결코 잊지 못할 상처를 공유한 관계라지만 "그가 왜 나를 찾아왔을까" 하는 낯설고도 다소 냉소가 섞인 듯한 그 질문이 중요하다. 그것은 비루해 보이는 아버지의 육체가 바닥으로 떨어뜨리는 눈물과 침, 그리고 오염된 혈액를 통과해 그 자신에게로 돌아온다. 어린 자식을 두고 아내를 죽인 남자가 자신의 아버지라는 사실, 그 부정할 수 없는 사실에 대한 별다른 감정 없이 자랐다고 스스로 믿는 아들은 견고해 보였던 제 삶의 이면에 눈물과 혈액으로 한 순간 동요하게 되는 지점이 있다는 것을 실감한다. 그게 혈육의 증거일까. 끔찍하게 싫어도 혈육지간이라면 끝내 상대를 이해하고 받아들일 수밖에 없는가. 이 소설은 이런 잔인한 질문들을 우리에게 남겨둔다. 흔히 나뭇가지와 뿌리의 형상에 빗대어 그리는 가계도처럼 모든 인간의 근본적인 존재 형태에 대한 뿌리깊은 이미지를 떠올리게 하면서 말이다. 정용준의 소설에서는 개인의 삶을 편성하고 고정시켜두는 듯한 그 직선의 관계도를 지우고 다시 그린다. 혈육의 이름으로 누구도 피해갈 수 없고 누구도 확언할 수 없는 그 세계는, 견고한 삶의 지표 아래 오래도록 건설되고 있었을 출구 없는 미로 같은 개미굴의 형상을 한다. 그 세계는 또 얼마나 미지의 것인가.

손쉽게 해소될 수 없는 문제, 정화되지 못할 혈액은 「474번」에서도 반복되는 모티프다. 마치 혈육을 지닌 모두가 원죄를 짓는 일에 동참할지도 모른다고 여기게 하는 이 소설의 이야기는 일종의 운명론에 기대어 있는 것처럼 보이기도 한다. 누나라 불렸지만 실은 어머니였던 여자로부터 자신의 아버지를 궁금해했다는 이유만으로 버림을 받고, 이름도 없이 홀로 유령처럼 살아온 남자가 있다. 외부와 철저히 차단된 공간에서 온종일 누나가 돌아오기만을 기다리며 자란 남자는 제 눈앞에서 움직이는 약한 생물들을 죽여야만 하는 자신의 이상한 성미를 발견한다. 태어나 한번도 제대로 된 인간관계를 경험하지 못하도록 지독하게 고립된 환경, 다시 말해 애초부터 그에게 주어진 삶의 구조가 그를 그렇게 만들었을 수도 있다. 하지만 약속이나 한 듯이 누나와 그는 그의 태연한 살해의 동기와 실행을 애초에 타고난 운명으로, 혹은 누군가에게 물려받은 유전적인 요소로 직감한다. 그럴 줄 알았다는 것, 벌써 타고난 것이라 할 만한 그 무엇은 너무나 엄연하고, 그렇기에 해소할 수 없이 스스로 감당해야만 하는 것으로 그들에게 그저 받아들여진다. 별다른 감정이나 동기가 부여되지 않아도 누군가를 잔인하게 죽일 수 있다는 특기를 가진 그는 무수한 청부 살인을 행하고도 아무런 죄책감을 느끼지 못한다. 마침내 타의를 빌려 익명적 살인자라는 역할에서 벗어나기 위해서 그는 역시 살인의 방법을 택한다. 스스로는 중단할 수 없던 그 삶의 방식은, 한편으로는 운명이라 받아들인 이후에는 돌이킬 수 없이 그 왜곡된 믿음에만 기대어 살아온 듯 무기력해 보인다. 아무 생각 없이 오늘을 살아가는 사람이 내일을 계획하고 준비하지 않듯, 그의 살인 행위도 그렇게 지속된, 한 수동적인 삶의 방편이었을지도 모른다. 그가 보여준 것은 운명이 일종의 왜곡된 믿음이자, 열렬한 유전의 수락이라는 점이다. 그러니 우리는 그에게 이렇게 질문해볼 수 있다. 그는 과연 운명론자였을까. 아니면 단지 혈육을 그리며 찾아 헤매던 한 연약한 인간이었을까.

이쯤에서 정용준 소설에서 간과할 수 없는 한 가지, 특유의 냄새에 대해서 이야기해보자. 정용준의 소설을 따라 읽은 자라면 비릿한 냄새로 조성되는 여러 소설의 공통적인 분위기를 감지했을 것이다. 인물들의 차갑게 절제된 태도 이면에서 불현듯 슬그머니 새어나와 서서히 깃들고 퍼져, 끝내는 전부를 압도하는 어떤 비린내 말이다. 당겨 말하면 이 냄새는 눈으로는 확인하기 어려운 삶의 기미다. 이 냄새는 죽은 몸과 산 몸 사이를 흘러 그 둘을 연결하듯 꿰뚫고, 이쪽도 저쪽도 아닌 수상한 분위기를 자아내기도 한다. 또한 주지하듯이 냄새는 특정한 시간을 지시하면서 현재를 초월하게 하는 매개로도 기능한다. 어떤 과자 냄새가 순식간에 노년의 시간을 유년으로 되돌린다는 말은 비유가 아니다. 냄새는 그것을 감각하는 그 순간만큼은 기억과 인식이 작동하는 현재를 능가하는 힘을 발휘하기 때문이다. 정용준 소설의 몇몇 인물들은 냄새로써 제 안에 깃들어 있던 또다른 몸을 일깨우기도 하는데, 「474번」에서 살인자 유령은 죽음을 앞두고 제 삶 전부의 냄새로서 기억해온 삶은 게를 마침내 마주한다. 마침내 그는 단 하나의 냄새를 통해 단단해 보이던 익명의 껍데기를 깨고 제 유년의 속살을 확인하게 된 것이다. 「우리는 혈육이 아니냐」에서 아버지를 만난 나는 그동안 다른 사람들에게 만들어주기만 했던 삶은 계란의 둥근 속살을 비로소 베어 문다. 비가 오면 더 짙어지는 냄새, 철장에 갇힌 개들이 내뿜는 비린 체취와 도축당한 개의 몸에서 쏟아져나온 피와 내장의 역한 비린내는 또 어떤가.

「개들」은 “털이 젖어 몸피가 다 드러난 작은 개 한 마리가 농장에 들어왔다”는 문장으로 시작된다. 이 작은 개의 모습을 누군가의 뇌리에 남기는 것만으로도 한 편의 소설은 어떤 이야기 이상의 역할을 한다. 한때 누군가의 애완견으로, 가족의 일부를 이루며 사랑을 주고받았던 존재는 유기견이 되어 길을 헤매다 결국 도축장이나 다름없는 농장에 제 발로 들어온다. 오래 씻지 못하고 길을 헤매던 개의 몸이 비를 맞아 젖었을 때 어떤 냄새를 풍기게 될까. 젖은 몸피가 다 드러난 작은 개의 모습을 상상하는 일도 역시 특별히 냄새에 연관할 수밖에 없다. 이 농장에 살고 있는 ‘나’도, 보신탕을 팔며 나와 종업원인 모란을 부려먹는 곰도, 또 모란을 좋아하는 병구와 그의 아비인 이씨도 어떻게 보면 한마디로 정의하기 어려운 냄새의 소란 속에 살고 있다고 하겠다. 농장과 건강원과 사철탕 식당에 배치된 그들 삶의 터전은, 살아 있지만 죽은 것이나 다름 없는 개들이 풍기는 냄새처럼, 혹은 살기 위해 죽은 개를 먹는 인간의 그릇에서 풍기는 냄새처럼 금방이라도 스러질 듯 위태롭게, 그러나 끝내 지워지지 않도록 집요하게 서로의 관계 속에 배어 있다. 그리고 이야기는 우리로 하여금 그 속으로 문을 열고 들어온 작은 개의 역할을 맡게 한다. 처음부터 우리는 작은 개가 좀더 비참한 모습으로 남은 생을 보내다 끔찍하게 죽음을 맞게 될 것이라는 것을 굳이 말해주지 않아도 안다. 마치 실제로 개의 역할을 맡아보지 않아도, 혹은 직접 죽은 개의 냄새를 맡아보지 않아도 그 비참하고 비릿한, 역겹고도 처참한 감각을 가질 수 있듯이 말이다. 그러니 작가가 말해주지 않은, 그러나 누구나 명백히 보고 들은 듯이 알게 되는 이 앎으로 인한 삶의 고통을 정용준의 소설은 물음의 형식으로 진술한다. 소설은 농장밖에는 갈 데 없는 작고 애처로운 생을 불러들여, 누군가가 고심해서 고른 듯한 붉은 리본을 달고 있는 그 개가 더럽고 병들고 고막이 훼손되어 듣지도 못하는 수많은 개들과 함께 철장에 갇혀서 맹목적으로 죽음만을 기다릴 수밖에 없게 된 이유에 대해서 묻는다. 그리고 작은 개를 둘러싼 인물들의 삶은 먹고사는 일에 관련된 생의 피로감, 직간접적으로 경험하게 되는 인간의 이기심이 이 물음과 무관할수 없다는 점을 암시한다. 누구라도 저 작은 개처럼, "고아가 된 것 같은 느낌"을 지우지 못해서, 혹은 제 몸에서 나는 냄새를 더는 맡을 수 없어서 농장과 같은 세계 깊숙이 제 발을 들여놓게 되는 것일까.

상처 입은 입

소설은 가능한 다양한 감각과 느낌을, 후회와 전망을 전달한다. 때문에 많은 사람들이 작가야말로 말이 많은 자일 것이라고 지레짐작하기도 한다. 과연 작가는 무수한 이야기를 자기 내부에 채워놓은 사람일까. 거의 그렇지 않다. 대개의 소설은 말 그 자체를 목적으로 삼아서, 작가 자신이 도달하려는 어떤 언어에 닿기 위해서 쓰인다. 애초에 할말이 그득해서 그것을 이야기의 형태로 잘 빚어낸 소설도 있겠지만, 그 반대의 경우가 훨씬 많은 말들을 지어냈을지도 모른다. 하고 싶은 말은 있는데 어떻게 꺼내야 할지, 어떤 단어와 문장을 써야 할지 몰라 오래 전전긍긍하고, 제 안의 말이 얼마나 빈약한지를 처절하게 깨닫는 과정에서 쓰인 글이 더 많을 것이다. 그러니 아이러니하게도, 많은 글은 말의 부족(不足)에 힘입어 쓰인다고 하겠다. 말의 적절함을 의심하고, 그 의심을 해소하기 위한 나름의 수단을 동원해가며, 상상력과 재치와 아마도 자신을 모두 걸어서 잘 말해보려고 노력하는 와중에, 겨우 한 편의 글이 태어난다. 그러니까 작가야말로 말하기에 어려움을 느끼고, 주저하고, 곤란을 겪으면서 그것과 갈등하고 반목하는 과정을 통해서 겨우 말하고 있는 자들이라 해야 하지 않을까.

앞서 묶인 책 두 권의 책을 기억하는 자라면 이 말이 정용준에게도 곧장 해당된다고 짐작했을지 모르겠다. 그의 소설은 다양한 주제로 폭넓은 인물과 사건의 양상을 보여주었지만, 무엇보다도 '말하기'로부터 비롯되고 그것으로 되돌아가는 이야기라는 점에 주목해볼 만하다. 말하자면 그의 인물들은 말할 수 없는 무언가로부터 말할 능력을 물리적으로 차단당하거나, 제 마음대로 말할 수 없도록 심리적으로 억압되어 있고, 사건은 바로 그 지점에서 발생한다. 물론 이 소설집에 실린 단편들 중에 무엇도 말하기의 어려움이나 그로 인한 갈등 상황에 대해 직접적으로 다루지 않는다. 하지만 책을 덮고 문장의 이면을 곰곰이 짚어보자. 말할 수 없는 자의 고통이 서로 다른 이름을 하고 떠오르지 않는가. 어떤 강압에 의해 명백한 해답을 요구하거나 그에 관한 의문을 제기할 수 없어서 입이 막힌 이들이 있고, 상처 입은 내면에서 수시로 생겨나는 개인적 갈등과 그에 동반하는 고독감을 말을 통해 타인과 공유하고 해소할 방법을 알 수 없어서 입이 막힌 이도 있다. 문제를 유발하고 키우는 상황은 그렇게 몸이 묶인 게 아니라 입이 막혀서 생겨난다. 섣부른 판단일 수도 있지만 최소한 지금까지 쓰인 정용준의 소설은 모두 저마다의 이유로 말하지 못하는 존재들의 이야기를 대신 하기 위해, 또는 말하지 못하는 존재들이 말하지 못하게 된 사회적인 연유와 구조적인 이유를 추궁하고 추적하기 위해 쓰였다고 할 수 있다. 그중에서도 하필이면 입이 다친 채로 죽은 갓난아이의 영혼이 들려주는, 차마 말하지 못하는 화자로서 남의 입을 빌려서라도 전하려는 이야기, 즉 역설(逆說)의 역설(力說)은 정용준 소설의 한 진수를 보여준다.

오늘은 좋은 날입니다, 라고 쓰면 좋은 날이 됩니다. 나쁘지 않은 밤이다, 라고 쓰면 나쁘지 않은 밤이 되는 것처럼. 이건 말장난이 아니라 언어가 존재와 형상을 만들어내는 형식이에요. 그것은 신의 방식이고 또한 내 삶의 방식입니다. 남은 삶은 길고 지루하지만 지나온 삶은 달라요. 오직 과거만이 완전해요. 나는 당신을 용서할 수 없습니다. 왜냐면 용서할 게 없기 때문입니다. 당신은 잘못이 없다는 것을 알아요. 하지만 나는 기억하고 있습니다. 기억한다는 것은 참으로 힘들고 쓸쓸한 일입니다.(「이국의 소년」, 131~132쪽)

「이국의 소년」은 베트남전에 참전했던 남자와 군대에서의 총기 사고로 목숨을 잃을 뻔했던 그의 아들의 이야기를, 오래전에 죽은 몸이지만 여전히 그들 주위를 맴돌고 있는 영혼을 통해서 들려준다. 이 영혼은 남자가 전시 중에 베트남 여자를 폭행하여 생긴 아기의 것이다. 말하자면 이 입 없는 영혼은 남자의 아들이자, 총기사고에서 겨우 살아난 아들의 형제다. 이 아이는 남자의 폭행으로 인해 생겨났지만, 무차별 폭력이 난무했던 전시 상황에서 그 여자를 도피시켜준 덕분에 태어날 수 있기도 했다. 폭력과 비폭력의 교란 속에 태어난 아이는 그러나 결국 젖도 떼기 전에 포격을 맞아 입을 다치게 되고, 젖을 줄 어미의 주검 곁에서 서서히 굶어 죽는다. 이 이야기는 그 아이를 죽인 것은 무엇일까 하는, 쉽게 해소될 수 없는 물음을 내내 간직하는 동시에, 전쟁으로 인한 한 인간의 손상과 가족의 파괴와 후손의 고통을 아울러 보여준다. 문제적인 것은 앞서 말했듯이 이 모든 사연이 입을 다친 자의 영혼을 통과해서만 서술된다는 점이다. 다친 입의 영혼이 진술하는 이야기는 앞서 인용한 부분에서 보듯 보편적인 역사와는 다르다. 권위에 기대어 쓰인 역사는 그 아래에서 여전히 살아 있는 힘없는 자들의 기억을 배제한다. 그러한 역사만을 과거로 간직하는 현재의 시간 속에서는 억울하고 약한 자들 누구도 자신의 이야기를 서사화하여 공유할 수 없는 고독과 좌절을 겪게 되지 않을까. 그 고독이 이 소설에서 입과 말을 상실한 자의 고통으로 나타난다.

그 고통은 하나의 뒤틀린 물음으로 제시된다. 아무에게도 잘못이 없는데 모두가 고통받게 된 현실에 대한 의문, 즉 아이의 영혼이 말하듯 용서할 게 없는 자를 용서할 수 없는 이유에 대한 물음이 그것이다. 말해야 할 것, 들어야 할 것이 많은데 무엇도 제대로 말이 되지 않는 숨막히는 현실이 거기에 있다. 이 물음은 소설에서 특별한 화자로 대변된다. 제가 낳고 죽인 아이의 영혼을 보며 지울 수 없는 죄책감에 시달리는 화자의 태도도 그러하거니와, 입을 다친 아이의 영혼이라는 화자의 이중적인 존재 방식도 그렇다. 말을 알기도 전에 죽은 어린 아이의 영혼이 이야기의 중심을 관통하는 역할을 하는 화자라는 점이 곧 이 소설의 주제를 강조한다. 또한 남자의 아들이 겪은 이상한 일이 외부에 대한 철저한 보안과 내부로부터의 엄폐를 요구하는 집단인 군대 내부에서 일어난 사고였다는 점은 어떤가. 이 모든 요소가 소리 없는 전쟁처럼, 비가시적이고 거대한 폭력 앞에서 그로 인한 모든 책임을 개인이 떠맡아야 하는 부조리한 현실의 한가운데를 지시한다. 그런 점에서 서로 다른 전쟁을 겪은 부자와 그들 사이를 이어주는 '다친 입'의 역할은 여러모로 의미심장하다. 국가와 같은 거대한 힘에 억눌린 자들이 바라보고 이해하는 현실이 그 말이 의미하는 바와는 달리 얼마나 비현실적인 것인지를 역사는 기록하지 않을 것이다. 그러니 비현실적인 부분까지를 포함하려는 노력이 있어야 겨우 현실로 건져 올릴 수 있는, 어떤 진실에 닿아 있는 이야기는 언제고 그 다친 입을 통해서만 들을 수 있을 것이다. 그것은 명백하게 적시될 만한 게 아닐지라도, 그리하여 그것을 듣는 일이 확인 아닌 확인처럼 여겨질지라도, 어떤 방식으로든 망각할 수 없는 시간 속에 자신이 연루되어 있다는 느낌을 주는 이야기이다. 그런 이야기에서 우리는 모두 말해주지 않아도 알게 되는 것들을 듣는다.

이처럼 형언할 수 없지만 반드시 말하고 싶은 무엇을 향해 정용준 소설 속 인물들의 관심이 모인다. 친족이나 유사 가족의 굴레에서 벗어나 있다는 점에서 이 책에 묶인 다른 소설과는 사뭇 다른 분위기를 풍기는 「미드윈터」는 형언 불가능한 모든 요소들을 한자리에 모아둔 듯하다. 자진해서 한국에 온 스웨덴 시인의 의도, 그의 시, 외국어로 쓰인 시와 접목할 만한 한국의 풍경들, 이방인의 시선에서 쓰인 시를 읽고 자국의 풍경을 수집해야만 하는 자의 고뇌, 그 어렵게 수집된 장면들을 편집하여 한 편의 영상으로 만드는 작업, 스웨덴 시인과 그의 한국인 친구의 관계, 제3의 언어로 나누는 대화, 그 대화 이후의 시간들. 이 말할 수 없는 조건들 사이에는 다시 번역의 문제가 깃들어 있다. 시와 영상은, 스웨덴의 겨울과 한국의 여름은, 삶과 죽음은 하나가 다른 하나를 완전히 대체할 만한 것으로 쓰일 수 없다. 그런 불가능한 교집합을 비유하듯이, 번역원의 억지스럽고 상투적인 상상력이 발휘된 기획으로서의 프로젝트는 이 소설에서 그다지 중요한 사안으로 다뤄지지 않는다. 그보다도 소설 전반을 압도하는 것은 알 수 없는 스웨덴 시인의 태도, 프로젝트에는 무례할 정도로 무심해 보였으나 한국의 하지(夏至)를 보내는 일에는 굉장히 적극적이고 열정적인 그의 모습이다. 그리고 외국인 특유의 것이라고 치부할 수만은 없는 시인의 그런 태도에 이전에 함께 살았다던 한국인 친구의 죽음이 어느 정도 영향을 미쳤다는 게 밝혀진다. 스웨덴 시인은 아마도 지독한 우울을 겪었을 한국인 친구의 죽음에서 무엇을 결심한 것일까. 순수하게 그가 갈구했던 태양을 그를 대신해서 대면하고 싶었던 것일까. 소설에서도 그렇거니와, 그 해독 불가능한 관계의 굴레는 알 수 없는 상태로 내버려두었을 때만이 빛을 발한다. 그 완벽한 무지가 관계의 본질이라고 인정할 때, 역설적으로 상대를 이해할 것만 같은 순간을 맞게 되는 것도 이 이야기에 깃든 또하나의 이루말할 수 없는 지점일 것이다.

소설 밖에서 보자면, 한여름에 일어난 이야기에 붙은 한겨울이라는 제목도 흥미롭다. 의미의 명확함과는 무관하게 흘러가는 말의 뉘앙스가 이 제목에는 강렬하게 작동한다. 모호한 분위기가 고유한 성격을 가진 개인에게 끼치는 영향을 이해하는 일과, 외국어로 쓰인 시를 한국어로 사고하는 자의 감각으로 서사화하는 일에는 무엇보다도 정확함에 대한 어떤 기대도 작동하지 않는다는 유사점이 있다. 대개의 번역이 번역 불가능성을 통로로 삼고 새로운 의미가 발생하는 일에 유연해질 때 가능해지듯이, 이 이야기가 제시하는 일말의 가능성은 결국 만나지 못하는 두 장르와 두 인물이 저마다 각자의 임무와 시간을 충실히 보낼 때 우연히 발생한다. 완전히 헤어지지 못하는 그들의 불화야말로 소통의 핵심을 가리키는 게 아닐까. 소설의 제목과 내용이 각각 지시하는 한겨울과 한여름이 어떻게 통하는지를 굳이 말하자면 어려울 것이다. 하지만 우연히 물속에 빠진 얼음 조각상을 발견하고 오리배를 띄워 그것을 향해 그들이 함께 발을 굴렀듯이, 각자가 여름의 한가운데를 사는 이야기는 의도하지 않아도 한겨울의 얼음에 닿을

듯이 흘러간다. 정용준 소설은 아마도 이렇게 말하려 했던 게 아닐까. 정확하게 말하려 하는 것은 모두 이미 상실되고 항상 망각된 무엇이라고 말이다. 그러니 이야기가 할 일은 기억하는 것들을 좀더 열심히 기억해서, 기억하지 못하는 것의 기억되지 못함을 현실의 표면에 좀더 부각시키는 노력일지도 모른다고 말이다.

사건 이후의 삶

정용준 소설의 또다른 특별한 지점은 사건을 현장감 넘치게 묘사하지 않는 데 있다. 그의 경우라면 소설적 사건이라는 게 대개는 평범이라는 장막을 덮어쓰고 있다. 지극히 평범해 보이는 일상에 얼핏 바람이 불고, 그로 인해 늘 보던 풍경이 슬며시 들춰진다. 이런 방식으로 쓰이는 듯한 정용준 소설의 사건화 양상은 인물의 개인적인 입장에서는 굉장히 내밀하지만, 사회적인 구조의 공격에 쉽게 노출되기도 하는, 구구절절 설명하지 않아도 모두가 짐작할 만한 인간 삶의 보편성에 관한 암시로 보인다. 이런 정용준 소설의 사건을 사건 이후의 사건이라 부를 수 있을까. 이러한 사건은 문장과 문단으로 채워진 소설 이후에 있기 때문이다. 그것은 애초에 이야기가 직접 전달하는 게 아니라, 이야기를 읽은 자들 각자의 이야기로 재생하기를 기획하는 사건이다. 좀더 구체적으로 살펴보자.

그의 이야기 이전에는 이미 희생에 가까울 정도로 무고한 죽음들이 있었다. 이야기는 그 죽음을 기억하면서, 죽음에 연계된 육체적이거나 정신적인 고통으로 채워진다. 소설은 이미 항상 종결되었다고 치부되는 이야기를, 혹은 모두가 그것에 대해 무감해진 때에 주목하고 이른바 추모의 시간에만 비로소 고여드는 것들을 적는다. 베트남 전쟁은 한참 전에 끝났고, 재개발 지역에 살고 있던 주민들과 경찰의 싸움도 오래전의 일이며, 집을 나갔던 누나가 아빠를 모르는 딸을 데리고 나타난 것은 그녀의 죽음이라는 사건 이전의 사건이다. 그러니 소설의 화자가 현재형으로 들려주는 것은 대를 이어 감당해야만 하는 고통에 관한 이야기다. 달리 말해 이야기는 자신이 살아온 시간과는 무관하게, 그저 태어난 삶과 함께 떠안듯이 저버리게 되는 책임, 일종의 연대적인 운명에 관한 것이라고도 하겠다. 그 때문에 소설의 인물들이 공통으로 보이는 태도에는 일종의 체념이 서려 있다. 자신의 시간과는 무관하게 그것에 잇대어진 시간, 그 시간 속에 자신이 차마 짐작하지 못하는 온갖 감정들이 개입되어 있다. 살인자였던 아비를 둔 아들은 아버지라는 보통명사를 아무렇지 않게 받아들일 수가 없고, 아비가 누구인지 모르는 아들은 어머니라는 존재까지도 잃어야만 하는 상황에 처한다. 문제는 이것이 대체 누구의 잘못인지를 묻기도 전에, 인물들은 자신이 처한 그 고통스러운 상황을 다 알겠다는 듯이 행동한다는 점에 있다. 물려받은 고통을 직시하고는 있지만 그들의 자발적인 행동은 다만 거기까지일 뿐이다. 그들의 태도에는 더 나은 시간에 대한 이해나 다짐이, 말하자면 자기 삶에 대한 전망이 드러나지 않는다.

그런데 이렇게 볼 수도 있겠다. 그들이 보여주는 체념 깃든 태도가 실은 개인의 의지로만은 바꿀 수 없는 힘을 수락하려는 안간힘일 수도 있겠다고 말이다. 가령 종교에 제 삶을 의탁하는 자의 대도처럼, 자신의 노력이 가닿을 수 없는 능력치, 차마 다 알 수도 없는 전지전능한 힘에 대한 인정은 또다른 삶에의 의지라고 바꿔 말할 수도 있다. 그렇게 어떤 힘을 인정하고 그 인정의 힘으로 제 삶을 틀짓고 있는 무엇에 관해 맹목적으로 믿지 않을 경우에는, 차마 대책도 없이 무너질 수도 있을 만한 삶의 무게가 그들의 시간 위에 이미 항상 얹혀 있기 때문이다. 그렇게 정용준 소설의 사건이 사건 이후의 것이 되고, 인물들은 믿음의 수동성에 지배되는 시간을 직시한다. 그것이 때로는 아무 전망도 갖지 않는, 무기력하고 무의미한 삶의 표방처럼 보일지라도, 오히려 그렇기 때문에 그러한 사건과 인물을 바라보는 우리의 삶에는 더욱 격렬하고 의미 있는 질문의 지점들이 생겨난다.

그러니까 우리는 이렇게 물어보게 된다. 왜 이렇게 밖에는 말할 수 없을까. 정용준 소설의 강점이 여기에 있다. 명확한 대상을 노리지 않지만 그렇기에 더욱이 누구도 상대 못할 질문이 소설을 읽은 각자에게 주어진다. 더 정확히 말하면, 소설을 읽은 모두가 자신에게 주어진 것인양 스스로 그 질문을 무겁게 받아든다. 그의 화자들은 힘없이 말한다. 건실한 청년이 군대에 갔다가 죽었다고, 또는 거의 죽은 몸으로 돌아왔다고. 그때 우리는 그의 이야기에 힘을 보태듯, 이전에 보고 들었지만 누구도 적시할 수 없고, 마찬가지 이유로 어느 누구도 온전히 책임지지 않는 거대한 구조의 폭력 한가운데에 가로놓인 개인의 상처를 떠올리면서, 과연 누가 무엇을 어떻게 증언할 수 있을까를 되묻게 된다. 그러나 군대 내 의문사 사건(「이국의 소년」, 「안부」)이나 구성원들이 해체된 이후에 사회로부터도 고립된 가족(「내려」, 「새들에게 물어보는 사람이 있네」)에 관한 이야기는 우리가 살고 있지만 알고 있지는 못한 지금 여기의 부조리를 다시 바라보게 하지만, 그렇게 사회를 고발하는 것이 정용준 소설이 애초에 노리는 지점이 아니라는 점을 염두에 두어야 한다. 그의 힘없어 보이는 화자들이 사실은 일부러 힘을 빼고 말하듯, 정용준의 소설은 앞서 언급했던 되물음의 방식을 주문하여 이야기를 읽은 각자가 이야기 이후의 사건을 스스로 기획하기를 유도한다. 우리가 잘 안다고 믿어온 이야기를 소설의 배경으로 삼아서 일부러 낯익은 불편함을 조성하는 것도, 그 불편함을 일종의 심리적 동의로서 작동시키기 위해서일지도 모르겠다. 정용준의 소설이 보여주는 사건의 존재 방식은 곧장 소설을 매개로 삼아 그 이전과 이후의 시간을 살고 있는 사람들이 관계 맺는 방식이 된다. 소설 속 인물들이 자기와 관련된, 가령 가족의 경험으로 체득한 일종의 운명적 고통을 체념한 듯 수락하는 것이 유일한 사건처럼 보이는 것과 마찬가지로 정용준 소설은 그것을 읽는 우리에게 '그 이후'라는, 소설 이후의 여백으로서의 사건을 건네주는 것이다. 그 이후의 사건이 바로 우리가 살아가야 할 삶으로 쓰일 것이다.

숨은 공

「우리는 혈육이 아니냐」라는 소설에는 아버지를 만난 화자가 이루 말하기 어려운 답답함과 짜증을 해소하기라도 하려는 듯이 "벽에 테니스공을 던지고 받기를 반복"하는 장면이 있다. 그런데 화자의 감정이 던지는 힘에 강하게 작용하면 벽에서 튕겨져 돌아오는 힘도 강하기에 그만큼 받지 못하게 되는 공도 많아진다. 그러다 결국 받지 못한 공이 침대 밑 어둠 속으로 들어가서 "보이지 않고 손에도 닿지 않"는 곳에 숨는다. 별스럽지 않게 넘길 수도 있을 만하지만, 이 장면은 정용준의 소설에 내재된 특성을 압축적으로 보여준다는 점에서 곱씹어 볼 만하다. 이 장면에서처럼, 우리는 각자 쉽게 풀 수 없고 어쩌면 결코 해소될 수 없을지도 모른다는 예감에 휩싸인 문제를 갖게 될 때가 있다. 그것이 특히 문제적인 이유는 타인이 봤을 때는 그다지 심각한 문제로 여겨지지 않는다는 데 있다. 때문에 세상과 가로막힌 듯한 기분으로, 벽에 던지고 되받는 공놀이처럼, 그 문제를 대할 때는 어쩔 수 없는 고독을 동반하게 된다. 하지만 그 반복 가운데 해소되는 것은 문제에 집중하는 에너지일 뿐, 문제 자체는 아니다. 게다가 문제라는 것은 그것에 힘을 쏟을수록 제대로 받아보기 어려운 방향과 힘을 가진 반작용을 동반하고, 예상하지 못한 곳에 더 깊숙이 감춰지기도 한다.

그 얼마나 낭패인가. 하지만 우리의 삶은 매 순간 낭패와 함께 지속된다. 그 공이 도대체 어디에 숨어 있는지 알 길이 없지만, 어느 어둠 속에 있는지는 짐작할 수 있다는 막연한 믿음 하나로, 이따금씩 엄습하는 불안을 잠재우면서, 우리는 침대 위에 누워 잠을 청하기를 반복한다. 이런 점에서 정용준의 소설이 말하는 삶이란 공을 숨긴 어둠을 깔고 누워 잠을 청하는 일처럼, 불안을 감추고 태연하게 연기된 시간이라 하겠다. 그리고 이 태연함은 불안이 어떻고, 삶은 또 어떻다고 말하는 일에도 적용된다. 당연한 말이지만, 말하는 자, 소설을 쓰는 자 역시도 자기 내면에 숨은 공 하나를 찾지 못하고 산다. 그렇기에 한 편의 견고해보이는 소설에도, 이 글이 다시 어떤 이의 어둠 속에 마구 던져질 공이 될까를 염려하는 마음이 태연함을 가장하여 쓴 몇 개의 문장으로서 숨어 있을지도 모른다.

> 가장 큰 두려움은 목소리가 미지의 존재라는 것이었다. 그는 자신의 얼굴을 감추고 성격을 드러내지 않는다. 하지만 나를 알고 내가 보고 있는 모든 것들을 지켜본다.
>
> 이것은 자아일까. 아니면 무의식일까. 내심인가. 본심인가. 그는 대체 어디에 있는 누구란 말인가. 목소리를 두려워해야 할지 그 목소리를 듣고 있는 나를 두려워해야 할지 판단하기 힘든 불길한 나날이 이어졌다. (「내려」, 188쪽)

소설의 말미에 이르러 저 "이면"의 목소리는 어린 시절에 죽은 쌍둥이 동생의 것일 수도 있다는 추측을 가능하게 하는 장면이 나온다. 한 소년을 겁주려다 의도치 않게 그의 동생인 소녀를 죽인 아버지의 끔찍한 기억과 죄책감은, 그의 아들인 화자에 대한 폭력과 딸에 대한 무한한 애정으로 왜곡되어 나타난다. 아버지가 쌍둥이 동생과 자신을 차별하는 마땅한 이유를 알 수 없었던 화자는 기차에서 동생을 밀어버린다. 그 사고 이후로 아버지의 기억과 죄책감은 몸집을 불려 화자에게로 대물림된다. 어머니는 집을 떠나고, 오랜 시간 후에 만나게 된 아버지는 반신불수가 되어 혼자서는 아무것도 할 수 없는 처지에 이른다. 그런데도 화자는 아무것도 해소되지 않았다고 느낀다. 그렇게 그의 내면에 풀리지 않을 정도로 단단히 응어리진 분노와 죄책감이 아마도 아버지가 그토록 아꼈고, 자신이 끝내 죽게 했던 쌍둥이 동생의 목소리를 불러왔을 것이다.

그 목소리는 마치 전지전능한 신의 목소리처럼, 화자가 스스로도 알지 못하는 행동의 동기라든가, 쉽게 정돈하지 못하는 마음의 갈피를 대신해서 알려준다. 이 목소리를 곧 작가의 그것으로 상상해보는 건 어떨까. 화자는 작가를 두려워하며, 때로는 적절한 때에 나타나 어떤 말을 일러주지 않아서 실망하기도 한다고 말이다. 작가는 화자의 오래 묵혀온 원망과 죄책감으로 인해 문면에 나타나는 저 목소리다. "신처럼 전지전능한 눈을 갖고" 있는 듯하지만 작가는 화자를 모두 설명하지 못한다. 그의 삶과, 그의 삶으로 흘러들고 나가는 시간을 모두 짐작하지 못하는 작가는 또한 화자의 삶에 대해서라면 독자의 입장과 마찬가지다. 정용준의 어떤 소설은 마치 쓰는 동시에 쓰이는 듯하고, 말하는 동시에 들리는 듯하다. 그것은 아마도 작가의 말과 글, 그로부터 비롯되는 소통에 대한 관점이 그러하기 때문일 것이다. 정확하게 말하는 일, 빠짐없이 적는 일, 틀림없이 듣는 일은 아마도 불가능할 테지만 그럼에도 불구하고 우리는 말하고, 쓰고, 듣고, 읽는다. 정용준의 소설 속 화자는 여전히 그 점이 불편하여 "이면의 독백"으로 말한다. 내 것이 아닌 목소리로 말하는 일의 곤란함, 그러나 그것을 제대로 해보려고 시도했을 때 흘러나오는 말만큼 정직한 이야기가 없다는 것을 우리는 짐작할 수 있다. 더듬거리고, 주저하는 목소리의 이면에 어떤 말을 고르고 거듭 고르는 화자가 있기 때문이다.

이렇듯 정용준의 소설을 읽으면 한없이 즐거워지거나 희망으로 가슴이 벅차오를 일은 거의 없다. 거듭 확인했듯이, 그의 소설에는 해소할 수 없이 누적된 죄와 죄책감이 가득하고, 이야기는 그 '해소할 수 없음'과 같은 불편과 불능의 시간에 고여 있기 때문이다. 그의 소설에서 인물들은 마치 피해자이자 피의자인 것처럼 존재한다. 어떤 기억으로 유전된 수치심과 죄의식은 살면서 문득 맡게 되는 "정체를 알 수 없는 비린내"처럼, 보이지 않는 곳에 있다가 불현듯 인물의 일상을 장악하기도 한다. 어디에서 나는 무엇의 냄새인지, 어째서 비린 것인지를 미처 깨닫지도 못한 채 각자는 열심히 살려 할수록 그러한 삶의 형태에 자신을 가두게 된다. 이러한 형식에 더불어 우리가 정용준의 소설로 읽은 삶의 내용은 죄 자체다. 마치 원죄처럼 목적도 수단도 아닌, 의도나 보상도 없는 그런 죄가 우리의 삶이라고 말할 만한 것을 이루고 있다고 그의 화자들은 말한다. 그러니 정용준의 소설을 읽으면서, 또한 반복되는 불편함을 견디면서 우리는 각자 좀더 괜찮은 사람이 되었는지도 모른다. 죄와 죄의식이 닭과 달걀처럼 순서 없이 놓인 삶의 한가운데를 거듭 지나왔으므로, 우리의 몸에 밴 이 비린내가 곧 삶의 냄새라는 것을 알게 되었으므로.

작가의 말

물음을 울음이라고 발음하는 사람아
울음을 물음이라고 발음하는 사람아
—이제니 「곱사등이의 둥근 뼈」 중에서

울면서 묻는 사람을 봤다. 묻다가 우는 사람도 봤다. 그들 중 몇몇은 죽었다. 그는 자기가 죽은 줄도 모른다. 들리지도 않는데 계속 말하고, 말하고, 말한다. 그것을 지켜보는 일이란 괴로웠다. 민망하고 미안해서 뭘 어떻게 해야 할지 몰라 어떤 날엔 들어주고 보이는 척했다. 그러다 소설을 썼고 웃긴 문장은 읽어주기도 했다. 웃으라고 읽어줬는데 그는 계속 울고 물었다. 그게 계속 반복되는 나날들이었다. 이제 나는 '물음'과 '울음'이 달라 보이지 않는다.

슬픈 것들을 어쩔 수 없다고 말하는 사람들. 태어나기를 그렇게 태어난 것들. 억울한 줄도 모르고 화난 줄도 모르고 그냥 그렇게 이상한 눈으로 사는 것들. 분노로 타올랐다가 금방 잿빛으로 변한 것들. 빛을 잃어버린 투명한 정신들. 왜 나는 그것을 쓰는 걸까. 미안해서일까. 부끄러워서일까.

소설이 좋다. 소설이 내게 하는 일들. 소설을 쓰며 느끼는 것들. 아무 힘도 없는 문장 한 줄과 허구의 이야기가 나를 지키고 보호한다는 환상, 현실에 존재하지 않는 인물이 내 곁에 서서 말을 들어주고 종종 대화도 나눈다고 믿는 망상과 어리석음, 이 모든 것들이 나는 좋다.

소설이 세계를 바꿀 수는 없겠지. 하지만 사람은 바꾼다. 쓰는 자는 바뀐다. 읽는 자는 바뀐다. 이것은 내가 경험으로 깨닫게 된 유일한 믿음이다.

내 소설 속 인물들이 모두 꿈속으로 찾아왔으면 좋겠다. 사죄하고 싶다. 밥도 사주고 싶다. 예쁜 이름도 지어주고 싶고 따뜻한 이야기도 새롭게 만들어주고 싶다. 그것이 가능하다면 해피엔딩도 선물해줘야지. (그리고 부탁해야지. 문장이 잘 써지는 손가락을 주세요. 용기를 주세요.)

문학동네 소설
우리는 혈육이 아니냐

1판 1쇄 2015년 8월 25일
1판 3쇄 2019년 3월 11일

지은이 정용준
펴낸이 염현숙
책임편집 김민정
디자인 김현우 유현아 | 마케팅 정민호 박보람 나해진 최원석 우상욱
홍보 김희숙 김상만 이천희
제작 강신은 김동욱 임현식 | 제작처 영신사

펴낸곳 (주)문학동네
출판등록 1993년 10월 22일 제406-2003-000045호
주소 10881 경기도 파주시 회동길 210
전자우편 editor@munhak.com | 대표전화 031) 955-8888 | 팩스 031) 955-8855
문의전화 031) 955-3576(마케팅) 031) 955-2678(편집)
문학동네카페 http://cafe.naver.com/mhdn | 트위터 @munhakdongne
북클럽문학동네 http://bookclubmunhak.com

ISBN 978-89-546-3654-4 03810

* 이 도서의 국립중앙도서관 출판예정도서목록(CIP)은 서지정보유통지원시스템 홈페이지(http://seoji.nl.go.kr)와 국가자료공동목록시스템(http://www.nl.go.kr/kolisnet)에서 이용하실 수 있습니다.(CIP 제어번호: 2015014772)
* 이 책은 서울문화재단 '2015년 문학창작집 발간지원사업'의 지원을 받아 발간되었습니다.

www.munhak.com